光荣大地 （上）

冯芙蓉 著

四川大学出版社
SICHUAN UNIVERSITY PRESS

图书在版编目（CIP）数据

光荣大地．上／冯芙蓉著．— 2版．— 成都：四
川大学出版社，2024.4
　　ISBN 978-7-5690-6588-6

　　Ⅰ．①光… Ⅱ．①冯… Ⅲ．①长篇小说－中国－当代
Ⅳ．① I247.5

中国国家版本馆 CIP 数据核字（2024）第 029801 号

书　　　名：光荣大地（上）
　　　　　　Guangrong Dadi（Shang）
著　　　者：冯芙蓉

选题策划：欧风偃　王　冰　王　军
责任编辑：黄蕴婷
责任校对：罗永平
装帧设计：墨创文化
责任印制：王　炜

出版发行：四川大学出版社有限责任公司
　　　　　地址：成都市一环路南一段 24 号（610065）
　　　　　电话：（028）85408311（发行部）、85400276（总编室）
　　　　　电子邮箱：scupress@vip.163.com
　　　　　网址：https://press.scu.edu.cn
印前制作：四川胜翔数码印务设计有限公司
印刷装订：四川省平轩印务有限公司

成品尺寸：145mm×210mm
印　　张：10.25
字　　数：237 千字

版　　次：2021 年 12 月 第 1 版
　　　　　2024 年 4 月 第 2 版
印　　次：2024 年 4 月 第 1 次印刷
定　　价：68.00 元

本社图书如有印装质量问题，请联系发行部调换

扫码获取数字资源

四川大学出版社
微信公众号

目 录

第一章

乡村婚礼

1995 年的冬天来得不太早也不太迟。用李广忠的话来说就是："在该烤火的时候就烤上了火，在该穿棉衣的时候就穿上了棉衣，在该下雪的时候就下了一场小雪。"李广忠没说完的话还有，在该娶媳妇的时候就娶上了媳妇儿。

李广忠这年二十五岁了。在川北的这个小镇子里，二十多岁还没娶上媳妇的人是会遭别人笑话的。二十五岁的李广忠就被人结结实实地笑话了好几年，他那颇有才干的父亲李享德和心气颇高的母亲郭家孝也因此好几年在村子里抬不起头来。好在，这件事情终于在 1995 年的冬天得到了解决，在李广忠嫁到邻镇的姐姐李桃花将近半年的奔走下，李广忠终于说到了媳妇。

这媳妇是剑门镇六合乡人，叫程燕妮，今年十九岁，家里有四个姐姐和一个哥哥，姐姐们都已经出嫁，哥哥也早早地安了家。作为家中最小的孩子，父母对她的婚姻并不怎么上心，只盼着找一个差不多过得去的女婿成个家也就算了了自己的责任，卸去了肩头上的负担。在程燕妮的父亲程天南看来，李广忠就是这么个勉强过得去的女婿。李广忠是李家最小的儿子，上头除了一个姐姐之外还有两个哥哥：大哥李广耀，二哥李广达。李家的儿子多，嫁过去以后妯娌之间的矛盾必然少不了；用当时的眼光来看，李家确实也算不上富裕，好在李享德之前是做大队书记的，现在虽然已经退了下来，但是位子上的人还认识几个，一家子人也都有些学问，这么一算下来，李广忠确实勉强过得去。

但是对于李广忠来说，程燕妮可真算得上是他心目中的女神了。第一次见程燕妮是在剑门镇市场前的大坝里，李享德和李桃花带着李广忠去和女方家碰面。那已经是李广忠不知道第多少次相亲，在经历了一次又一次的失败之后，他的心情也由之前的兴奋变成了不甚在意。在李广忠看来，自己算是个不错的男人，长得不算太矮，长相也不算太丑，最重要的是在农村青年当中自己也算是饱读诗书、博古通今，想来想去，唯一的短板就在于弟兄太多、家里太穷。二十世纪八九十年代的婚姻，独生子是最吃香的，因此只要谁家有独生子，女方的媒人往往会把门槛都踏破，而像李家这种兄弟众多的家庭却只好求着媒人上女方家去提亲。在李广忠之前，大哥李广耀和二哥李广达都有多次失败的相亲经历，而在李广忠看来自己的大嫂和二嫂也确实配不上两个哥哥。在无数失败经历的重压下，李广忠的择偶标准也由之前的高个子、长得漂亮变成了长相无所谓，性格好就成，等到见程燕妮的时候，李广忠只要求对方是个女的，能和自己过日子就成。因此，李广忠第一次见到程燕妮的时候可是结结实实地吃了一惊。

在剑门镇市场前的大坝里，程燕妮站在媒人和她的大姐程官明之间，脚踩一双粗跟皮鞋，穿着一条白色喇叭裤，上半身是一件条纹短袖，头发梳成马尾，远远看去皮肤挺白，个子也挺高，在农村的女青年当中无论怎么看也应该属于中等偏上。李广忠的心里顿时被激动、欣喜和羞怯充满，但是随着他慢慢向程燕妮靠拢，心中的激动也渐渐被沮丧代替——之前脸色焦黄、有些龅牙的王女子都没看上自己，这么时尚漂亮的女神又怎么会看上自己呢？因此当李广忠站在心目中的女神身边时，脸上却流露出了不甚在意甚至有些冷漠的表情。结婚以后，程燕妮回忆起之前的事情，总是认为自己最开始就是被李广忠那个疏离甚至有些冷漠的表情给吸引了。当然，李广忠歪打正着的表情可能是二人婚姻得以达成的重要催化剂，但是促使程燕妮最终打定主意嫁给李广忠的还是剑门镇北滨村二组便利的交通和秀美的自然环境。

程燕妮后来不止一次地对女儿讲述自己第一次来到北滨村二组时的场景：六个人在街上吃了午饭以后，悠闲自在地顺着马路往二队走，等爬上了一个坡，二队便尽收眼底。一条小河、一条马路和一条铁路平行着穿过二队，铁路和小河之间是大片的田野，七月里整片田野都是绿油油的，小河哗哗的流水声十分悦耳动听。程燕妮禁不住脱口而出："这个坝子真不错！"正是因为程燕妮对二队坝子的喜爱表现得太过明显，李广忠在婚后多次拿这事来取笑程燕妮："你啊，哪里是把我看上了？明明就是看上了这个坝子，顺带看上了我。"每到这时，程燕妮都会笑着说："这么说来你还要感谢这个坝子呢，没有它，你哪里娶得到我？"而这时，李广忠就会心满意足地搂着已经是自己老婆的女神说些笑话。

在 1995 年的这个冬天，也就是李广忠和程燕妮因为二队的坝子结缘半年之后，李广忠终于娶到了自己心心念念的女神。他和大哥、二哥以及同村的几个青年坐在借来的拖拉机上，脚下放着几捆用红绸包着、准备孝敬岳父母的礼物，在初冬寒气的包围下往六合乡进发。在前往六合乡的路上，大龄青年李广忠并未表现出应有的激动和欣喜，相反他只是呆呆地缩在拖拉机的一角，默不作声地看着从天边飘落而下的雪花，时不时地伸出手来试图抓住一两片。

大哥李广耀实在受不了李广忠这副模样，他像往常一样对着幺弟发起了火："忠娃子，你怕尿啊，你两个哥哥都结过婚，你怕啥子？人家结婚都是高高兴兴、欢欢喜喜的，你做出个要死不活的样子给哪个看？男人就要有男人的样子，等会儿你干老汉儿看到才安逸呢。"

李广忠往角落里缩了缩，他向来害怕这个比自己大十岁、在联防队工作的哥哥，只好嗫嚅着说："这不是没结过婚，紧张嘛。"

李广耀看不惯李广忠那副温吞懦弱的样子，火气更大了，刚准备好好教训下幺弟，迎着寒风开着拖拉机的李广达开口了："大哥，老四，你们一人少说一句。今天是结婚的大好日子，吵起来等会儿别人笑话。再说了，让程家的人听到也不是啥子好事。老四也是，结婚就要开心点儿，未必给你娶的老婆还配不上你吗？别做出一副没得精神的样子，等会儿干老汉儿那儿不好交代。"

李广忠望了一眼耳朵冻得通红的二哥，默默地点了点头，接着便转过身去看悬崖上干枯的野草，不说话了。李广耀见老二出来劝和，自己也不好再说什么，只好和车上其余几个年轻人讲起笑话来。

到达程家坡已经快中午了，李广耀带着李广忠几个人，抬着送给程家的酒和鸡蛋，一路喜气洋洋地往程家走。程家在程家坡上算得上是个大家族，全族的人加起来恐怕得有五百口，李广耀考虑到这个情况，便提前多准备了一条烟，一路走一路发，看上去又体面又喜气。

到了程家，同村来凑热闹的人挤了一屋子，住在隔壁的程老汉更是早早地就坐到了火堆边等着来接亲的人，可程家的老堂屋里只有程燕妮的哥哥程官成和大姐程官明出来迎接接亲的人。

李广耀觉得不成个样子，但也只好赔着笑上前说："亲家大哥和大姐，我们来接亲来了，带了点儿小礼物，不成敬意，表表我们兄弟李广忠和我们李家对干爹干妈的孝心，以后就是一家人了，亲亲热热的才好。"

程官明笑着让李家一行人放下东西，又忙着抬出板凳，摆好花生、开水让接亲的和看热闹的人坐下，自己走进里屋去喊爹妈。李家几兄弟和程官成有一搭没一搭地说些闲话，过了一会儿，程官明才带着自己妈和妹妹燕妮走了出来。程燕妮一走进堂屋，接亲和看热闹的人都眼前一亮，只见她身上穿着一套水红色的衣服，脚上是一双黑色的皮鞋，头发梳得整整齐齐的，虽然没有化妆，却显得精神、灵动。李广忠的眼睛一下子就被吸住了，在已经相处了半年的对象面前，他有些局促地站了起来，在裤子上蹭了蹭手，这才磨磨蹭蹭地朝程燕妮走去。

程官明笑着说："今天是大好的日子，以后我们就是一家人了，还希望兄弟以后好好照顾我妹妹。"

李广忠这才回过神来，红着脸忙不迭地答应了。燕妮妈没有什么话说，只是一边催着接亲的人往外抬陪嫁，一边掀起衣服角擦眼睛。程官成帮着把陪嫁的一口红箱子、一个新漆好的衣柜和一个角柜抬上了拖拉机，程官明陪着妹妹上了车。在拖拉机快要发动的时候，程官成走到妹妹身旁，有些局促地说："幺妹，以后好好过日子，想爸妈、哥哥了就回来看看，别见外。"

程燕妮擦擦有些泛红的眼睛，对哥哥说："哥哥，你不一起去吃顿饭、喝杯酒吗？"

程官成笑着摇摇头："不了，今天下午还要挑粪，不去了。"

拖拉机发动了，装着几件家具，装着穿着水红色衣服的新娘，在零星飘落的雪花中出发了。等拖拉机开到河对岸的时候，程燕妮远远地看到自己的父亲在往山脚下的平地里挑粪，两只粪桶前后摇晃着，直至最后变成了两个模糊的小黑点儿。

拖拉机回到二队的时候已经是下午一点过了，李享德早就出来往大路上看了好几回，一回没看到，二回没看到，渐渐地心急起来。他走进睡房，对正在往外拿花生的老伴郭家孝说："这个咋个整，都这个时候了还没来，走了一上午了，再等就错过时间了。"

郭家孝向来不喜欢性急时候的李享德，她一边不紧不慢地往外拿花生，一边白了李享德一眼："急啥子急，未必她还不来了。就算不来了，不过是个婆娘，再找一个就是了。再说了，又不是给你接婆娘，你着啥子急？"

李享德听了这几句话，想反驳又不敢，想咽下这口气又不甘心，在屋子里背着手走了好几个来回，脸色渐渐地紫胀起来。郭家孝冷眼看着李享德，把花生往他手里一塞，硬声硬气地说："把这个花生拿给你那几个老不死的兄弟去吃，早点塞住了早点儿见阎王。"

李享德拿了花生，站在原地呆了一会儿，哼了一声，这才走到堂屋里和大哥李享名、二哥李享财吃花生、喝酒。李享财的老婆曹德清坐在一边默默地听着自己的男人和哥们兄弟说话。李享德的孙女李月明，孙子李清玉、李清松和李享财的孙子李清海，李享名的孙女李清清、李子彤在门前和堂屋里躲猫猫、打架。屋子外头摆了好几桌，李享名的儿子李广利、李广福和李享财的独子李广禄在几桌之间往来待客，客人们都在闲散地谈话、吃花生、喝水。

在这种惬意闲散的氛围里，大家渐渐地忘记了聚在一起的目的，直到队里的王胖子冲着院子和堂屋吼了一声："接亲的回来了！"他们这才意识到早就该到的接亲队伍终于到了。

李享德有些欣喜地冲了出去，李桃花抱着儿子跟在后面，笑吟吟地迎了出去；院子里喝水、吃花生的年轻人和堂屋里正在玩耍的李家清字辈的孙子都跟着跑出去看新娘子。李享名和李享财安闲地坐在堂屋里，只是抬起眼皮看了一眼一冲而起的弟弟李享德。

在李家院子外面，李广耀正在招呼接亲的人往外拿陪嫁的东西，李广忠扶着穿着水红色衣服、耳朵冻得通红的新媳妇下了拖拉机，李享德和李桃花迎了上去，闲话了几句。

新娘子进入李家院子的时候并未引起太大的轰动，北滨村的人天生性格就比较含蓄，不太会表达激动的心情，因此当程燕妮走进院子的时候，客人和李家屋里的人只对她表达了适度的欢迎，行了注目礼。李桃花引着程燕妮走进老堂屋对面的新房，屋子里生着一小盆火，新娘子坐在床边，烤暖和了双手和身子。

屋子外面李广利的老婆王彩凤正帮着招呼客人，李广福的老婆张亮和李广禄的老婆徐良英开始往桌子上摆筷子、摆酒，李广耀的老婆王菊花和李广达的老婆张翠华往外端菜。王菊花嫁入李家快十年了，为李家三房生下了长孙女李月明和长孙李清玉，她的个子不高，甚至可以说很矮，长得也不太好看，在李家的人看来她实在是配不上自己那位高大英俊的丈夫。张翠华嫁入李家快五年了，在嫁过来的第二年就生下了儿子李清松，她的个子比大嫂更矮，长得比大嫂更丑，她的丈夫虽然长得不算好看，但是个子很高，李桃花横看竖看都觉得这位二嫂配不上自己的二哥。和这两位嫂子比起来，程燕妮算是一个较为理想的媳妇，她不仅长得好看，还有见识。因此在李桃花看来，这位弟媳在一定程度上给李家长了脸，而今天的婚礼就是向大家表明：尽管他们李家兄弟多、家里穷，但是照样能娶到好媳妇。和之前的两位嫂子相比，李桃花对这位弟媳确实不错，此时正是李桃花抱着孩子在新房里陪着程燕妮烤火、闲话。

开席了，热菜一道道地上了桌，肉不太多，菜和馒头、包子、大米饭却管够，酒也算是充足，客人们在农闲的季节舒舒服服地坐在桌边，身边烧着几堆疙瘩火，畅快地谈论着新媳妇和别的闲话。按照剑门镇的规矩，新人是不能上桌子吃饭的，就在客人们酒酣耳热之时，李广忠端着一碗干饭和半碗菜走进了新房。

李桃花看着自己的兄弟，调笑说："哎哟，我的兄弟知道疼人了，长大了，是大人了。"

李广忠把饭菜放到一张高背椅上，把椅子搬到程燕妮面前，温和地说："快吃吧，时间晚了，你应该饿了，吃完还要去敬酒呢。"

程燕妮抬起头对着李广忠笑了笑。她一直知道李广忠是一个温柔体贴的丈夫，这也是她打定主意跟着并不富裕的李广忠的原因之一。在这一碗饭和半碗菜里她似乎看到了自己未来幸福、畅意的生活。她拿起筷子，心满意足地吃了起来。

到敬酒的时候了，新媳妇和新郎官由李广耀带领着，一桌一桌地招呼、敬酒、听别人对自己的祝福。来的客人不算多，大部分都是李家的近亲，要弄清楚称呼实在是一件不太轻松的事。

冬天的夜来得很早，六点过天就黑了，客人们抓紧时间吃完了晚饭。远方的客人吃完饭还有很长的一段路要走，他们不愿意久留，近处的客人也想早些回家去休息，很快，一屋子客人都走光了，只留下程燕妮的姐姐程官明和李广忠的姐姐李桃花。

新人奔波了一天，李家的人也接待了一天的客人，大家都疲了，都想早些睡下。洞房闹得很简单，就是几个同村的年轻人跑到新房里嘻嘻哈哈一阵，开了些无伤大雅的玩笑罢了。

很快，一间粉刷洁白、铺着大红被子的新房里就只有李广忠和程燕妮这一对新人了。新人坐在床沿上，屋子里的电灯开着，床前的柜子上烧着一对红烛，窗帘还没有拉上，透过窗户可以看到窗外飘飘扬扬的雪花。

李广忠没话找话："好多年没见到下雪了，今年这场雪下得有些意思。"

程燕妮也盯着窗外的雪花，笑着说："是有些意思。"

李广忠不看窗外的雪花了，他转过身去看身旁的程燕妮。程燕妮身上还是那身水红色的衣服，她的脸上没有脂粉，却显得健康、红润、年轻。李广忠突然拉熄了电灯。

程燕妮有些诧异地问："这么早，关电灯做什么？"

李广忠还是痴痴地望着程燕妮："灯下看美人，犹恐看不足。"

程燕妮读过的书不多，但这两句话的意思她还是知道的，在摇曳的烛光下，她吃吃地笑了："真酸，自从我认识你那一天起你就这么酸。"

在程燕妮的笑声中，李广忠的心也摇曳了起来，他走到窗边拉上了窗帘，又走回来蹲在程燕妮身边，伸出手去解程燕妮上衣的扣子。

程燕妮不笑了，她握住李广忠准备解扣子的双手，正色说："你要答应我几句话。"

李广忠看着程燕妮在烛光中明灭不定的脸庞，柔声说："什么话？"

程燕妮抓住李广忠的双手："第一，你要永远对我好；第二，你永远不能背叛我，否则我一定会离开你。"

李广忠看着面若桃花的程燕妮，笑着点了点头。程燕妮也笑了，她伸出手解开自己上衣的扣子，在摇摆的烛光里，两只又大又白的乳房出现在李广忠的眼前，紧接着又到了他的手里。李广忠抚摸着这两只乳房，感到全世界都在这一片动人的白里消散了、溶解了、不复存在了。

第二章

栽秧时节

南方的冬天总是过去得很快，除了李广忠和程燕妮结婚的时候下了一天小雪以外，剑门镇的这个冬天过得还算暖和畅快。穷人家的新年往往也没有什么新意，不过是一家人坐在一起吃饭、烤火、闲话罢了。

但是这个新年对李家三房里的人来说毕竟是不同的，不仅仅是因为这个家里多了一个人，还因为这个家庭保持多年的和谐与平衡在某种程度上被打破了。在李广忠和程燕妮结婚后的第三天，婆婆郭家孝就把大家叫到一起吃了一顿饭。在李家堂屋里的方桌上，李享德和郭家孝坐在上位，大哥大嫂坐在右手边，二哥二嫂坐在左手边，下首坐的是新婚的李广忠和程燕妮，三个孙子挤在桌角坐了。

这顿饭的气氛有些怪异。李享德坐在上位只顾闷头吃饭，一言不发，郭家孝时不时瞟一眼大儿子和大儿媳，再瞟一眼二儿子

和二儿媳，两个年长的媳妇则大部分时间盯着程燕妮看，李广耀不甚在意地吃着碗里的葱花面，李广达则不甚明了地时而看一眼自己的妈，时而看一眼大哥。两位刚结婚的新人只顾着看对方，对桌子上的气氛毫无察觉。

一碗饭下肚，郭家孝像是最终打定了主意一般，她放下碗，还算和蔼地对幺儿子和幺儿媳说："四娃子，程女子，你们的婚算是结完了。虽然爹妈没本事大操大办，但是该有的都算是有了，我和你们老汉儿也算尽了自己的责任。事情办完了，有些话呢该说还是得说，毕竟日子还是要过。"边说着，郭家孝边瞟了大儿子一眼。

李广耀放下筷子，冲着郭家孝说："妈，你有啥子话就说，当着自己的儿子没有啥子不好说的。"

李广达也跟着说："妈，你说吧，我们听着就是了。"

郭家孝又看了一眼程燕妮，这才不紧不慢地说："是这个样子的，燕妮，我们屋里不太宽裕，这个你是晓得的。为了给你们建新房、操办婚礼，我们在外面借了不少钱，将近一千三百块。我和你老汉儿都老了，眼看就要六十了，这笔账我们是还不起的，你们还年轻，这个事情只有靠你们年轻人来解决。"

李广忠听到这里，不由地把碗放下了，张了张嘴想说什么却一个字也说不出来。郭家孝瞪了幺儿子一眼，接着对新儿媳妇说："燕妮，这不是针对你们，你大哥大嫂、二哥二嫂结婚的时候也是一样，妈可是一碗水端平的。"

程燕妮看了一眼身旁把头低了下去的丈夫，又瞟了一眼正盯着自己看的大嫂和二嫂，冷哼一声说："我倒是没有见过，新婚夫妻就分这么一大笔账的。我家里穷得都快揭不开锅了，爹妈还没做这种事情呢。"

郭家孝冷冷地看了程燕妮一眼，没说话。李广耀在旁边帮腔："本来就晓得我们屋里穷，嫁进来之前就该有心理准备，现在反悔也晚了。"

程燕妮看了大哥一眼，冷笑着说："大哥说话好厉害啊，我还没说的话都被你说出来了。"

李广达见几个人都有了火气，李广忠又闷着头不说话，只好出来打圆场："妈，大哥，燕妮，你们都别动气，一家人要好好地，再说过几天就要过年了，闹起来也不成样子。老四，这个事情呢，也确实不是针对你们两个，你晓得的，大哥和我都是这个样子过来的。妈老汉儿老了，我们当子女的能尽一点儿心就尽一点儿心吧。"

李享德见老二出来劝和，自己也坐不住了，把碗一放，对儿子和儿媳们说："就是，一家人还是不要伤了和气才好，程女子才嫁进来，一家人还是要和和气气的，不要叫外人看笑话。钱的事情慢慢来，反正你们还年轻，我老了，帮衬不到你们了。"

程燕妮正准备开口，李广忠悄悄在桌下拉了拉她的衣角，她只好把满肚子的话憋了回去。这顿饭吃得大家心里都不太舒服，吃完以后，程燕妮桌子也不收拾、碗也不洗，赌气回新房睡觉去了。

程燕妮才关上门在床上躺下，李广忠就蹭了进来。他笑着在床边坐下，摇了摇程燕妮的肩膀。程燕妮睁开眼看到是自己的丈夫，火气更上来了，转过身朝里面睡了。

李广忠在床沿上坐了半天，见程燕妮不说话，他也不知道该如何是好。

程燕妮见他半天没吭声，自己忍不住转过身来，带着火气说："你杵在这儿干啥子？刚刚该你说话你不说，现在又来干啥子？"

李广忠见程燕妮说话了，便笑着说："不说话是怕又惹你不高兴，你有啥子气就往我身上撒，别憋坏了自己。"

程燕妮冷笑道："憋坏自己？在你们屋里活人难得很，我被气死是迟早的事。"

李广忠笑着抚摸着程燕妮的肩膀："你别气，这件事情是我之前没有告诉你。屋里的账确实是每个儿子都分得有的，遇到了这个样子的妈老汉儿，有啥子办法？幸好娶的老婆好，以后啊，我也不怕受欺负了。"

程燕妮被逗笑了，勉强冷着脸说："你也好意思？一个大男人要老婆保护，换个人早就羞死了。说正经的，这笔账到底咋个办，你心里有数没得？"

李广忠笑着说："有数，有数。开春以后先计划着把今年的秧子栽了，庄稼种了，之后我就去找广禄哥。他包了一个片石场，说是一个小工每天给十五块钱，这么算下来，一两年也就还完了。你别急。"

程燕妮见木已成舟，且自己才刚刚嫁过来，也不好意思立马就撕破脸，再加上看到新婚丈夫这么柔情蜜意，心里感到无限温暖，其余的事情一时之间也就不怎么计较了。

很快，冬去春来，北滨村的农民都开始计划种新一年的庄稼了。虽然北滨村二组有一块还算广阔的大坝，但总的来说这地方还是个不折不扣的山区，土薄、日照时间短，每年种的粮食只是勉强够吃，如果再遇到旱涝，一家老小的口粮都成问题。

位于南方的剑门镇人虽然偶尔也吃吃面食，但是他们的主食还是数百年未曾变过的稻米，因此栽秧就成了剑门镇一年一度的大事。栽秧的工序相当繁杂，首先要在收获的那一年留够谷种，在春天的时候拿到温室里去发苗；四月份把发出来的苗栽在田里，这叫栽小秧；等到五月份小秧变成大秧了，再把秧苗扯出来，栽在大田里。

春天到了，郭家孝早早地就把今年需要的谷种给了新婚的夫妇二人。大儿子和二儿子已经分家好些年了，当爹妈的也不用去过问他们小家庭的事情，只是新婚的夫妻暂时还得跟着老两口过几个月。

温室每年都建在李享名的大儿子李广利家门前的一个坡地上。所谓的温室就是一间用薄膜和木头搭成的简易密封棚子，里面用木头搭成一层一层的中空的台子。发苗的时候把浸水的谷种放在用篾片编成的数尺长的筏子上，再把筏子放在台子上。温室底下早就挖好了一个烧火的坑，等筏子都放好并密封温室之后，就派两个人在外面日夜不停地烧火，等到温度起来以后，谷种六七天也就发苗了。

搭温室这天，二嫂带着程燕妮到广利哥家来了。燕妮穿着春天的薄棉袄，下半身是一条绿色的针织长裙，显得温柔又精神。李广利的老婆王彩凤正在挖温室下烧火的坑，她手上握着锄头，脱了外衣，热得汗流浃背的。老远，她就看到了燕妮和张翠华，性格直爽的她连连冲着她们俩招手。

"王大嫂，这么早就开始挖坑了？广利哥不帮你呀，看把你累的。"张翠华笑着说。

王彩凤比张翠华大七八岁，算是李家这个大家族里年纪最大的嫂子了，她为人一向热情爽朗，和家族里的媳妇们关系都不错。她笑着对张翠华说："他上山砍柴去了，没空帮我。要了一个冬天人都懒了，才动了一下就满身是汗。燕妮来啦，新媳妇还挺勤快呢，老四干啥去了，也不晓得来帮忙。"

程燕妮冲着王彩凤叫了一声"王大嫂"，虽然和王彩凤接触得不多，但她还是挺喜欢这位大嫂的。二嫂带着燕妮走进温室，木头架子已经搭好了，里面稀稀拉拉地放着几排筷子，筷子上都用篾条、布条做了记号，二嫂把筷子放在中间的台子上，招呼程燕妮把筷子放在她的下层。

程燕妮问二嫂："为什么要放在这儿，放在门口不是更方便吗？"

二嫂一边往筷子上绑标记，一边说："放在门口的话人出来进去容易把冷风带进去，谷芽容易冷死，放在最里头又容易被烧死，中间是最好的。"

程燕妮一边听着，一边把筷子放在了下面的台子上。放好筷子以后，二嫂和燕妮就回去煮饭了。

到了晚上，温室搭好了，台子上放满了筷子，坑里的火也烧起来了。晚饭以后，媳妇们都凑到王彩凤家说话，说来说去说到了派谁看今晚上的火的事情。往年第一晚的火都是王彩凤和张翠华看的，只是前两天张翠华的儿子李清松感冒了，有些发热，她不大放心，不太想看今年的火。王菊花向来是胆小怕鬼的，往年的火她从来都没有看过。其余几个媳妇也都借口有事，不愿意看火。也难怪，看火是件苦差事，又冷又黑，还不能睡觉，年轻的媳妇们都不愿来吃这个苦。

王彩凤见大家都推三阻四的，便对一直没吭声的程燕妮说："燕妮，今晚我们两个看火，咋样？"

程燕妮看了王彩凤一眼，又看了看其他的媳妇们，笑着说："可以啊，我不怕鬼，也不怕黑。等会儿我回去取一件衣服来，王大嫂我们一起看火。"

天渐渐地黑定了，说闲话的媳妇们也都回家料理家事了。程燕妮回家拿了一件厚衣服，把要看火的事情说了，李广忠不放心，打着手电筒把程燕妮送到温室，在那儿说了半夜的话才回去睡。

谷种发起来了，天也渐渐暖和起来。和风缓缓地把山谷给吹绿了，各色的花朵也漫山遍野地开了，小河里的水和堰沟里的水都流淌起来。剑门镇的男女老少在生机勃勃的春日里都动了起来。

一筏子一筏子的谷苗被抬了出去，一双双水鞋在田埂上留下了大大小小的足印，堰沟里的水愉快地流淌到每一块干涸的田里，壮年男子牵着牛、吆喝着开始耕田了。

李家栽秧的规矩是一大家子合作，轮流把家里的田栽完，轮到栽哪家屋里秧苗的时候哪一家的媳妇就负责做饭。这样不仅干起活来效率高，而且一家子凑在一起说说笑笑的也更有趣味。

最先栽的是李广利家的田，水已经放好了，前一天李广达牵着牛把田也耕完了。到了栽小秧的这一天，李广利领着家里的弟弟和弟媳们，浩浩荡荡地往田里进发。

栽小秧是一种特别费腰的劳动，栽秧的人要把只有寸把长的秧苗小心翼翼地插到田里，上面还要留下寸许的绿苗。为了减少栽秧的痛苦，剑门镇的人在栽秧的时候都会用上秧板凳。秧板凳用木头做成，上面是板凳的模样，下面是一根圆柱形的桩子，可以插在耕过的田里，这样栽秧的时候就不那么费腰了。

王菊花和张翠华率先下了田，这两位都是栽秧的高手，每年李家的秧田有将近三分之一都要靠她们俩栽。王菊花手快、话少，张翠华耐力好，几乎不会喊腰痛。王菊花拿着一把秧苗占据了秧田的一角，一言不发地栽起来。李享财的儿媳妇徐良英跟在王菊花后面下了田，她手里拿着秧苗，和王菊花并排，也开始插起秧来。张翠华和李享名的二儿媳张亮跟在徐良英身后下了田，李广忠和程燕妮最后下田。

栽秧的时候徐良英的话是最多的，手里的秧苗还没栽完一把，她的话就接连不断地冒了出来："菊花姐，你的手好快喔，你都不嫌累吗？我不得行，一会儿就腰酸背痛的咯。"

张翠华笑着说："糟了，你还没老就不得行了，咋得了喔，你们家广禄要找新人咯。"

徐良英也不生气，笑嘻嘻地说："要找找他的嘛，我怕啥子。找了别人还好，免得烦我。"

王菊花也笑了起来，说："恐怕到那个时候你就不得这么说了。"边说着，边习惯性地做出捂嘴的动作。

徐良英伸直了腰杆，摇了摇头说："菊花姐也笑话我，都被二嫂子给带坏了，我不跟你们说话了。"说着，她果然换了地方，不挨着王菊花了。王菊花知道她有点儿小孩子脾气，也不在意，只是埋着头栽自己的秧。

李广忠见徐良英换地方了，瞅准了时机靠了过去，边插秧边说："徐大嫂，有件事情想麻烦你给哥哥说下，得行不？"

徐良英见他说得这么一本正经，也收起了调笑的神色，问："啥子事？你说出来我听下。"

李广忠有些不好意思地顿了顿，这才接着说："其实也没得啥子大事，就是前段时间听哥哥说要采片石了，反正我在屋里闲着也是闲着，想问下，哥哥那里缺人不？"

徐良英摆摆手，爽朗地说："原来是这个事。没问题，你哥哥那里确实要人，外人都要，哪能不要自家兄弟？只是这两天他往白马镇去了，等他回来我给他说一声就行。"

李广忠的心中顿时涌起一股感激混合着欣喜的感情，连连向徐大嫂道谢。

一行人说说笑笑地一上午就把秧田插了个大半，快到中午的时候，和李广达一起在后头河耕田的李广利给他们送水来了。喝完水，日头已高，大家都有些疲乏，商量着该回去吃饭了。秧板凳被扯了出来，随意地扔在田埂上，几双泥腿子说说笑笑地往堰沟里洗脚去了。

第三章

分 家

　　家是在八月份分的。本来李享德不想分得这么早，可是郭家孝和新儿媳程燕妮的矛盾已经发展到非分家不可的地步了。

　　程燕妮十六岁上下被大姐程官明送到绵阳保安学校读了两年书，毕业以后还在绵阳体育馆当了一年多的保安，不像从生下来就待在村子里的大嫂和二嫂，她的思想新潮、见识广、胆子大，在婆婆面前也不怎么服软。和公公婆婆住在一起的这几个月里，她觉得自己憋了一肚子的气，而婆婆郭家孝也有同感。

　　引发两人矛盾的不过是些鸡毛蒜皮的小事，但在性格刚强的郭家孝和程燕妮看来这些事情可不算小事。郭家孝嫁进李家快四十年了，当婆婆也当了快十年。在郭家孝看来，地里收回来的白菜、青菜和豇豆都是泡坛子和做腌菜的好菜，所以李家的人这些年来总是有吃不完的泡菜和腌菜。但是在程燕妮看来，青青脆脆上好的白菜和青菜正该拿来炒了吃，味道又好，又爽口。所以程燕妮在嫁进李家屋里第一次上灶台的时候，就打算做一顿炒白菜来吃。把白菜洗干净以后，程燕妮翻箱倒柜地找清油，往灶房里抱柴的李广忠见了，问她在干什么。程燕妮说要炒白菜，李广忠也很高兴，他是在程家吃过炒菜的人，一直忘不掉那种爽口的味道，而且说实话泡菜和腌菜早就把李享德和李广忠给吃烦了，只不过他们敢怒不敢言罢了。中午吃饭的时候，郭家孝没看到自己拿手的泡菜和腌菜，相反，桌子正中央摆着一盘青油油的白菜。郭家孝的脸色当时就不好看，她看了眼新儿媳妇，转身走到厨房里捞了一大碗泡菜出来，"噔"的一声放在桌子上。

正往外端饭的程燕妮见了，笑着对婆婆说："妈，今中午有炒菜，不吃泡菜了吧。"

郭家孝往碗里挑了一大筷子泡菜，压着声音说："我吃惯了，吃不了你们的炒菜。"

程燕妮不识趣地接着说："炒菜比泡菜好吃，妈你多吃点儿吧。"

郭家孝不说话了，三两下把一碗饭吃完，黑着脸进灶房煮猪食去了。她一边搅着锅里的糠，一边拉长了声音对着正在堂屋里吃饭的人喊："炒菜费油。老头子，你塞完没有，塞完了就早点去把柴劈了，一会儿天都要黑了。"

第二天吃饭的时候，郭家孝一看，桌子中央依旧是一大碗炒白菜，只不过在靠近她的地方放了一小碗泡菜。程燕妮一边笑着一边给郭家孝夹菜："妈，你喜欢吃泡菜，我今天给你夹了一碗，你快尝尝。"

一股无名火从郭家孝的胸口冲上来，她很想好好教训下这个新来的、不懂规矩的儿媳妇，但她一抬头就看到程燕妮一张笑吟吟的脸，不知怎的，那团火就堵在嗓子眼儿里冒不出来了。

晚上睡觉的时候，郭家孝气狠狠地对李享德说："新来的那个婆娘太厉害了，我看她迟早要把我吃了。"

李享德不甚在意地问："又出啥子事了？我看程燕妮就很好，哪里又惹到你了？"

郭家孝瞪圆一双眼睛，恶狠狠地骂："你个老不死、要挨炮火的老狗日的，你吃人家的炒菜笑得眼睛都要睁不开了，一筷子一筷子地塞，啥时候噎死你个老杂种。"

李享德不敢再说话，轻手轻脚地缩到床上，背对着郭家孝睡了。

婆媳两人在厨房里和桌子上的明争暗斗正式拉开帷幕，被夹在中间的李享德和李广忠没少受气。因此，在秧子开始抽穗、蝉儿吵得人心里烦躁的八月份，郭家孝实在忍无可忍，最终决定分家。

当然，只有郭家孝心里明白，分家的原因不仅仅是桌子上和厨房里的那点儿事。她没说出口的还有很多，比如她看上李广忠和程燕妮那间粉刷得亮堂堂、新崭崭的新房已经不是一天两天了；比如她总觉得，要是不分家，李广忠和程燕妮就要一直吃她的米，占她的便宜；还比如分家以后她就可以正大光明地调教一下这个新儿媳妇了。

分家那天热得出奇，树上的蝉儿叫得人心里烦躁不堪。李家的一大家子住的是一间四合院，前两次分家已经把堂屋右手边的两间睡房、一间灶房和小客厅分给了大儿子一家人，把堂屋左手边的两间睡房和灶房分给了二儿子一家人。这次分家的时候，郭家孝只想要那间新修不久、装修得亮堂堂的新房，所以她决定把那间中看不中用的大堂屋连同堂屋后的一间睡房和灶房分给幺儿子和幺儿媳，而她和李享德占了挨着二儿子睡房的灶房和堂屋对面的新房。

程燕妮心里对这个决定比较满意。她虽然也喜欢那间新房，但毕竟那间房子挨着大哥的小客厅，她总是觉得不太方便，而且在她看来那间老堂屋可是整个四合院里最大、最好的房子，所以当婆婆郭家孝提出这个建议的时候，她立马就同意了。李广忠在程燕妮面前没有话语权，就如同他那快要六十的老父亲李享德在他那脾气不好的老娘郭家孝面前说不起来话一样，因此对于这次分家，他们俩几乎没有提出任何异议。

当然，对于把老堂屋分给李广忠和程燕妮这件事情，李广耀和李广达两家人的心里都有些看法。在李广耀看来，妈老汉儿这次实在是太偏心了。他当然不知道老妈心里的打算，因为在他看来老汉儿一直都偏心自己那个不争气的幺弟弟，所以这次他把这件事情也看成了老汉儿的决定。分家的那天晚上，王菊花在煮夜饭的时候叮叮咚咚地敲了一晚上的锅，让人不得不怀疑他家的锅是不是早就成了一堆废铁。当王菊花在灶房屋里敲锅的时候，李广耀则在小客厅外咚咚地敲打锄头，当然，在别人看来他不过是在费力地把锄头上的铁锈敲掉罢了。

就在李广耀一家人搞得叮叮当当的时候，对面的李广达一家人也表达了自己的态度。在李广达看来，老堂屋给了幺弟就给了，反正他觉得自己的那两间屋子住起来还算舒服，并且作为一个极其孝顺又从来不受重视的二儿子，他对妈老汉儿的决定向来是没有什么意见的。因此当大哥一家故意大声敲打屋里的铁器的时候，李广达端着一碗面舒舒服服地坐在灶房里，一句话也没有说。

张翠华听着外面铁器振动发出的声音，和着铁器的频率，使劲地刷着自己家里唯一的一口铁锅。水在锅里发出了哗哗的声音，几滴洗碗水溅到了正在低头吃面的李广达身上。

李广达抬起头看了一眼自己的老婆，有些不快地说："注意点儿，水溅了我一脑壳。洗了一辈子碗的人，咋毛毛躁躁的。"

张翠华听了，白了李广达一眼，把篾刷把一扔，赌气说："我是不会洗碗，你要管；有些人不会当老人，你咋不去管？"

李广达当然知道老婆在说什么，也立马就明白了今晚这一出是什么意思。他叹了口气，对张翠华说："妈老汉儿有自己的想法，我们当子女的该干啥就干啥，管那么多做啥子？"

张翠华一向是知道李广达的脾气的，她自己也不是一个爱找事的人，因此虽然肚子里燃烧着火苗，她还是按照惯例忍了下去。

当右手边的铁器发出刺耳的当当声，而左边和对面安安静静、鸦雀无声的时候，李广忠和程燕妮正坐在自己的灶房里吃饭。今晚对他们俩来说是一个与众不同的晚上。之前他们是住在爹妈的房子里，吃爹妈的米，听爹妈的话，而从今晚开始他们就住在自己的屋子里，吃自己的米，干自己想干的事情，再也不用看别人的脸色了。因此，尽管右手边的当当声有些刺耳，他们也当作什么都没发生的样子，欢欢喜喜吃了饭，欢欢喜喜地收拾了碗筷。

堂屋的大门早就关上了，门后的空间成了一个隔绝的世界。新分的睡房，虽然比之前的旧，但是好在安静方便，睡房的一边是自家的灶房，另外一边是二哥家堆放杂物的地方，两边都没人住。对于程燕妮来说这实在是再理想不过的了。当她和李广忠住在新房里的时候，新婚宴尔的夫妻每晚都忍不住要做那事，程燕妮不是一个含蓄内敛的人，她总是要呻吟出声，有时候声音还比较大，这时旁边的大哥一家就对她形成了不小的压力。毕竟是新媳妇，她也不想别人说闲话，每次只好生生地忍了下去。所以在过去的八个月里，程燕妮一直过得不太畅快。

但是今晚以后，一切都不同了。她将在自家的屋子里和新婚丈夫自由自在地干自己最想干的事。吃完饭以后，程燕妮和李广忠急切地进了新分的睡房。李广忠手忙脚乱地关上了门，程燕妮笑嘻嘻地上了床。

在这件事情上程燕妮一向都是比较主动的。新婚的那一晚就是她主动解开了上衣的扣子，当李广忠的双手第一次接触到她那对洁白而硕大的乳房的时候，她感到一股从来没有过的畅快涌上了心尖。当他们第一次摸索着做完那件事以后，李广忠发现程燕妮没有落红。

李广忠有些失望地说："没得血？"

有些疲惫的程燕妮半睁着一双眼睛，迷迷糊糊地问："啥子血？"

李广忠感激只有十九岁的程燕妮带给自己的前所未有的快感，所以他没有继续这个问题，而是压在程燕妮身上又来了一次。

在磨合了八个月之后，程燕妮和李广忠的房中之事变得和谐且畅快。在这个晚上，李广忠熟门熟路地一下子就把程燕妮给剥光了，程燕妮洁白修长的双腿一下子就缠上了李广忠精瘦的腰。

没有了任何制约的程燕妮在床上畅快地呻吟着，当到达顶峰的时候，她的手指紧紧地抓着李广忠的肩膀，闭上眼睛叫出了声。

客观说来，这对新婚夫妻之间并不存在什么严重的问题，两个人相处一向和谐，即使有时会发生一些小问题，过一夜这些摩擦也自然而然地烟消云散了。但是在结婚八个月以后，一件事情不知不觉地浮现出来，给他们的新婚生活蒙上了一层阴影。李家的前两个媳妇在结婚两三个月都怀上了孩子，王菊花更是在三年内接连生下了一女一子。虽然在有了三个孙子孙女以后，郭家孝对程燕妮的肚子也提不起什么兴趣了，但是结婚八个月依然没有半点动静的程燕妮确实在郭家孝的心里撒下了怀疑的种子。六月份的时候闲话已经在李家的四合院里飘荡了，郭家孝看程燕妮的眼神里也增加了一些怀疑和不满，每当和幺儿媳发生矛盾的时候，郭家孝在睡房里对儿媳的谩骂也由"婆娘"变成了"不下蛋的婆娘"。虽然偶尔能听到这些声音，但是刚满二十岁的程燕妮毕竟还小，她对有没有孩子这件事一点儿概念也没有。李广忠虽然有些着急，可也不舍得拿这件事去破坏自己蜜里调油的小日子。

这件事情在分家后不久才第一次真正进入程燕妮的心里。在敲完了家里的铁锅、锄头，来回骂完了自己的孩子以后，李广耀和王菊花心里的恶气仍然没有出完，他们决定放弃旁敲侧击的方式，直接明了地给程燕妮和李广忠难堪。在热得人毫无精神的八月中旬，李家四合院的静谧突然被一阵谩骂声给打破了。事情起源于李广耀责骂自己调皮捣蛋的儿子李清玉。在王菊花毫无光彩的前三十年生活当中，李家这个刚满七岁的长孙可以算是她最大的成就，出于这个原因，她一直对自己的儿子偏爱有加。所以这天当丈夫责骂自己的心肝宝贝的时候，王菊花心中的两股气突然就合在了一起，一股是对自己丈夫不太强烈的气，另一股是对程燕妮近乎咬牙切齿的气。在这两股气的合力之下，王菊花一把搂住瘦弱的儿子，瞪着丈夫骂出了那句忍了好几个月的话："骂儿子干啥子，有些鸡只吃谷子不下蛋，自己有儿子还不晓得疼！"

很快，这句"有些鸡只吃谷子不下蛋"在李家院子里飘荡了起来，先飘到了躺在新房里睡午觉的李享德和郭家孝的耳朵里，郭家孝心里涌起一股说不出的舒畅，她不自觉地笑出了声。接着，这句话和着郭家孝响亮的笑声飘进了正在灶房里码柴的张翠华的耳朵里，分家的事情对她来说还没有过去，对程燕妮的嫉妒和埋怨在这两种声音里生长起来，最终她捂着嘴发出了低低的笑声。三种声音和在一起飘到了正在睡午觉的李广达的耳朵里，他还没睡醒，发出了一两声响亮的鼾声。最后，声音终于飘到了李广忠和程燕妮的睡房里，声音飘过来的时候他们俩正半睁着眼睛讲私房话。当王菊花的谩骂、郭家孝不加掩饰的笑声、张翠华低低的笑声和李广达响亮的鼾声被风吹进来的时候，李广忠一下子就清醒了过来，他的心中被一股突如其来的羞耻、失落和气愤充满了，他坐了起来，双手紧紧地抓住床单，眼睛里烧起了两团火苗。当声音传到程燕妮耳朵里的时候，她的慵懒和几个月以来的幸福感立马就崩塌了，眼泪一下子涌上了她的眼睛。

那天晚上，哭声在李家的四合院里飘荡了一个晚上，第二天一大早程燕妮就收拾东西回了娘家。

当程燕妮爬上程家坡的时候，远远地她就看到哥哥程官成坐在屋檐下喝水，嫂嫂文华正在堂屋里扫地。泪水无声地顺着程燕妮的脸颊流了下来，她在原地呆呆地站了半天，直到八月霸道的太阳把她晒得全身没劲儿这才迈开步子往哥哥家走去。最先看到程燕妮的是哥哥程官成，自从妹妹结婚以来这还是他第二次看见妹妹，上次是幺妹夫和妹妹回门的时候。程官成长得挺英俊，肤色黝黑，没啥心计，对家里的姐妹还算和善，只是在自己年轻漂亮的老婆面前说不上话。程官成见妹妹是一个人回来的，脸上还带着些泪痕，他有些着急地站起来，把妹妹领进了屋。文华看到程燕妮神色不太对，也赶紧让妹妹坐下，倒了一杯水，慢慢地问了起来。

见了哥哥嫂子，看到他们对自己这么关心，程燕妮的眼泪又流了下来。她一时之间说不出话，抽抽噎噎地低着头只顾揩眼泪。

程官成有些急了，忙说："是不是老四欺负你了？这个杂种，等老子去收拾他。"说着就要动身。

文华瞪了丈夫一眼，呵斥道："燕妮一句话都没说，你着啥子急？问清楚了再说。"

文华一骂，程官成就没脾气了，他像泄了气的皮球一样瘫坐在椅子上，不吭声了。

晚上下地除草的程天南和曹家华回来了，程燕妮把事情一五一十地对爹妈和哥哥嫂子说了。听完以后，程官成气愤地拍打着裤管，有些按捺不住地说："李家这家人也太不是东西了，就算没生下娃儿来，也不能这个样子说话噻。"

曹家华听了，一边洗碗，一边掀起衣服来揩眼角，抽抽噎噎地说："就给你说他屋里儿子多，老人婆又厉害，嫁过去要受气，要受气，你就是不听喔，不听喔。"边说着，曹家华边跺着自己那一双不大的脚。

程天南听完以后半晌没说话，使劲儿吸了一口手里的烟锅，低下头思索了半天。程燕妮看着父亲，等着他发话。

程天南缓缓地吐出烟圈，抬头看了看自己的刚满二十岁的幺女儿，语调缓慢地说："你和李广忠订婚的时候我就猜到有这么一天。当初，我和你妈、你哥哥都劝过你了，你不听，当然现在说这个话也晚了。我就问你一句话，你还想不想和李广忠过？"

程燕妮有些畏缩地看着一向威严的父亲，擦了擦眼泪，说："想，他对我一直都不错。"

程天南转头去看地下，叹了口气，思索着吸了口兰花烟，摇摇头说："那好。如果想过的话明天就让你妈带你去看中医，让医生号个脉，吃几副药看看得不得行。你先去睡吧，我看明天李广忠也要来了。"

在娘家独自睡觉的这个晚上，程燕妮翻来覆去都睡不安稳，她一会儿想李广忠在屋里做什么，一会又会想起大嫂王菊花骂自己的话，忍不住掉了几滴眼泪，一会儿又回想起李广忠有些粗糙的双手抚摸自己身体的感觉。程燕妮心中顿时被孤独和寂寞充满了。

不出程天南所料，第二天，李广忠果然来了。曹家华带着李广忠和程燕妮去街上看了医生，开了几副药。程燕妮不愿意立刻就回李家去，他们俩在程家坡住了几天这才心不甘情不愿地走了。

第四章

矛盾爆发

　　自从八月份赌气回了一趟娘家以后，再次回到李家的程燕妮和李广忠日子更不好过了。大哥李广耀和大嫂王菊花对程燕妮的排挤更为明显，由之前的打鸡骂狗变成了现在挑明了的冷嘲热讽。不知道从哪一天开始，王菊花就不和程燕妮说话了，走到程燕妮面前的时候也总是把头一扬，撇着嘴快步走过。郭家孝巴不得看到这种状况，她往大儿子屋里走动得多了，和之前不受她待见的大儿媳也日益亲密起来。李广达不太在意这些琐事，到了打谷子的季节他和李广忠已经在李广禄承包的片石场做了五个多月的工。李广禄给工钱比较干脆，做一个月就有一个月，在过去的几个月里李广忠攒了些钱，把债务的零头还清了。

　　到了打谷子跟前，李广忠和程燕妮商量着请几天假回来帮着打完了谷子再去做工。程燕妮一方面觉得耽误几天工不划算，另一方面也知道只凭自己一个人和别人换工是打不完自家的谷子的，犹豫一番之后只好同意了。剑门镇的人最晚在十月末就要打谷子，打完谷子以后没多久冬天就要到了。程燕妮算了下自家冬天的烧火柴还差些，就决定在打谷子之前先把柴砍够。

北滨村的前山是砍柴的最好去处，翻过了铁路就是一大片树林。这天早上程燕妮吃过早饭，腰上拴着刀别子，斜背着背篓上山去了。十月份的时节花几乎都谢了，漫山遍野都是火红的枫叶，远远地看去美极了。走到半山腰，程燕妮见地上都是掉落的枯树枝，没费多大工夫就捡了一背篓。这些都是干柴，容易捡，但是柴小，只能当惹火柴，要想把煮饭柴背够就只能砍树。背完了两背篓惹火柴以后，程燕妮开始在林子里寻找自己砍得断、背得走的树。在几棵沙树中长着一棵歪斜着的松树，有碗口粗，程燕妮觉得这棵树不错，便从刀别子里扯出柴刀砍了起来。砍柴是个费力的活儿，没多久程燕妮的汗就下来了。她脱掉了砍柴穿的破外衣，挽起袖子专心对付起松树来。等到太阳照到头顶的时候，树砍断了，程燕妮仔仔细细地把松树的树枝都砍干净了装在背篓里，拖着光秃秃的松树杆回了家。中午吃完饭以后，她又上山来把树枝背回家。如此忙了两三天，家里冬天烤火和煮饭的柴差不多是够了。

到了第三天，程燕妮背着一背篓松毛子正往家里走，刚刚翻过铁路，她突然感到一阵恶心，捂着胸口吐又吐不出来。当天晚上，李广忠在片石场做完工以后从后门走进厨房发现屋里冷锅打铁的，一点儿声音也没有。他放下铁锤和铲子，急匆匆地走进睡房。程燕妮静静地卧在床上，脸上冒着冷汗，一点儿精神也没有。

李广忠吓了一大跳，赶忙走到床边，伸手摸了摸程燕妮的额头，问道："怎么了？哪里不舒服？"

程燕妮知道是丈夫回来了，她没精打采地睁开眼睛，勉强笑了笑："没怎么。就是下午背柴的时候有点儿想吐，回来一直没精神。别担心了。"

李广忠看程燕妮没发烧，就想着先让程燕妮躺一会儿，先把饭煮来吃了再说。李广忠不太会做饭，只匆匆煮了点面，端给程燕妮吃了。程燕妮半躺在床上，勉强吃了两口，没忍住一下子全吐了。李广忠吓坏了，先伺候程燕妮喝了几口水，急匆匆地跑到李广利家里去找大嫂王彩凤。李广忠到的时候王彩凤正在洗碗，听李广忠说了情况，她赶忙丢下手里的活儿，嘱咐了李广利几句就跟着李广忠去看程燕妮。

王彩凤到的时候，程燕妮又涌起了一阵恶心，她躺在床上，正捂着胸口往地上吐口水。看到这副模样，王彩凤心里已经清楚了八九分。她赶紧拍了拍程燕妮的背，让李广忠换一杯热水来。

见李广忠走了，王彩凤笑着问："好久没来月经了？"

程燕妮想了想说："该有五十几天了。"

王彩凤笑了："真的还是个娃儿，自己要当妈了都不晓得，还连着背了几天的柴。累到了没有？"

程燕妮听王彩凤这么说，才一下子反应过来。自八月份从娘家回来以后，她已经接连吃了两个多月的药，丈夫李广忠在床上也比以往更加努力。本来以为是怀不上了，没想到上天竟然给了她这么大一个惊喜，程燕妮有些吃惊地捂着嘴，半天没回过神来。

这时李广忠端着热水进来了，王彩凤笑着对李广忠说："老四，你要当老汉儿了，恭喜恭喜啊！"

李广忠一听这话，再看看程燕妮的表情，心里别提有多高兴了，他赶忙走到程燕妮身边坐下，把手里的热水递给了她，冲着王彩凤说："王大嫂，是真的吗？燕妮有了？"

王彩凤见两人还像孩子似的，啥都不知道，又气又笑地说："未必大嫂还要骗你吗？有了，肯定有了。老四，大嫂要说你两句了，燕妮都有娃儿了，以后可不能干重活了，你这个当丈夫的要多注意、多心疼，晓得了不？"

李广忠搂着程燕妮，笑得嘴都合不拢了，连连说："晓得了，晓得了。"王彩凤见李广忠屋里什么营养品都没有，当夜就让李广利把屋里的鸡蛋捡了二十个送了过去。李广忠也是个急性子，当天晚上就给程燕妮煮了几个吃。睡觉的时候李广忠生怕把程燕妮哪儿给磕着碰着了，一晚上绷着个身子，醒了好几次，程燕妮见了又好笑又无奈，只好随他去了。

程燕妮怀孕的事情不久就传遍了李家上上下下。李享德听了以后，心里着实高兴，赶忙翻箱倒柜地找营养品。郭家孝见了对着李享德劈头盖脸就是一顿臭骂，什么难听的话都说了出来。李享德拗不过郭家孝，找营养品的事也只好不了了之。要说最不高兴的还是李广耀和王菊花两个人。在程燕妮怀孕之前，他们私底下没少说程燕妮的坏话，在李家的其他媳妇面前，王菊花也没少骂程燕妮是"不会下蛋的鸡"。得知程燕妮怀孕的那天，王菊花坐在屋里生了一天的闷气。

吃完晚饭，天早就黑了。郭家孝让李享德收拾屋里的碗筷，自己蹭到王菊花家的灶房里。郭家孝到的时候王菊花正闷着头吃晚饭，李广耀早就吃完了饭坐到小客厅里喝水看书去了。

坐下以后，郭家孝搭讪说："隔壁的有了，你晓得不？"

王菊花粗声粗气地说："晓得。"

郭家孝见王菊花情绪不佳，知道自己来对了，接着说："我看这下这个婆娘的尾巴要翘到天上去了，要拿鼻子对着我们出气了。"

王菊花使劲把火钳往柴堆里一扔，气气地说："她敢！我倒要看看她有好大的本事。"

郭家孝见王菊花的火气上来了，又忙着添了一把柴："本事大着呢！连我也不放在眼里，前两天我还听到她和没脑壳的老四说我们一个也比不上她。"

王菊花听了以后火气更大了，"砰"的一声把碗放在灶台上，不说话了。就在这时，李广耀进来了，他看到郭家孝，喊了一声"妈"，又看到自己的老婆气得满脸通红，正准备问，郭家孝赶忙站起身走了。

李家打谷子遵照栽秧的习惯，还是大家合作一家家地轮流打。打谷子的第一天是一个晴天，大早上太阳就晒到了家门口。李广忠换上干活时候穿的迷彩服，腰上拴着刀别子出门了。程燕妮本来也打算去，不过王彩凤和李广忠都说太危险了，让她好好在家里将养。程燕妮拗不过大嫂和丈夫，只好在家里休息。自从怀孕以后，程燕妮觉得身体慢慢地变重了，胃口也没有之前好，虽然没有砍柴的那天吐得那么厉害，但总是觉得不爽快、不舒服，等男人出门以后她就回房继续睡了。

李广利和李广福抬着半桶下了田，王彩凤、王菊花领着几个弟妹一大早就开始割谷子。几个人排成一排，弯着腰用柴刀把谷子一把一把地割下来，两个人负责把谷子收集起来放在半桶旁边，李广利和李广福、李广禄、李广耀四个男人抓起谷子交错着往半桶里打。不一会儿，远远近近传来了接连不断的"砰砰"声。孩子们在田埂边打闹着，时不时跑到田里找自己的妈要一两件东西，偶尔跑进去说几句话。割谷子的人动作很快，打谷子的人慢慢落了下风。李广禄冲着割谷子的人喊："嫂子、弟妹、兄弟割慢点儿，我们打不赢了。"

徐良英笑嘻嘻地停下了手里的活儿，转过身冲着自己的男人吼："还没得几下你就不得行了，还不如我，待会儿嫂子们要笑你了！"

李光禄看着自己活泼爱笑的妻子，擦了擦额头上的汗，笑了笑没说话。不一会儿，"砰砰"声又响起了。

割谷子的人稍稍慢了一点儿，女人们又凑到一起说起了闲话。张亮看了看周围的人，悄悄地对张翠华说："翠华姐，程燕妮怀孕了呀，啥时候的事？"

张翠华还没开口，徐良英就接口道："怀孕了呀？我咋没听到有人说呢？张亮，你是咋晓得的？"

王菊花闷闷地接口说："怀了，高兴得不得了，天天在屋里躺着养呢。"

张亮听了这话，有些不得劲了，她撇着嘴说："还不知道怀的是啥子，就显摆起来了。"张亮是大房里的二媳妇，她的公公一直盼着有个孙子来传宗接代，可惜她和大嫂王彩凤都生的是女儿，为了这，她和王彩凤没少听李享名的难听话。不过王彩凤性格爽朗，人缘好，街坊邻居也没人戳她的脊梁骨。张亮就不同了，她喜欢说闲话，平日里在背后没少编排别人，因此她和邻里的关系一直处得不好，偶尔有些摩擦，女人们都喜欢拿这话来噎她。

王彩凤知道张亮这张嘴又要说些不中听的话了，赶忙打圆场："燕妮身体不好，前几天背柴又累着了，是我让她在屋里躺着别出来的。"

这时，李广忠割谷子也割到了张亮这边，她不便开口，只好快快不乐地闭上了嘴。

一上午，李广利家的田就割完了，吃完午饭以后大家开始割李广福家的田。下午的太阳火辣辣的，竟然有了点儿夏天的感觉，才割了没多久，大家的心里都毛毛躁躁的，衣服也都湿了。

才割完了田的一角，王菊花的儿子李清玉哭着跑到田里来找她来了。李清玉眼泪鼻涕流了一脸，站在田埂上哭兮兮的一句话也不说。还是徐良英看见了，喊了一声"清玉娃"，王菊花这才知道是儿子来了。她喊了儿子一声，李清玉没理她，王菊花把柴刀放到腰后的刀别子上，边擦汗边往儿子的方向走。到了儿子跟前，她有些不快地掀起儿子的衣服给他擦眼泪鼻涕，闷声闷气地问："你咋了？哭啥子哭？"

李清玉不说话，只知道一个劲儿地哭。张亮在一边调笑道："清玉娃，你一个男娃子，哭啥子哭，一点儿男娃儿的样子都没得，倒像个女娃子。"

听了这话，王菊花的心里更不舒服了，她手上的劲儿加大了几分。李清玉的脸疼了起来，他哭得更起劲了。

王菊花有些不耐烦，提高声音问："你姐姐呢？哪儿去了？"

李清玉这才抽抽噎噎地说："姐姐在煮猪食。"

王菊花又问："你到哪儿去了的？"

李清玉一边揩眼泪一边说："程幺妈屋里。"

一听这话，王菊花的火一下子就起来了，粗声粗气地骂："你到她屋里去干啥子，你要闯魂也要挑对地头噻。她把你做啥子了？快说！"

李清玉见王菊花生气了，不再哭，怯生生地瞟着她说："程幺妈骂我了。"说着眼泪又流了下来。

王菊花一听，火冒三丈。她把刀别子从腰上取下来，把柴刀往地里一扔，拉上李清玉就往屋里走。张亮在后面低声念叨："糟了，糟了，真生气了。"

王彩凤起先没把这件事放在心上，其他几个人说话的时候，她一只耳朵进一只耳朵出，没往心里去，直到王菊花抓着李清玉回去了，她才意识到问题的严重性，赶紧招呼正在田埂边割谷子的李广忠，让他回家去。

王菊花抓着李清玉一阵风似的往回跑。李广忠新分的老堂屋门还开着，王菊花刚一踏进这个自己几个月以来绕着走的地方就大声叫起来："程女子，你出来，我们把事情说清楚，快点儿出来！"

程燕妮吃完午饭、收拾完碗筷以后就回房睡午觉去了，她本来就睡得不熟，王菊花这一嗓子一下就把她给吼醒了。程燕妮不是个怕事的人，她一边穿衣服，一边往外走，走到堂屋门口，她看到王菊花抓着李清玉，气冲冲地站在堂屋中间。她走上前去，压着火气问："大嫂干啥子？你好久没来了，一来就要搞得大家都晓得，你啥子意思？"

王菊花见程燕妮丝毫没有服软的意思，气急了："大嫂？我不是你大嫂，鬼才愿意给你当大嫂。程燕妮，你才嫁进李家几天，地皮子都没踩热，就拿腔作调起来了。我问你，你把我们清玉娃做啥子了，我给你说这个娃儿是我的命，你要干啥子就冲着我来，莫干那些见不得人的事情！"

程燕妮气极了，冷笑了一声，说："见不得人？我有啥子见不得人的？你说清楚，否则你今天莫想出这个门！"

王菊花甩开李清玉的手，叉着腰骂道："程女子，我晓得你看不上你这个大嫂，你觉得我们都比不上你！不过你莫得意，你还不晓得怀的是个啥子，还不晓得生不生得下来呢！"

程燕妮好不容易得了这个孩子，最听不得的就是这些话。她向王菊花走近了几步，冲着王菊花吼道："你是个啥子东西？你会说话不？不会说的话当心我把嘴给你揪下来！"

就在王菊花和程燕妮骂得不可开交的时候，李广耀、李广忠冲了进来。李广忠见程燕妮捂着肚子，气得满脸通红，心疼极了，赶紧拦在程燕妮身前，冲着王菊花吼道："大嫂，你有啥子话对我说，不要欺负我们燕妮！"

李广耀见李广忠给程燕妮帮忙，自己的老婆王菊花落了下风，赶紧两步冲到李广忠面前，伸手推了李广忠一把，边推边说："你要干啥子？"李广耀本来就比李广忠高大壮实，李广忠哪里禁得起他这一推，趔趄着后退了好几步，差点儿摔倒在地。程燕妮赶紧扶住李广忠，心里涌上一阵酸楚。

李广忠好不容易稳住身子，回头看了一眼满脸悲苦的妻子，回想起过去几个月里的事，羞辱、愤怒、绝望接连涌了上来。他紧咬牙关，脸色瞬时变得潮红。紧接着，他恶狠狠地看向这个比自己大十岁、在过去几个月里一直为难自己的大哥，不自觉地捏紧了拳头，冲上前去冲着李广耀的脸和脑袋就是几拳。

李广忠的这几拳头把李广耀给打懵了，他从未想到这个一直以来唯唯诺诺的弟弟竟然敢对自己大打出手。这时，他的第一反应不是还手，而是呆呆地愣在原地。李清玉见大人打了起来，吓哭了；王菊花见丈夫挨打，一下子扑在李广忠身上边哭边打；李广耀没多久回过神来，他冲着咬紧牙关、对着自己猛打的李广忠把拳头还了回去，一拳头打在脸上，一拳头打在肚子上。血顺着李广忠的嘴角流了下来，他接连往后退了好几步。程燕妮见李广忠挨了不少打，又不敢冲上去帮忙，一个箭步跑到灶房里拿起一把铲子，对准李广耀的后背狠狠地打了下去。李广耀扑倒在地，顿时说不出话来。王菊花见丈夫倒了，赶忙跑去抢程燕妮手里的铲子。程燕妮怒睁着双眼，高举铲子，做出要打王菊花的样子。王菊花不敢再抢，赶忙转过身去扶自己的丈夫。程燕妮见王菊花不敢过来了，赶忙扶起李广忠，检查伤势。

就在李清玉哭得上气不接下气、王菊花扑在李广耀身上边哭边喊的时候，田里割谷子的人多半都跑到李家院子里来了。在屋里煮猪食的李月明听到声音也跑了过来，她不敢进屋，只好躲在门口悄悄地往里张望。李广利首先冲进来扶起李广耀，王彩凤进来看了看李广耀的伤势，又让张亮带李清玉回屋里去，这才走到程燕妮面前抢走了她紧紧握在手里的铲子。

男人们扶李广耀回屋去躺着了，王彩凤则留在堂屋里安顿程燕妮和李广忠。等屋里的人都走得差不多了，一直躲着听动静的郭家孝这才悄悄地往李广耀屋里去了。

第五章

家族会议

当天晚上田里打谷子的人都回来了，李广耀还下不了床，王菊花在晚饭的时候跑到院子里又哭又闹，哭声飘荡在李家院子的上方，顺着夜晚有些凉的风飘遍了整个二队。

就在李广耀躺在床上起不来身，王菊花在院子里又哭又闹，李广忠和程燕妮坐在老堂屋里一声不吭的时候，李享德的大哥李享名从院子的左边入口走了进来，李享德的二哥李享财从院子的右边入口走了进来。李享名走进院子的时候，好像很累似的长长地出了一口气，紧接着又沉沉地叹了一口气。李享名比三弟享德大九岁，四十岁上下老婆莫名地疯了，没过两年就去了。这些年来他又当爹又当妈地把两个儿子的事安排好，除了两个儿媳妇都生不下男娃之外，他的日子过得还算顺心。顺心日子过久了的人实在是害怕麻烦和吵闹，但是他知道这次的事无论如何都躲不过去，所以在李享德跑来找他之前，他自己先来了。李享财走进院子的时候听到了大哥长长的出气声，接着又听到了沉沉的叹气声。李享财黑着一张脸，显得威严十足。尽管李享财只是家里的老二，但是他的话李家上上下下的人还没有敢不当回事的。二十世纪七十年代的时候李享财是剑门的区长，那时候的剑门还不是镇，而是剑门区。那个时候三十多岁的李享财每天清早背着一把冲锋枪、骑着老式自行车到剑门区街道去上班，一路上见到他的人都要低头哈腰地赔个笑脸。不过这般风光的日子李享财只过了七八年，在七十年代的最后一年，李享财不知道出于什么心理，竟然贪污了八千块钱公款。为了这八千块钱，他坐了整整十年的牢。出狱之后，李享财老了一大截，再也恢复不到往日的光彩了，尽管如此，他作为李家大家长和仲裁者的地位却丝毫没有动摇。因此当听到哥哥那两声毫无底气、充满了倦怠感的叹息声的时候，他抬起那双威严的眼睛，瞪了李享名一眼。在听到李享名的叹息声时，王菊花赶紧识趣地停止了哭闹。紧接着李享财高大的身影和黝黑严肃的面孔出现在王菊花眼前，她赶紧跑到李享财跟前，抽抽噎噎地哭了起来，边哭边说："二爸，你要给我们做主啊。"

　　李享财望了望坐在堂屋里的李广忠和程燕妮，鼻孔里哼了一声，快步走到李广耀屋里去看他的伤势了。李享名在院子里站了站，看了眼二弟，踌躇一阵，径直往老堂屋里去了。李享名拿出烟锅吸了还没几口，李享财就踏着步子从李广耀屋里走了出来。他站在老堂屋门口，大声喊李广达。在睡房里坐着听动静的李广达赶紧走出来。李享财用整个院子都听得到的声音说："老二，赶紧去把李家屋里所有人都喊来，一个都不能少，今晚这个事情我们一定要解决。"

李广达听了，往老堂屋里瞄了一眼，答应着走了。李广达才走出院子，坐在新房里听动静的李享德和郭家孝前后走了出来，站在院子里，一句话也不说。李享财在老堂屋前背着双手，来回踱着步，一张脸越发黑了。堂屋里李广忠的脸色却越来越白，他的头渐渐地垂了下去。程燕妮的脸色也不太好，但她还是抬着头，默默地看着来回踱着步子的二爸。

不一会儿，李广利、李广福、李广禄、王彩凤、张亮、徐良英都来了，老堂屋被挤个满满当当。李享名、李享财、李享德、郭家孝和曹德清围坐在堂屋里唯一的一张方桌旁。广字辈的儿子儿媳大多站着，有的靠着墙，有的站在离桌子不远的地方；李清玉一个人怯生生地靠着大门站在屋外。李广忠倚墙蹲着，程燕妮撑着腰靠在墙上。黑压压的一屋子人一言不发，沉默像一块大石头一样沉沉地压在李广忠和程燕妮的心头。

李享名深深地吸了口叶子烟，吐出一大口烟圈，他吐得太快了，给叶子烟呛着，"咳咳"地咳嗽了半天。等他咳嗽完，这才瞟了一眼脸色黑得吓人的二弟，又看了一眼满脸悲苦、毫无主意的三弟。李享名知道是时候开口了，否则今晚没一个人会主动说话。

李享名在开口前照例叹了口气，把烟锅在桌角上磕了磕，才冲着二弟、三弟说："老二、老三，人都来齐了，你们有话就该说了，明天还要打谷子，事情还是要解决。"

李享财看了大哥一眼，眼神中透露出三分嫌恶和三分不满，他接口说："今晚大家来就是要解决问题，老三你说这个事情咋个解决？"

李享德的汗水流了下来，他看了一眼缩在墙边、脸色苍白的幺儿子，又瞟了一眼脸色十分难看的幺媳妇，有些痛苦地低声喃喃道："该怎么解决就怎么解决。"

李享财瞟了一眼三弟，接着问弟媳郭家孝。郭家孝精神头儿十足地说："听二哥的，该咋办就咋办。"

李享财满意地点点头，扫了一眼站着的广字辈的小辈们，又瞟了一眼李广忠，这才不紧不慢地说："今天的事情大家都晓得，我就不多说了。现在李广耀躺在床上，看样子没个十天半个月是起不来的。往些年姒娌兄弟之间吵架争嘴的是不少，但还没有哪一回搞得这么大、下手这么重。"说到这儿，李享财的眼睛盯着程燕妮，嘴里的话却是对李广忠说的："老四，李广耀是你亲大哥，你咋下得了手？"

王菊花听到这儿，抽抽噎噎地哭了起来，她冲着李享财喊道："二爸，不是老四，他下不了这个狠手，是程女子！"一边说着，王菊花的手一边指向程燕妮。

程燕妮顺着王菊花指向她的手看了回去，她的眼睛里毫无惧色，倒是王菊花被吓得赶紧闭上了嘴，不敢再说话了。

李享财把这一切都看在了眼里，他抬起头注视着靠着墙的程燕妮，妄图用自己的目光压倒程燕妮。李享财的目光老辣、坚硬、刺人，一般人是不敢和他对视的，但是脸色苍白的程燕妮依然毫无惧色，她睁着一双又大又亮的眼睛，对二爸说："二爸，人哥确实是我打的，不过是他们欺负人在先。"

王菊花又开口了，只是这次她不敢再看程燕妮，而是盯着李享财："二爸，是程女子先欺负我们清玉娃，我只是来找她讨个公道。"

程燕妮用一双又大又亮的眼睛去看王菊花，接口说："大嫂，我就奇怪了，我是咋欺负你们清玉娃的呢？"

王菊花的脸涨红了，她气呼呼地把李清玉从外面一把捞进来，两只手抓住李清玉的肩膀，粗声粗气地说："清玉娃，你自己说！"

李清玉被王菊花一把抓住，想跑也跑不掉。他看看满屋子的大人，又看看正盯着自己、充满威严的大爷爷和二爷爷，嘴一撇，哭了。

王菊花又气又急，脸色紫胀起来。她在李清玉的屁股上狠狠地打了两巴掌，边哭边说："你快说，快说呀！"李清玉哭得更厉害了。

李广达见李清玉哭得可怜，赶紧走过去把他拉到自己跟前，细声细语地说："清玉娃，有啥就说啥，今天下午你到幺妈屋里干啥子去了？"

李清玉这才一边揩着眼泪，一边抽抽噎噎地说："下午屋里没得人，我就跑到幺妈屋里耍。幺妈要睡觉，她嫌我烦，就吼了我几声，我就哭着去找我妈了。"

听了这话，王彩凤也走到李清玉跟前，俯下身子问道："你幺妈打你了吗？"

李清玉摇了摇头。王彩凤一听，这才笑着说："菊花，你看嘛，其实就是一点儿小事，下午要是先问清楚就没得这回事了，你还是脾气急了些。"

王菊花不满地看了王彩凤一眼，不吭声了。郭家孝见王菊花不说话了，只好自己开口："事情是不大，都是些小事。但是今下午打架也是事实，程女子那一铲子打得好厉害，老大长到这么大，我当妈的都舍不得这么打，你倒下得了手。"听了这话，王菊花的眼泪又下来了，她边哭边拿衣袖揩眼泪。

听到这儿，李享财咳嗽了一声，充满威严地说："程女子，你大哥是你打的？"

程燕妮把放在腰间的手放了下去，抬起头说："是！"

李享财没想到程燕妮回答得这么干脆，自己倒一时不知道说什么才好。他顿了顿，咳嗽了一声："你为啥要打你大哥？"

程燕妮看了看自己的男人，又转头去看王菊花，这才说："是大哥和大嫂围着广忠打，我打不过他们，只好去拿铲子。"

李享财见程燕妮丝毫不惧怕自己，说来说去好像她一点儿错也没有，他的火气上来了，手在桌子上猛然一拍，大声说："你打不过就找铲子，铲子打得人啊，你的手太黑，心也黑！"

王菊花见有二爸给自己撑腰，底气足了，赶紧哭闹起来。张亮见程燕妮一脸无畏的神色，又时不时地撑一下自己并不明显的腰，心里老不痛快，她鼻子一哼，帮腔道："程女子下手太重了，从来没见过这样的媳妇儿。"李广福见张亮帮腔，不满地瞪了她一眼，张亮便不说话了。

郭家孝站起身来抓住大儿媳的胳膊，用手指着程燕妮说："这样的儿媳妇我们李家不敢要，四娃子，快跟她离婚。"

王菊花和张亮也帮着郭家孝，嘴里喊着"离婚！离婚！"李广忠这才抬起头，他的眼睛里充满了血丝，嘴角边还有些血迹，看上去骇人极了，郭家孝被李广忠这副模样给吓了一跳。程燕妮也看向李广忠，李广忠看了眼自己年轻却勇敢的媳妇，冲着满屋子的人吼："不离，不离，打死都不离！"

李享财本来就在程燕妮那里碰了钉子，憋着一肚子火，现在看李广忠对自己一点儿敬畏也没有，火气更上来了，他走到李广忠面前"啪啪"就是两耳光。李广忠苍白的脸立马就红了。程燕妮一下子扑在李享财身上，哭喊着："你有本事就打死我们两口子，你打死我们啊！"李广利、李广达见情形不对，赶紧拉开了程燕妮。王彩凤看程燕妮脸色不好得很，赶忙扶她坐下。李享财坐回了方桌，胸脯一起一伏，黝黑的脸上浮现出骇人的模样。李享名又敲了敲烟锅，看了一眼李享财和程燕妮，这才开口说："离婚倒是不至于。我看程女子嫁到李家来也没干出啥子太过分的事情嘛。这次打架，李广耀和李广忠两家人都有份，也不能只怪他们，照我看还是一人让一步就算了。"话才说完，李享德赶紧点了点头，忙不迭地说："大哥说得是，大哥说得是。"

李享财见李享名和李享德都站在李广忠那边，自己反倒弄得里外不是人，他鼻孔里哼了一声，扫了一眼广字辈的小辈们，问："你们呢？也是这么想的吗？"

李广利赔着笑脸说："二爸，程女子才嫁进来没好久，要是现在离婚的话恐怕外人要笑我们。看在他们还年轻的份上，算了吧。"此话一出，李广福、王彩凤等人连忙附和着说算了。李享财见大势已去，不好久留，站起身来在原地踱了两步，走了。李享财走出大门的那一刻，李享名和李享德终于松了一口气。事情很快就解决了，最终决定，看在程燕妮年纪还小，这件事又是两家人都有过错的份上，也就不从严处理了；李广耀躺在床上一时半会儿是起不来的，但他们家的谷子不能不打，日子不能不过，就让李广忠帮李广耀把谷子打了，拿出半个月的工钱赔给他，就算了结了这场纷争。

人很快就散了，空空荡荡的堂屋里只剩下李广忠和程燕妮两个人。第一次，程燕妮没理会李广忠，径直回睡房睡了。李广忠在堂屋里呆坐了半天，等估计程燕妮睡熟了以后才悄悄摸进睡房，轻轻躺在程燕妮旁边。第一次，程燕妮清楚地看到了摆在自己面前的路；第一次，程燕妮对生活感到失望和沮丧。她还年轻，还不知道什么是沉重的绝望感，她只知道自己很无力，很空虚。她不知道该对丈夫说些什么，索性什么也不说了。李广忠倒是有很多话想对程燕妮说，但是他知道现在不是好时机，他也知道程燕妮累了，还是不说为好。

在李广忠和程燕妮静静入睡的时候，刚哄儿子李清松睡下的张翠华和李广达在睡房里闲谈了起来。不知怎么的，经过今晚的事以后，张翠华对程燕妮的态度完全改变了。在过去的几个月里，她对程燕妮的态度是复杂暧昧的，她总觉得程燕妮比自己能干，比自己有见识，也比自己心气儿高，站在程燕妮旁边的张翠华总会不自觉地产生一种自卑感。分家的事把两人本就不亲近的关系又撕开了一条口子，张翠华嫉妒和自卑的情绪里又增加了一点儿不满。但是直到发生了今天的事情，张翠华才意识到程燕妮在李家的日子有多难过，而曾被她视为强者的程燕妮实际上不过是一个四面楚歌的弱者罢了。她为程燕妮感到难过，也由衷地佩服程燕妮的勇气。张翠华打定主意从今以后要对程燕妮好点儿，虽然她不知道自己能对程燕妮有多好，但是她想总归会比现在好。

张翠华轻声轻语地对李广达说："我们屋里还有几个鸡蛋，之前的醪糟还剩了半瓶子，你明天从大路绕过去，走后门子给程女子送去吧。"

李广达有些吃惊地看了一眼自己的女人，他不知道为什么张翠华突然之间会有这么大的转变，但他今天实在是累了，不想多问。半睡半醒之间，他迷迷糊糊地"嗯"了一声，翻身睡了。

秋天的月亮慢慢地升到了天幕中央，半山上的树木在月光中显得黑黝黝的，一阵清风吹过李家院子上空，平静又重新回到各家各户的屋里。

第六章
生产

　　冬天的时候，程燕妮的肚子大了起来，她的四肢还很纤瘦，但是行动已经不太方便了。自从打谷子的时候和李广耀一家人打了一架以后，老堂屋的大门总是关着的，程燕妮已经好几个月没踏进李家院子了。李广耀挨了程燕妮一铲子以后在床上躺了好几天，能起来走动以后他觉得自己的面子丢大发了，很长一段时间都不好意思和哥儿兄弟们碰头。因此，除了每天照例到联防队上班以外，他大部分时间都躲在屋里。好在打完谷子以后也没有要紧的农活要干，年下也没有婚丧嫁娶一类的活动，他躲在屋里也没有什么妨碍。在李广耀躲在屋里不出门的时候，工菊花也老实了。她没事儿的时候回想起这次和程燕妮过招的点点滴滴，意识到这个弟媳不是个好拿捏的人，再纠缠下去难免吃亏，自己的男人不出头，她也就只好算了。

　　李家院子里的清静对于李广达、张翠华和李享德来说再合意

不过，他们本来就是怕事怕麻烦的人，如今有安静日子过，简直
是求也求不来的好事。但对郭家孝来说，这种日子过得实在是没
滋味极了。

郭家孝是二十世纪五十年代的时候来给李家当儿媳妇的，自
己的老人婆生性懦弱，不爱管闲事，对儿子儿媳还算和善。只可
惜老人公死得早，屋里的大小事都要大哥李享名来管。年轻时的
李享名霸道又自私，只顾自己一家人，根本不把这些弟弟、弟妹
放在心上。郭家孝还记得当年分家的时候，李享名一家人独占了
李家的老堂屋和四间土墙房。已经有了大儿子李广禄的李享财两
口子和刚结婚不久的李享德两口子被赶了出来，一家分了两间茅
草屋。住茅草屋的那些年是郭家孝难以忘怀的伤痛记忆，往往是
外面下大雨，屋里下小雨。每到下雨天就不得不把屋里的锅碗瓢
盆全部拿出来接雨水的郭家孝暗暗发誓，自己一定要修几间干净
亮堂、不漏雨的瓦房来住。

如果说大哥是霸道自私，那么那个时候还没发疯的大嫂王仕
蓉就是明摆着欺负人。郭家孝是十八岁的时候嫁进李家的，那个
时候的大嫂年纪轻、身体壮，经常有事没事地给郭家孝使绊子、
找麻烦。郭家孝惹不起牛高马大的大嫂，每当大嫂骂起来，她只
能一边躲在灶台后抹眼泪，一边诅咒大嫂不得好死。不知道是郭
家孝的诅咒灵验了，还是干多了亏心事的王仕蓉真的遭了报应，
在郭家孝生完最后一个孩子李广忠之后没几年，王仕蓉莫名其妙
地发了疯。疯了的王仕蓉更是从早到晚地到处骂人、生事，这种
日子没过几年，王仕蓉就死了。王仕蓉死的那天，郭家孝就差没
烧高香了，她忙进忙出，满脸的喜气连李享德都看不下去了。不

过李享德一直都惹不起这个比他大几个月的妻子，因此在郭家孝喜气洋洋的那天，李享德只是悄悄地到河对面走了几圈，叹了几回气。

受过别人欺负的人一般有两种表现：一种是体会到了被人欺负的苦处，绝不会再去欺负别人；而另外一种是一定要把自己受过的苦再让别人受一次，仿佛只有这样才能出了那口恶气。郭家孝就属于第二种人。在她那欺负人的疯大嫂死了以后，郭家孝也算十年媳妇熬成婆。她有三个儿子，这辈子至少要当三次婆婆。对之前的两个儿媳妇，她可从来没有手软过。嘲讽、谩骂、打鸡骂狗，郭家孝对大儿媳王菊花和二儿媳张翠华的调教可谓是花样百出。王菊花和张翠华自知不是婆婆郭家孝的对手，索性早早就认了输。打击一个软弱的敌人并不会带来多大的乐趣，更何况打击一个已经投降的敌人，那一定是毫无乐趣可言的。见王菊花和张翠华先后认了怂，郭家孝也只好心不甘情不愿地放过了她们。

在幺儿媳程燕妮嫁进来之前，郭家孝已经忍受了好几年这种苦无对手的日子，她觉得时间突然就过得慢了，生活的乐趣也如同沙子一样漏进了时间的长河里。

程燕妮一进门，还没和幺儿子分家的郭家孝就看出这个幺儿媳不是个省油的灯，这更激发出她降伏幺儿媳的决心。可这个时候的郭家孝已经老了，她不得不承认自己已经没有了前几年的精神头儿。所以在调教程燕妮的时候，郭家孝不再赤手空拳地孤身上阵，她情愿躲在背后当军师，让大儿子一家和幺儿子一家去斗。不过出乎郭家孝意料的是，程燕妮的骨头竟然这么硬，仿佛再大的阵仗都吓不住她；郭家孝更没想到，自己那身强体壮的大儿子竟然这么孬，还没过几下招就输得一败涂地。

计谋落空的这个冬天对于郭家孝来说是那么漫长、那么无聊，她第一次真正地感到自己老了，不中用了，但更多的时候她还是不愿意就这么轻易服软。

就在郭家孝感叹日子过得太慢的时候，已经怀孕四个多月的程燕妮觉得日子简直过得太快了。当女儿家的时候，程燕妮觉得日子是缓慢的，就好像一个上了年纪的人爬山一样，眼看着快到山顶了，但无论怎么爬呀爬，就是爬不上去。怀了孩子以后的程燕妮感觉时间过得快多了，她发现自己的肚子一天天大了起来，腰身也渐渐地粗了。当程燕妮坐在后门旁一边晒太阳、一边织毛衣的时候，还以为自己是坐在娘家门口的树底下，以为自己仍然是个没出嫁的姑娘。每到这个时候，隆起的肚子就会提醒她，自己已经是个快要当妈的人了。程燕妮觉得怀孕是一件特别神奇的事情。首先是月经停了，接着是呕吐、没精神，又看着肚子渐渐大起来。程燕妮有时还是不敢相信自己的肚子里装着一个孩子，而在几个月以后自己就要诞下一个生命。

有时候，程燕妮会痴痴地问自己的男人："你说孩子为啥是怀在肚子里的呢？"

李广忠觉得自己那快要当妈的老婆简直还是个孩子，他蹲在程燕妮身边，笑着问："不怀在肚子里，怀在哪里呢？腋窝底下？"

程燕妮答不上来，她只是在想，如果孩子怀在别的地方，自己行动起来或许会方便点儿，身子也不会这么重；她还想，如果肚子不这么大的话，自己和丈夫的房事也许就不必中止了。这几个月以来，大着肚子的程燕妮倒不是特别想那事，但是李广忠不同，他的肚子没有大起来，每晚上抱着年轻漂亮的媳妇儿睡觉时，他心里总是痒痒的，总是有按捺不住的冲动。

很快，春天来了。程燕妮的肚子又大了一圈，她已经很少干活了，每天的事就是给在片石场上工的丈夫煮午饭。剩下的时间里，她总是坐在后门子旁给快要出生的孩子织毛衣。

小两口是在春天樱桃花盛开的时节谈论孩子的名字的。北滨村里的樱桃树很多，这倒不是因为北滨村的人喜欢欣赏樱桃花，而是因为他们爱吃樱桃。樱桃花开放的时节，好多树还是光秃秃的，等到红殷殷的樱桃缀满树头的时候，北滨村的男女老少总是呼朋引伴地爬树摘果子，这算是一年到头辛苦的北滨村村民们少有的欢快时光。李广忠家的后门外栽着一棵樱桃树和两棵杜仲树，杜仲树的中间是李广忠爷爷的坟堆。才嫁过来的时候，程燕妮怕这座坟怕得要命，大晚上起夜，她总是一阵风似的跑到茅厕里，又一阵风似的跑回睡房，紧紧地搂着李广忠的脖子，缩在李广忠怀里。怀孕以后，程燕妮不那么害怕了，她每次起夜路过坟堆的时候，总觉得有肚子里的孩子陪着自己，有孩子给她壮胆，也就不怕了。那天，程燕妮就是坐在离樱桃树几丈远的太阳底下织毛衣的，到了快晚饭的时候，李广忠扛着锤子和铲子回来了，远远地就看到了自己年轻的老婆。就在李广忠笑着向程燕妮走去的时候，一阵风吹过，满树的樱桃花瓣纷纷飘落，粉红色的花瓣飘落到程燕妮的肩上、头发上和手里的毛衣上。程燕妮笑着轻轻抚下花瓣，李广忠看着妻子娇美的面容，默默念叨着："人比花娇。"

程燕妮看到了自己的男人，笑着问："你在念叨些啥子？"

李广忠放下锤子和铲子，抬了一把木头做的小板凳，坐在程燕妮旁边，笑着说："还在织毛衣呢，别累着了。"

程燕妮拿起黄色毛线织的小背心给丈夫看："你看，已经快织完了，这是第三件了。"

李广忠接过毛背心看了看，又摸了摸程燕妮的肚子，笑容不自觉地爬上他的脸庞，他低声说："肚子又大了些。"

程燕妮收回毛背心，懒洋洋地说："是大了，六月份也该出生了。对了，娃儿取个啥子名字呢？"

李广忠想了想，问自己年轻的妻子："你说是个男孩，还是女孩呢？"

程燕妮说："不晓得。但我希望是个女孩，一个机灵聪明、漂漂亮亮的女孩儿。"

李广忠宠溺地看了眼妻子，笑着说："我也希望是个女孩，最好像你一样漂亮。"

程燕妮摇摇头说："不，我的脸型不好看。女儿的脸型最好像你，嘴巴和鼻子也像你，眼睛和皮肤像我就好了。那一定是个漂亮的女儿。"

李广忠笑着点点头："我们的女儿一定差不了。"

程燕妮接着说："你说如果是个女儿，叫啥子名字呢？"

李广忠捡起了几瓣程燕妮肩头上的樱桃花瓣，调笑着说："叫李樱花？"

程燕妮娇嗔地看着丈夫，撒娇道："你也太随便了，咋不叫李杜仲呢？好好想！"

李广忠坐直了身体，入神地想了半天，这才说："叫李芙蕖怎么样？"

"李芙蕖?"程燕妮歪着脖子想了想,"倒是挺好听的,你写给我看看。"

李广忠伸出手指在程燕妮的手心写了"芙蕖"两个字。程燕妮又问:"是啥子意思呢?"

李广忠笑着说:"芙蕖是荷花的另外一种称呼,只是芙蕖更好听。"

程燕妮想了想说:"女孩子叫个花儿的名字也不错,不过你是从哪儿看来的?"

李广忠用胳膊搂着程燕妮的肩膀,笑着说:"不是有句话嘛,叫'出淤泥而不染',我希望我们的女儿以后能够干净清白地做人,无论在啥子样的环境里都要像荷花一样干净。"

程燕妮点点头,说:"这个好。还有,我希望以后我们的女儿胆子要大,最好火气也要大,这样在这个屋里才不得受气、受欺负。"

栽完大秧以后没多久程燕妮的孩子就出生了。当晚,李广忠跑到李广利屋里去找王彩凤,让她帮着接生。那年头在乡下,孩子大多数都是在屋里生的,只有遇到难产的情况才会把产妇送到区医院。王彩凤到的时候,程燕妮已经疼得脸色发白了。王彩凤赶紧让李广忠准备剪刀和开水,自己俯身去看孩子的头出来没有。水很快就端了过来,剪刀也在蜡烛上烧了几回。程燕妮脸上的汗水把枕头都打湿了,王彩凤一边帮着往下推孩子,一边让程燕妮使劲儿。结果,折腾了一晚上,孩子还是没生下来。

第二天一大早,熬了一晚上的王彩凤和李广忠眼睛里全是血丝。王彩凤看情况很凶险,赶紧让李广忠收拾几件衣服,带上些

吃的和钱准备往医院赶。那个时候剑门镇已经有了班车，李广忠
和王彩凤扶着程燕妮在路边等了半天才等到最早的一班车。卖票
的人是同村的张凤，算起来还是李家的远房亲戚。按照剑门镇的
风俗，快要生产的女人和坐月子的女人是坐不得别人的车的，否
则会给别人带来厄运。司机不愿意搭程燕妮，但张凤是个暴脾气，
冲着司机吼了几句，最终程燕妮还是上了车。

　　到了区医院，程燕妮疼得更厉害了。住进医院，产科的男大
夫看了看，说还要几个小时，让程燕妮先在病床上休息，疼得受
不了了就来办公室找医生。程燕妮疼了整整一天，孩子还是没下
地。傍晚的时候，程燕妮才吃了一碗醪糟鸡蛋，肚子就爆发出一
阵难以忍受的阵痛。她在床上躺不住了，一缩就到了床底下。李
广忠和王彩凤赶紧去扶，可哪里扶得起来。程燕妮的两只膝盖在
地上磕着、拖着，王彩凤赶紧招呼李广忠往地上扔草纸垫着。她
和李广忠一人扶在程燕妮的一边，程燕妮跪在地上，用手扶着肚
子。汗水顺着程燕妮的脸颊流了下来，打湿了王彩凤和李广忠的
袖子，打湿了地上的草纸。

　　折腾到半夜，程燕妮总算是生了。正如李广忠和程燕妮所想，
是一个女儿。孩子长得胖乎乎的，刚落地的时候两条粉嫩的腿精
神头十足地踢着。接生的护士提溜着两条腿把孩子倒着举了起来，
刚刚出生的孩子竟也不怕，紧闭眼睛，任护士举起。护士也被逗
笑了，对躺在床上精疲力竭的程燕妮和守在床边的李广忠说："娃
儿健康，长得也好。"话音刚落，护士伸出一只手在孩子的屁股上
"啪啪"地拍了两下，孩子"哇"的一声哭了出来。

　　李广忠伺候程燕妮睡下，王彩凤一边包孩子，一边对李广忠

说："你这个女子命硬，恐怕以后脾气也硬。"李广忠看着安然睡去的妻子，两天以来第一次松了口气。他抬起双手捂住自己的脸，揉了揉眼睛，第一次意识到：自己当爹啦！

第七章

六月的雨

当爹的第一个晚上并没有给李广忠留下特别深刻的印象，他只知道自己累极了，全身的骨头都快散架了。因此在伺候刚刚生产的妻子吃了一碗醪糟鸡蛋，头发蓬乱地入睡以后，他靠坐在病床旁边，头一歪，也睡了。王彩凤一边逗着襁褓里的婴儿，一边看看睡得人事不省的小两口，无奈地笑了笑。刚刚出生的婴儿精神挺好，在她的母亲和父亲先后睡去的时候，小女孩仍然醒着。王彩凤忍不住伸手去摸小婴儿的脸。这个孩子长得太好了，小嘴巴小鼻子都那么惹人疼爱，尤其是那双眼睛，让人看也看不够。

程燕妮没在医院里住多久，第二天下午，李广忠就带着她们娘俩回家去了。从后门回到李家院子的程燕妮并没有受到热情的接待，李家院子对一个新生命的降临表现出了残酷的漠视。当天傍晚，没有人到程燕妮的屋子里来看孩子，也没有人来问问程燕妮的情况。程燕妮躺在睡房里唯一的床上，抚摸着熟睡的孩子，心里感到有些酸楚和委屈。李广忠当然知道他那已经当上了妈的妻子在想什么，他也明白自己做不了什么。李广忠是一个聪明人，聪明人知道在自己干不了什么的时候往往什么都不会去干，因此那天傍晚李广忠只是在灶房里忙着给程燕妮煮饭，别的话他一句也没有说，别的事他一件也没有做。

六月的夜总是来得那么迟，等天黑定了，李广忠和程燕妮迎来了今天第一位访客。穿着拖鞋、打着手电筒的张亮急匆匆地走进了李广忠家的灶房。李广忠本来以为今天晚上不会有人来了，即便有人来，那人也一定不会是张亮，因此当这个不速之客踏进灶房的时候，他愣了好一会儿才招呼张亮去看孩子。张亮一句话也没说，开着手电筒大踏步走进了睡房。睡房屋里的电灯还亮着，在不大的屋子里投下了昏黄的光。进了睡房的张亮还是没有要关掉手电筒的意思，她走到床边，边笑着和程燕妮说话，边掀开了孩子的褓褓。孩子两条粉嫩的腿活泼地蹬了起来。张亮按住孩子的一条腿，把手电筒的光向孩子的双腿之间照去，在手电筒的光照亮孩子双腿之间时，她的脸上浮现出了得意混杂着嘲讽的笑容。目的达到的张亮心满意足地关了手电筒，坐了一会儿就走了。

等张亮走出睡房，踏进李广忠家灶房的时候，程燕妮和李广忠才明白他们的这位二嫂今天唱的是哪一出。那年头，刺探新生儿的性别甚至杀害女婴的事在剑门镇和附近的几个镇子里经常发生。祖祖辈辈靠种田为生的剑门镇村民毫不掩饰地表现出对儿子的渴望和对女儿的厌恶。村妇们吵架的时候，没生出儿子的一方往往会被戳脊梁骨，而生不出儿子的媳妇在家族里也往往抬不起头来。已经嫁进来将近十年的张亮就是那个不管怎么努力也生不出儿子的人。在过去的几年里，她想方设法地在床上使劲儿折腾自己的男人，也用了无数的偏方，最终她悲哀地发现，她不仅生不出儿子来，更可怕的是她大概再也怀不上了。肚子再也大不起来的张亮对丈夫完全失去了兴趣，她不再在床上使劲儿，转而在翻闲话和打听别人屋里的隐私上下功夫。今天晚上看到王彩凤回来，心里痒痒的她不太好去向王彩凤打听程燕妮生的是个什么，急性子的她也实在等不到明天，索性打起手电筒自己跑来看。探清楚了孩子性别的张亮感到一阵说不出的惬意与满足，回家的路上，她在手电筒昏黄的椭圆形光晕里不自觉地笑出了声。在张亮笑得肆无忌惮的时候，程燕妮和李广忠看着躺在褓褓里的孩子，心里充满了幸福感。对程燕妮来说，生一个漂漂亮亮、干干脆脆的女儿，比生儿子好多了。她年轻，对儿子和女儿没那份成见。而在李广忠看来，这是他的第一个孩子，自己在二十六岁的年纪终于当上了爹，他被这件事搞得有点儿晕头转向，心里像抹了蜜一样甜，至于这个孩子是男是女，对他来说似乎没有那么重要。

到了第二天傍晚，蝉儿叫得有些疲乏的时候，张翠华踏着夕阳走进了李广忠家的睡房。她本来昨天晚上就想来，但有些害怕李广耀一家人知道了以后找她的麻烦，因此在李广达催了好几次以后，她才抱着二十个鸡蛋和一罐新做的醪糟顺着后门进了李广忠屋里。李广忠见到张翠华时亲热地叫了声"二嫂"，张翠华把手里的东西给了李广忠，笑着进屋里去看程燕妮。她进去的时候程燕妮和孩子都睡着了。张翠华轻手轻脚地走到床边看了看孩子，又看了看弟媳，这才轻手轻脚地走了出来。

李广忠正在灶台后烧火，他看张翠华出来了，知道程燕妮睡了，没招呼张翠华，心里有些愧疚，忙说："二嫂，先坐会儿吧。燕妮睡了，没招呼好你。"

张翠华笑着摆摆手，回去了。走出李广忠家的灶房时，六月傍晚的最后一抹夕阳照到了张翠华的脚边，她抬起头看了看天边的彩霞，觉得自己如同在云端漫步一样，越走身子越轻。刚嫁进李家的程燕妮在张翠华的心目中曾经是强者，长得漂亮、有见识、个子高，远远地把她和大嫂王菊花甩在后头，但是自从程燕妮和李广耀打了一架以后，张翠华这才意识到太出挑的人不会有什么好下场，她在无比庆幸自己生得普普通通的同时，也对受尽欺负的程燕妮生发出了适度的同情。直到今天，在看到程燕妮生的不过是一个女儿以后，张翠华第一次意识到自己在某些方面超过了程燕妮，至少她的肚子比程燕妮争气。当然，张翠华心里的这些小九九，正在做梦的程燕妮是不会知道的，在灶台后忙着生火的李广忠自然也不会知道。

没过几天，程家人收到消息，先后都来看程燕妮。先来的是程燕妮的大姐程官明。程官明比程燕妮大九岁，十年前嫁去了隔壁白马镇老沟里的沈家，程燕妮的大姐夫沈福是一个话不太多、还算忠厚老实的人。处在宝成线中转站的白马镇比剑门镇发达得多，不仅养活了一大批铁路工人，还依靠着当地的石灰资源在老沟里建起了一座又一座水泥厂。沈福从十八岁起就在老沟里的水泥厂上班，等到他和程官明结婚的时候，屋里早就有了当时相当罕见的彩电和沙发。生下二女儿沈晴之后，沈福和程官明在白马镇的街上买了一个门面，做起了麻将馆和茶铺的生意。九十年代末的那几年可以算是程官明一生当中最风光的日子了。她有会赚钱的老公，有房子，有门面，婆婆对自己也还算好，虽然没给丈夫生下儿子，好在沈福脾气好，在甩了一段时间脸子以后也就顺其自然，不再计较了。

在程家的五姊妹当中，和程燕妮关系最好的就是这个比她大九岁的大姐。程燕妮的父亲程天南是个名副其实的工作狂，年轻的时候种田、烧炭、跑南闯北地做生意，一年到头没有几天在家。等到子女都大了，程天南也上了些年纪，他不再出门做生意，而是转而扩大烧炭和种庄稼的规模。在少女时期的程燕妮看来，自己的父亲就是一个冷血的暴君，而自己的家就是一个一年到头被从不断绝的农活包围的地狱。少女时期的程燕妮最喜欢的地方就是大姐家，大姐和姐夫对人都挺和善，他们家里条件好，活儿和自家比起来也不算多。程燕妮到大姐家走亲戚时主要的任务就是帮着大姐照顾当时尚在襁褓中的侄女沈晴，活泼娇俏的程燕妮为程官明带来了无数的乐趣和安慰。

在怀第二个孩子的时候，程官明曾发疯一般地想吃水果，那个时候的白马镇还很少有卖水果的，农民们一般都指望着家里的几棵果子树尝点儿鲜。程官明对水果疯狂的欲望产生于三月中旬，那个时候的果树大都在花期，樱桃树的花倒差不多谢了，结果子却还要一段时间。被欲望烧灼的程官明一刻也坐不住了，她来来回回地在堂屋、灶房和睡房之间走动、叹气。她的叹气声沉沉地压在沈福的心头。终于有一天，沈福实在是受不了了，从那天起，他学会了拖延回家的时间。可惜，程官明对水果的欲望并没有因为沈福的晚归而有所缓解，反而像一团火一样在心房里燃烧了起来，熊熊的火苗快要把程官明给烤干了。

　　就在程官明张大了嘴坐在堂屋门口长长地出气的那一天，程燕妮兴奋地跑来给大姐程官明报告了一个好消息：沈家院子背后的一棵樱桃树结果子了！听到这个消息，程官明也不出长气了，她闭上焦干的嘴，伸出毫无水分的舌头舔了舔起皮的嘴唇，赶忙跟着妹妹去看结果子的樱桃树。沈家院子背后的樱桃树是一棵枝丫很少、有些光秃秃的树，这棵树已经有好些年没人管了，长得又高又细，每年结不了几颗果子，也没人敢去摘干枯的枝丫上的那几颗樱桃。那一年不知怎么的，那一棵不受人待见的樱桃树竟然率先结了果子。望着树枝上那几颗绿油油的樱桃，程官明的心焦灼得更厉害了。她抬头望着树上的樱桃，发出了长长的吐气声。程燕妮对大姐一个多月来的焦灼感知道得一清二楚。她对大姐很好，也实在忍受不了大姐被欲望灼烧的痛苦。在这一天，看着大姐脸上毫无遮掩的欲望，听着大姐长长的出气声，她做出了一个决定。

　　程官明还没搞清楚发生了什么，少女程燕妮一蹿就爬到了樱桃树上。樱桃树的皮又老又干，程燕妮的腿被硌得又疼又麻，可是她对腿上的疼痛表现出了彻底的忽视，"噌噌"几下就爬了上去，几颗绿油油的樱桃一下子就到了程燕妮的手里。程官明永远忘不了树上的程燕妮对她露出的那个毫无畏惧的微笑，也永远忘不了绿油油的樱桃滑进嘴里所带来的触感。樱桃很酸很涩，程官明的心却很甜。也就是从那天开始，程官明把妹妹放到了心里。

　　在得知妹妹生产之后，程官明第一时间就带着小女儿沈晴来看程燕妮。她在白马镇上给燕妮和孩子各买了一套衣服，又买了鸡蛋、白糖、醪糟，把自家过年烘的腊肉取了几块，装了一大袋给程燕妮送来。程官明当然不知道过去这几个月李家院子里的动静——如果知道，她绝对不会从正门走进来。当程官明牵着小女儿踏进李家院子的时候，没有听到一个招呼她的声音。她有些狐疑地走到老堂屋门口，敲了敲门。就在她敲门的时候，王菊花提溜着一桶猪食从灶房里出来了，程官明敢肯定王菊花看到了她，也敢肯定王菊花是故意不和她说话的。程官明回头看了看院子里的光景，心里明白了七八分。

程燕妮见到姐姐觉得很亲热，把过去几个月里发生的事都和姐姐说了。程官明看到妹妹又瘦又没精神，心里着实不好过，可是她还有一家人要照顾，屋里庄稼和猪需要照管，因此在住了两晚上以后，程官明只好走了。在走之前，程官明找到李享德说了几句话。她当然不知道李家屋里不由李享德管事——如果知道的话，她一定不会找李享德说话。但是她也很怀疑郭家孝愿不愿意和她说话，毕竟自从她踏进李家院子的那天起，郭家孝就有意无意地避着她。

程官明是在李家院子外的水沟旁和李享德说话的，这段谈话是这么起的头。她对有些不自在的李享德说："干爹，我妹妹在李家过得不好。"

李享德不敢看程官明的眼睛，讪笑着说："屋里穷，没得法。"

程官明看着李享德游移不定的目光，继续说："穷是一回事，有人生事是另外一回事。"

李享德点了点头，说："我晓得，以后会注意的。"

听李享德这么说，程官明也不好再说什么了。她牵着自己的二女儿，一步三回头地走了。那些程官明不知道的事，李享德自然知道得一清二楚。他当然知道这个屋里的争吵不会结束,他当然知道以后的日子说不定会更难过。当然,他也是一个聪明人,知道自己管不了的事最好还是少说,因此当他看着程官明远去的背影之时,只是冲着自己的影子叹息了一声,就转身回屋去了。

程官明走后没多久,雨季到了。一天傍晚,太阳才刚刚落下去,一场大风席卷了整个剑门镇。大风把太阳的光辉吹掉了,把天空吹黑了,把小河里的水吹乱了,把满地的灰尘吹飞了。李广忠家的后门在大风的威力下发出了骇人的"砰砰"声,睡梦中的程燕妮一下子就被惊醒了,襁褓里那个爱笑的婴儿也发出了伤伤心心的哭声。李广忠一个箭步冲到门外,把屋檐下的烧火柴抱了些回来,紧接着把后门牢牢地顶住。当天夜里下起了一场少见的瓢泼大雨,接连不断的雨水把瓦片冲得铿铿响,又顺着屋檐狠狠地砸在土地上,留下了一排大坑。对于剑门镇的所有人来说,这都是一个难以入眠的晚上。李广忠在自家的几间屋子里转来转去,忙着把能接水的所有东西都拿出来接水。到了半夜,雨下得更大了,李广忠在床上睡不安稳,撑着一把漏雨的破伞,打着手电筒,到屋子后面巡视去了。

李广忠进来的时候身上带着雨水清新的气味和刚刚停止的大风爽脆的气息,程燕妮抱着孩子坐在床上,看着有些慌张的丈夫问道:"咋了?"

正在拿锄头和铲子的李广忠对有些疲惫和惊恐的妻子笑了笑,说:"没啥子。屋檐后头有些水走不赢,我拿锄头把排水沟挖深点儿。"

李广忠出去了好半天,回来的时候浑身都湿透了。当然,在这个夜晚，不仅李广忠全身上下的衣服湿透了，剑门镇大多数成年男子的衣服也都湿得可以拧出水来。

　　这场罕见的大雨接连不断地下了一晚上，这一晚上，剑门镇没有一个人睡得安稳。到了第二天早上，大雨并没有如大家所期望的那样停下来，反而越下越大，才停止不久的狂风又吹了起来。吃过午饭，李广忠撑着破伞，穿着蓑衣，到河边看水去了。只见之前清澈的河水已经变成了浑浊的泥浆，裹挟着烂衣服、枯树枝、垃圾骇人地奔涌而下，一条小小的河沟已经被泥浆灌满，在河道转弯的位置，有些泥浆甚至涌到了马路上。李广忠远远望去，看到自家开荒的菜园子已经完全消失在河水之中，感到一股涩涩的苦味涌上嘴里。不过他没有太多时间关心菜园子。他裹着蓑衣顺着马路往下走，一路上，他看到有自己大腿高的秧苗被雨水打得趴在地上，又被大风吹得东倒西歪的。李广忠走在泥泞的田埂上，觉得自己越走越小，越走越无力。等他走到自家田里，看到自己花费了好几个月心血栽的秧苗在大风中像失去方向的棉絮一样来回飘荡的时候，李广忠嘴里的苦味更浓了。他把雨伞扔在田埂上，伸出手试图扶住面前的一两株秧苗，但扶起的秧苗很快又倒了下去。李广忠不服气似的使劲儿把秧苗往田里插，他满手都是泥巴，满脸都是雨水。风雨没有停下来的意思，李广忠也没有要停下来的意思，他脱下鞋子，走到田的更深处，使劲儿把秧苗往田里插。天色暗了下来，狂风把远处的树吹得唰唰响。李广忠已经到了田中央，等他抬起手擦脸上的雨水的时候，回头一看，先前的秧苗又全部被雨水打倒了，被大风吹偏了。李广忠的眼里涌出几滴泪水，混合着接连不断的雨水流下脸庞，流到了脖子里、蓑衣上。

他失魂落魄地扑到田边，坐在田埂上，呆呆地看着天上的雨和远处的水。

等半山上的寺庙敲响了钟，李广忠这才回过神来，用手擦了擦脸，穿上鞋子，捡起雨伞往回走。李广忠费劲地走在风雨飘摇的田埂上，觉得自己越走越小，越走越孤独，仿佛这个世界上只剩下他一个人。

第八章

生计

雨并未像往年那样下了一两天就停了，等下到第七天的时候，剑门镇的农田已经像湖泊一样连成了一片。

下大雨的第二天，北滨村的村民都扛起锄头挖开了自家的田埂。高处田里的水流到了低处田里，低处田里的水往更低处流去，最终雨水都汇集到了小河里。这条往常松垮垮、懒洋洋的小河突然就肿胀了起来。各处都有水汇入小河沟，山上的水、路上的水、田里的水，小河不堪重负，最终泛滥了。泛滥了的小河吞没了顺着河沟开荒出来的菜园子，爬上了弯弯曲曲的公路，最终爬到了地势较低的房子里。

雨下到第五天的时候，地势最低的王得财一家一大早打开门就被吓住了。只见河水淹没了附近的田地，颤巍巍地爬上了王得财家的院子，见势就要进屋了。王得财赶紧招呼儿子王胖子和老伴儿起床，一家人把贵重的、怕水的东西都抬到了柜子上。王得财的老伴儿煮了一大锅饭，准备等河水淹到屋里的时候就端着锅往高处跑。

等雨下到第六天的时候，颤巍巍的河水一鼓作气进了屋子，蜿蜒着爬进灶房、堂屋、睡房，最终停在了王得财的拖鞋旁。第六天一大早醒来的王得财往床下一伸脚就被满脚的凉意给吓醒了，河水淹没一只还未清醒的脚，就如同一条毒蛇吐着信子舔舐人的身子一样。王得财在后来的闲话中打赌说自己当时被吓得从床上一跳而起。当天，王得财一家人打点好了行囊，准备等水再升高一点儿就往外逃。傍晚，连下了六天的雨终于小了，等到第七天，雨终于停了。

雨下得正大的时候，还在坐月子的程燕妮整天抱着孩子坐在床上，听着头顶的瓦片传来的铿铿声和雨水打在沙地上发出的当当声。她看着丈夫扛着锄头和铲子一天往外跑几趟，她看着屋里接雨水的锅碗瓢盆一个个地被装满，又一个个地被倒空。有时候，程燕妮会想头顶的椽子和瓦片会不会被大雨压倒，而她和刚出生不久的女儿会不会被压死在屋檐底下。想着想着，程燕妮感到了一阵恐惧。但是她也清楚，即便屋檐要倒了，自己也没有可以逃命的地方。程燕妮是个勇敢乐天的人，她接着想到，既然跑不掉，那还跑个什么劲儿呢。在瓢泼的大雨和雨水打击瓦片和沙地发出的噪声中，程燕妮索性抱着女儿躺下睡了。才出生不久的小女孩应该也是个乐天派，她躺在母亲的怀里，睡得香甜。等到第七天雨终于停了的时候，程燕妮的睡房里已经湿得几乎难以下脚了。第七天下午，太阳出来了，到了晚上，程燕妮发现床边长出了青苔，她觉得自己好像一条住在河里的鱼。

　　雨停了的那天早上，李广忠和剑门镇大部分青壮年劳动力一样，不知道第多少次跑到河里去看水，跑到田里去看秧苗。河里的水小了些，前两天猖狂地爬上公路的河水像一条重伤的蛇一样缓缓爬下了路面；田里的水流得快些了，田埂已经露出了影影绰绰的痕迹。到了下午太阳出来的时候，还没被冲倒的秧苗露了头，像几座孤零零的山头一样在茫茫的水中遥相呼应。傍晚，水差不多流完了，李广忠和剑门镇的其他农民一样对这次大水造成的影响心知肚明，不过他们还是放心不下田里的秧子，一吃完饭就前前后后、商量好了似的去田里看秧苗。

　　田里的秧苗死了一多半，被冲倒的秧苗根部已经发黑，这是秧苗死亡的征兆，即便把它们重新插好也无济于事。李广忠赤着脚穿行在泥泞的田里，一把把地捡起发黑的秧苗，扔到田埂上，又把还没死的秧苗重新插好。干完活之后，李广忠蹲在田埂上，看着重新插好的秧苗在傍晚的微风中颤颤巍巍地摇晃。看着看着，李广忠的眼窝就有些发酸。这是分家以后他和程燕妮种的第一季粮食，这一季粮食对他这个小家庭的生死存亡至关重要。分家的时候爹妈分给他的米并不太多，仅够他们一家人吃到今年打谷子的时候；村里还没有重新划分田地，所以结了婚并且有了孩子的李广忠只能依靠他这一人份的田来养活一家三口。看着田里所剩无几的秧苗，李广忠知道自己一家人是逃不过这场饥荒了。

　　正当李广忠蹲在田埂上、眼睛发酸的时候，他那爱唠叨但心地善良的丈母娘背着一个小背篓、喘着粗气走进了他家的后门。曹家华早就收到了女儿生产的消息，她早几天就想来，只不过被这场大雨给耽搁了。这天早上天终于放晴，曹家华背上早就收拾好的小背篓，搭班车到了北滨村二组。曹家华当女儿家的时候曾经裹过一段时间的小脚，因此走起路来总是不太灵便。当终于顺着大路走到女婿家后门的时候，她把手撑在门框上，长长地出了几口气。气出完了，曹家华推开半掩的门，冲着屋里叫了一声："幺女子！"

躺在床上、双眼无神地盯着房顶的程燕妮听到了这熟悉的声音，知道是自己的妈来了，便撑起身子，喊了声："妈！"

曹家华把背篓放在灶屋里，伸出手在裤腿上拍了拍，这才往睡房里走去。程燕妮知道自己的妈是一辈子不上桌子吃饭、不从正门进屋子的，所以当她看到妈妈畅通无阻地走进来的时候，一点儿也不感到吃惊。曹家华看到女儿，脸上立马被笑容填满了，她乐呵呵地走到床边，伸手摸了摸女儿的脸，又摸了摸外孙女的脸，笑着说："娘儿俩长得一个样子，我看了好高兴。"

程燕妮看到已经有小半年没见到的妈妈，鼻子有些发酸，但她生生把眼泪给咽了回去。在她看来，已经当了妈的人就是大人了，不能再像之前一样有什么苦就向爹妈倾诉，也不能遇到一点儿小事就往娘家跑。所以，在咽下眼泪之后，程燕妮在抬起头的那一瞬间就换上了笑容，亲热地喊了一声"妈"。

李广忠回来的时候，看到灶房里放着一个小背篓，知道是丈母娘来了。他收拾起自己沮丧的心情，大踏步走进了睡房，看到程燕妮和曹家华正在笑着说些闲话。李广忠本来酸涩的心一下子被屋子里浓浓的亲情给冲淡了，刚刚生完孩子的程燕妮增添了之前所没有的温柔和母性，屋子里稀薄的奶味更是像一剂药膏一样止住了李广忠心中的创痛，他的心莫名地熨帖起来。

曹家华的小背篓里面没装什么值钱的东西，但都挺实用。比如给孩子做尿布的烂毯子、一罐猪油、十斤米和二十个鸡蛋。李广忠怀着感激的心情接受了曹家华带来的东西和曹家华接连不断的嘱咐。李广忠甚至有些羡慕起程燕妮来，程燕妮的妈虽然话多、人没什么本事，可她把子女都放在心坎里，对每个孩子都是一样疼。比起他那位住在一个院子里却对自己一家人不闻不问的母亲郭家孝来，曹家华的到来，真的算是雪中送炭了。

曹家华在李广忠家里没待多久，她屋里的农活儿实在是太多了，一大把年纪还不会做饭的程天南也时时刻刻让她忧心不已。程天南虽然只有程官成一个儿子，但是他们早几年就分了家，儿媳妇文华和曹家华一直不太对付，平时话都很少说。这次文华更是一句话也没说，一点儿心意也没有表示，是程官成托她给幺妹妹带了十五块钱来。曹家华不是个爱生事的人，也不爱在背后挑拨是非，在女儿面前她没说儿媳妇的一点儿不是，倒是把哥哥对妹妹的嘱咐带了来。

曹家华走后，程燕妮的二姐程官玉、三姐程官蕊都先后来探访她。这些年，除了大姐程官明，几个姐姐的日子都不好过。她们带来的东西不多，但是在李广忠和程燕妮看来，他们的到来已经是最好的贺礼了。

夏去秋来，收谷子季节的剑门镇呈现出往年所没有的寂静和沉默。打谷子的声音稀稀拉拉地在田里响起，往年到处可见的欢声笑语也几不可闻。李家今年没有像往年那样合作打谷子，毕竟今年的谷子少，各家屋里的谷子不用靠别人也打得完。只花了半天的时间，李广忠就把自家的谷子收完了。他看着柜子里只铺了薄薄一层的谷子，心不由得坠到了谷底。收完谷子的那天晚上，借口出来转转的李享德在暮色的掩盖下悄悄走到了幺儿子的后门上，他咳嗽了几声，冲着灶房里压低嗓门喊了声："李广忠！"

李广忠一下就听出这是他老汉儿的声音。尽管在过去的几个月里，他的老汉儿对发生在这边屋里的事表现出了暧昧的态度，但是李广忠心里还是不讨厌老汉儿，他知道老汉儿一直是向着自己一家人的，只是妈太厉害，老汉儿有心无力。

李广忠端着碗走出了后门，看到老汉儿站在杜仲树下，正冲着自己招手。

李享德压着声音问儿子："今年谷子收了好多？"

李广忠垂下头，脸上流露出痛苦的神色。李享德心里明白了，他在原地站了站，接着说："片石场的活路我听说要完了，靠挖药材也养不活一家人。这个样子，我给你出个主意，你姐姐今年过年回来我给她说，让你住到他们屋里去，跟你姐夫到老沟的水泥厂干活。"

李广忠的姐姐李桃花几年前也嫁到了老沟，她和程官明是一个队的，刚嫁过去的时候经常找程官明串门。正是因为这层关系，她才得以托程官明为她的幺弟弟说媳妇，也正因如此，程燕妮和李广忠之间的这条红线才能牵得起来。

在越来越黑的天幕下，李广忠端着碗，感到有点儿难过。他当然知道老汉儿是在为自己打算，也知道再不想办法屋里的日子就要过不下去了。虽然他在片石场干了一年多的活儿，但是自从去年和二爸李享财吵了一架以后，李广禄给他开钱就不那么爽快了，最开始是做两个月发一个月的钱，后来发展到做两个月连半个月的钱都拿不到。到了程燕妮生孩子前后，要不是屋里有什么大事到了不得不用钱的地步，李广禄甚至连工钱都不给了。一开始，李广忠以为李广禄是冲着他一个人来的，后来才慢慢发现，整个片石场的人工钱都不好拿，他二哥李广达的工钱也被扣了好几个月。几个月以前就有风言风语从片石场里传出来，一起干活的人都说李广禄在外面嫖，后面又有人说他在白马镇另找了一个女人，另养了一个家。李广忠不知道传言是不是真的，他只知道，李广禄往白马镇跑得越来越勤，在家和片石场的时间越来越少，而自己的工钱也越来越难拿。李广忠早就不想跟着李广禄干了，但他需要用钱。穷人是没有什么骨气可言的，太讲骨气的穷人往往难逃被饿死的命运。李广忠不怕饿死自己，但他不能饿死老婆和孩子，所以他一直咬着牙干到了现在。但是即便他愿意受气，这份工也明摆着干不长了。片石几乎快开采完了，前几个月就听说李广禄在联系新的活路。

李享德站在黑暗中默默地凝视着李广忠，李广忠在黑暗中默默地凝视着手里的碗，程燕妮则在灶房里侧着耳朵听外面的动静。天黑得更沉了，李广忠知道自己必须得做个决定，他端着已经渐渐变凉的碗，蚊子似的"嗯"了一声。

第九章

噩耗传来

　　等樱桃花再次盛开的时候，李广忠已经在老沟里干了好几天的活儿。老沟是一条又深又长的沟，沿沟开着好几家水泥厂。李广忠的姐姐李桃花和姐夫魏品清就住在老沟深处的村子里。每天早上，李广忠坐在姐夫魏品清的拖拉机上，和姐夫一起到"二马"水泥厂上班。

　　"二马"水泥厂是一家开了十几年的老厂，厂里养着上百号工人。老沟里的农民无论男女大多在这个厂子里上班。李广忠没有技术、工作经验也不够，所以他干的是最没技术含量的搬水泥的活儿。这份工作很简单，工人只需要把包装好的水泥搬到拖拉机上，再由拖拉机往外运到仓库里就行了。李广忠上手很快，他和一起干活的工友相处得也不错。这份工作待遇还可以，李广忠算了算，不出问题的话，干到过年，家里的债差不多就还完了。姐姐一家对李广忠还算不错，李广忠的姐姐李桃花是个很能干的女人，屋里屋外操持得井井有条。李广忠住在姐姐家里吃住都方便，只是每到夜深人静的时候，他的心里总是会浮现出老婆程燕妮和女儿李芙蕖的影子。他时而担心屋里的米不够吃，时而担心老婆和女儿在家里会受欺负，又时而担心家里的农活儿程燕妮干不下来。有些时候想着想着，李广忠睡不着了，只好起床披着衣服到院子里转一圈。

就在李广忠披着衣服在月光中转悠的时候，独自在家带孩子的程燕妮确实遇到了一件不好的事。自从上次和李广耀一家大闹一场之后，李广耀和王菊花不得已消停了一段时间，但是他们心中对李广忠和程燕妮的埋怨与恨意并未随着沉默而消散。等李广忠到老沟里去了以后，王菊花又不安分了，她总是想方设法找机会和程燕妮过招。不过程燕妮早就有所防备，她知道自己一个人势单力薄，而老人婆郭家孝又明显向着大哥一家，所以自从李广忠走了以后，堂屋的大门大多数时候都是关着的，程燕妮带女儿下地干活也总是走后门。这样一来，想找事的王菊花也无计可施，只好在路过李广忠家大门口的时候歪着脖子吐两口唾沫罢了。

只是一方成心挑事，而另一方又势单力薄、防不胜防，矛盾最终还是爆发了。那天，程燕妮把孩子拴在背上，提着背篓去扯猪草。这还是程燕妮家第一次养小猪仔，一头粉嫩嫩的猪仔程燕妮是越看越欢喜。屋里的粮食本来就少，仅仅靠着那点儿糠显然是养不活小猪的。程燕妮勤快，每天都下地去扯猪草喂小猪。看着猪仔吃得欢快，程燕妮的心里也高兴。这天程燕妮扯完猪草以后，照旧还是从后门进屋。才坐下没多大一会儿，她就听到外面院子里响起了热闹的说话声，伴随着说话声的是一阵软绵绵的

"咩咩"声。前段时间程燕妮就听说二哥一家准备养羊，听着外面热闹的声音，年纪还轻的程燕妮坐不住了，她抱着孩子开了大门。院子里站了好些人，院子中间则是三十多只绒球似的小羊羔，这些小羊大多软绵绵地趴在院子里，时不时"咩咩"地叫几声。程燕妮越看越喜欢，她抱着孩子走到了院子里，凑近了些看小羊。

二嫂张翠华兴高采烈地端水给小羊喂，二哥李广达正在收拾羊圈。程燕妮笑嘻嘻地凑到跟前，问："二嫂，羊子才到啊？"

张翠华难得地露出满脸喜气，嘴巴笑得都快裂开了，她边给小羊端水，边对程燕妮说："就是呢，才到。"

程燕妮站在院子里看了一会儿小羊羔，抱着孩子准备往回走，才跨上台阶就碰上了大嫂王菊花。王菊花照旧没理会程燕妮，程燕妮也觉得王菊花实在是讨厌，不想开口招呼这位大嫂，头一扭，走开了。

就在程燕妮回到灶房，院子里的人散了之后不久，李广耀和王菊花又耍起把戏来。程燕妮听到王菊花和李广耀在院子里一唱一和地说话。女人说才几个月的小娃儿给她吐口水，男人故意扬高了声音说肯定是大人教的。程燕妮听了一会儿坐不住了，把孩子放在睡房里，生气地打开大门，快步跑到了院子里。李广耀见程燕妮出来，自己不好意思和弟媳对骂，转身进屋了，留下程燕妮和王菊花过招。程燕妮本来就对王菊花存了一口气，这次见大嫂又无故找事，实在气不过，把王菊花狠狠地收拾了一顿。王菊花本来就不是程燕妮的对手，她这次敢挑事，一是因为李广忠不在家里，没人给程燕妮当帮手；二是她以为自己的男人不会临阵脱逃。李广耀一走，王菊花的气势顿时矮了半截儿。程燕妮抓住这个机会，新仇旧恨一起算了。这次争吵以王菊花大哭、程燕妮扬长而去作结。

当然，远在老沟的李广忠自然是不会知道这场争吵。他现在干活儿肯出力，厂里每个月的工资结算也及时，尽管夫妻分离倍感痛苦，但好在北滨村和老沟相隔不是太远，每隔一两个月，一家人还是有相见的机会。在李广忠看来，自己在经历了和大哥一家打架与洪涝灾害以后总算是熬出了头，只要自己在这里熬个一两年，就能还完家里的债，手里还能留些小钱。每当夜深人静睡不着的时候和干活累得受不住的时候，李广忠就拿这些话来安慰自己，每每想到未来的幸福生活，李广忠就觉得自己一身都是力气。

可是生活就是这样，没人知道一觉醒来会发生什么，也没人知道生活什么时候对你笑，又什么时候让你痛哭流涕。就在李广忠对未来充满憧憬的时候，一件意料之外的灾难降临了。

事情发生在一个阳光明媚的上午。已经是初夏时节了，天气渐渐地热了起来。一大早李桃花照旧给男人魏品清和弟弟李广忠做好了早饭，兄弟俩吃了就开着拖拉机到厂子里去了。上午十点过的时候，魏品清已经在拉今天的第五趟水泥。他被太阳晒得晕乎乎的，眼睛也有些睁不开。他嘴里哼着歌，心里想着中午的午饭。拖拉机爬上了桥，魏品清的眼睛已经被晒得模糊了，就在他开到桥中央的时候，另一辆拖拉机从反方向开了过来。等魏品清反应过来的时候，两辆拖拉机已经快撞上了，他猛地一转方向盘，拖拉机往桥的栏杆上撞了过去，等他想再把方向转回来时，已经晚了。拖拉机的头吊在了桥头上，后面码得像小山似的水泥包掉了下来，打在魏品清的头上，他一歪身子就坠到了桥底下。水泥包接连不断地往下掉，一会儿魏品清的身子就看不见了。另一辆拖拉机的司机慌了，赶忙跑到桥下搬水泥袋，可搬了半天还是看不见魏品清的身子。不远处正在搬水泥的工人听到声音都跑了出来，李广忠和其他工友一起死命地往外搬水泥。太阳渐渐高了起来，汗水混着眼泪从李广忠的脸上往下流。他没空擦汗，也顾不得眼泪，面前的水泥堆成了他唯一看得到的东西。他们搬开一包又一包，慢慢地，魏品清的脚出来了，身子出来了，头出来了。李广忠和工友一起把魏品清拉了出来，他的身上还是热的，头上还在源源不断地往外冒血，但是他的呼吸已经微弱了，眼睛也睁不开了。过了一会儿，没留下一句话的魏品清就去了。

厂子里派人去叫李桃花的时候，她正在灶房里洗菜。李桃花和魏品清结婚有几年了，两口子关系还算不错，两人的儿子魏围已经四岁了。这天，李桃花一边洗菜，一边等着回家来吃饭的丈夫和弟弟。她没想到，自己等来的竟然是丈夫的死讯。李桃花赶忙把儿子留给了嫂子照顾，自己跟着丈夫的工友往厂子里赶。她不知道自己那一天是怎么走到厂子里去的，只记得那天的太阳好大，那条走了无数遍的路突然变得好长，而年纪还轻的她一点儿力气都没有，腿轻飘飘的，脑子里轰轰地响。李桃花一路上没有哭，也没有说一句话。她的眼泪是见到魏品清的时候才流下来的。早上出门还好好的魏品清头上破了好大一个洞，血从洞里流出来，几件工作服围在魏品清的头上，血把衣服全染红了，鲜红的血液在中午的日头底下显得骇人又妖冶。看到魏品清的那一刻，李桃花走不动了，她呆呆地站在原地，眼泪无声地往下流。李广忠远远地就看到了姐姐，他走到姐姐面前，轻轻地把姐姐牵了过来，姐弟俩一句话都没说。到了魏品清跟前，李桃花好像完全认不出魏品清似的，她看着躺在血泊里的男人，眼睛里露出了几丝恍惚。她觉得这好像是一个恐怖的梦境，自己只要坚持到梦醒，这一切都会消失。太阳还是那么大，突然间，盛夏好像提前来了。周围是那么安静，好像一切有生命的东西都远去了。李桃花晕了过去。

当天晚上，魏家的人把魏品清的遗体搬回了家。因为魏品清还年轻，没有棺材，只好把魏家老太爷的棺材先拿出来用了。李桃花醒了过来，但还是有些呆呆的，连儿子也不想抱，谁和她说话她也不理会。简易的灵堂搭了起来，李广忠和魏品清的哥哥一起陪着李桃花守夜。那个晚上对魏家的人来说是一个绝大的折磨，白发人送黑发人的魏家老太爷卧床不起，魏品清的小儿子魏围孤零零地坐在堂屋边上，呆呆地看着堂屋中间黑黑的棺材。他不知道为什么自己的爸爸今晚没有回来，而自己的妈妈和舅舅看起来都怪怪的。周围的人都很忙，没人有空去照管一个小孩子。

等一切都收拾妥当了，李广忠轻轻地走到魏围面前，伸出手抱住唯一的外甥，压着声音说："围娃子，你怕不怕？"

只有四岁的魏围不知道舅舅为什么会问这个问题，他更不知道为什么平时爱说爱笑的舅舅今晚这么严肃。他抬起小脑袋，天真地对着舅舅摇了摇头，轻声说："不怕。"

李广忠看着魏围，突然就有些失神。其实，李广忠想问的是自己，他想问自己"害怕吗"。但是李广忠清楚，这个答案是显而易见的，他不仅怕，而且是相当怕。他搞不明白为什么一个早上还活蹦乱跳、会说会笑的人中午就变成了一具僵硬的尸体，到了晚上就要孤零零地躺在黑色的棺材里；他搞不明白为什么早上还欢欢喜喜地送自己和姐夫出门的姐姐到了中午就要晕倒在一摊血液当中，到了晚上就成了一个寡妇；他还搞不明白为什么命运是如此的不可预测，为什么人的生命是如此的脆弱，为什么人在苦难和挑战面前是如此的无力。李广忠低下头看了看自己仍然年轻而强壮的胳膊，看了看自己壮实的大腿，又看了看怀里正缓缓睡去的外甥，他第一次明白了"命运无常"这句话。也许今天自己的身体仍然强健有力，但是不知道哪一天自己的力气突然就被抽去了；也许自己今天仍然有幸福的家庭，但是不知道哪一天自己所拥有的一切都会突然烟消云散。李广忠觉得之前以为命运掌握在自己手里的看法太过肤浅，他冥冥之中意识到在自己之上有一个更为有力、更为永恒的存在，这个东西或许是神，又或许是自然规律，而自己不过是爬在被更高的存在所掌控的土地上的一只蝼蚁罢了。想到这里，李广忠全身的力气一下子消失了，他对美好明天的构想顿时化为泡影。

第二天一大早，正当收到了消息的李家人往老沟里赶的时候，李广忠一个人悄悄地收拾了行李，坐上了开往白滨村的班车。他想回家了。当程燕妮看到站在后门的李广忠的时候，她着实吃了一惊。她不知道为什么丈夫会在这个时候丢下需要帮忙的姐姐一个人跑回来，她也不清楚为什么出门时还精神饱满的丈夫看上去突然老了好几岁，她更不清楚为什么丈夫眼睛里的光彩变得少了。

当然，这些话程燕妮都没有问出口，她只问了一句："回来了？"

李广忠放下行李，简单地回答了句："回来了。"

　　魏品清的葬礼几天后结束了，李桃花和魏围被接回李家院子住了好一段时间。奔丧回来的李广耀从那以后就多了一个讽刺弟弟的理由，每当李广忠露出怯懦和犹豫的神情的时候，李广耀都会用"怕死人""靠不住"这样的话来给李广忠难堪。李广忠自小就怕大哥，在二十多年的人生中，他早就习惯了大哥的轻视和嘲讽，因此面对大哥新一轮的打击，他毫不在意，只是偶尔露出那种带着些痛苦的微笑。他知道，家庭、事业一帆风顺的大哥不会明白自己心中的所思所想；他也知道，年轻的妻子不会理解自己在魏家院子里那一瞬间的顿悟。李广忠是一个聪明人，或许在某种程度上他是一个过分聪明的人。一个过分聪明的人并不希望别人事事都能理解自己，他们需要给自己留一点儿神秘感，留一点儿空间。在李广耀长期的灌输下，程燕妮也渐渐开始相信自己的丈夫是一个怕死、怕死人的人，她心里的某一个角落渐渐生出了一点儿轻视，只是这感觉不太浓厚，轻易也表现不出来。

　　自从魏品清死后，李桃花很长一段时间都沉浸在痛苦和恍惚之中，她躺在当姑娘的时候住的屋子里，在看不到儿子的时候，她以为自己还是那个十七八岁、又活泼又爽脆的女孩子，每当这么想的时候，她的心里就会好过些。而当她再一次看到儿子，丈夫魏品清的音容笑貌和那摊红色的液体就再次浮现在她的脑海中，她受不了这样的回忆，也受不了这样的痛楚。因此，在娘家住了一个多月以后，李桃花就跟着老沟里的几个邻居到县城里找活儿干去了。

　　自从姐夫去世、姐姐外出打工之后，李广忠在老沟里的工作再次丢了。他本来可以回去上班，厂子里也愿意要他，只是他和姐姐李桃花一样受不了回到魏品清遭祸的地方。他没再回老沟。

　　很快就到了农忙的季节，李广忠和程燕妮收了自家的第二季庄稼。这一年的收成还不错，至少一家人的口粮勉强够了。家里的猪仔长得也不错，看着圈里的猪，李广忠就如同看到了幸福而丰盛的春节。但是在心灵的某一个角落，李广忠还被一件事情压得喘不过气来：他还有七百块钱的债。

第十章

背井离乡

　　过完年以后，李广忠闲了下来。闲下来的李广忠感觉自己哪儿哪儿都不对劲，无论他走到家里的哪个角落，妻子程燕妮的目光都会追随到那个地方。

　　每天早上一起床，李广忠就到灶房里把早饭煮好，舀到碗里，再到睡房里去叫妻子起床。结婚四年的程燕妮脾气渐渐大了起来，她发觉自己的丈夫胆小懦弱、扛不住事，不够努力上进。程燕妮再也不做之前有关幸福生活的美梦了。对于丈夫，她的态度是复杂的，一方面她有些怨恨丈夫不能带给自己安闲舒心的日子，另一方面她又被丈夫的体贴和细心打动。结婚这几年，李广忠从来没有逼程燕妮做过重活儿，只要李广忠在家，砍柴一类的粗笨活儿程燕妮几乎不用沾手。对比从早忙到晚、像男人一样能干的大嫂和二嫂，程燕妮觉得自己应该知足。可是人这种动物往往是难以知足的，很多的痛苦和折磨也随之而来。看到每天在屋子里转来转去、没有正经事儿干的李广忠，程燕妮真是气不打一处来。二哥家的羊养得很好，老羊已经生了好几只小羊；大哥联防队的工作干得也不错，过年前大哥还把二爸家的代销店给盘了过来，现在大哥一家人有两份收入。看看自己屋里，却只能坐吃山空。程燕妮心中憋屈极了，同样，李广忠的日子也不太好过。

李广忠在屋子里转悠了好几天以后，实在是憋不住上山砍柴去了。不知从什么时候起，李广忠越来越害怕面对程燕妮的目光。李广忠自知不是一个上进的人，他只想守着妻子和女儿过自己的小日子，他留恋家乡的土地，但是他也知道自己脚下的这片土地眼看着就要养不活一家人了。在山上砍柴的李广忠一边往背篓里装柴，一边默默地想着自己的命运。他想来想去也想不明白，为什么自己的祖辈可以在这片土地上安安稳稳地过日子，而到了他这一辈，却不得不寻找别的生路呢？同村的许多年轻人前两年就踏上了外出务工的道路，李广忠知道自己大概逃不过与之类似的命运。李广忠不知道他的同龄人是怎么想的，但是他知道只要自己离开这片土地，所有的快乐和幸福都会变成泡影，再也抓不住了；他还知道只要自己离开这片土地，要回来可就难了。外出务工是件新潮事儿，也是一条不归路，只要尝到了甜头，过不了几年就没人愿意种庄稼了。当李广忠背着背篓翻过铁路的时候，半山上的寺庙里传来了撞钟的声音。李广忠回头看了看山，又转过头来看了看山下的田地，突然生出一种要被迫和这片土地分离的痛楚，他的双手变得有些麻木，腿像灌了铅一样再也走不动了。他磨蹭着往屋里走去，突然觉得自己很羡慕寺庙里的人，至少他们不用离开家和家乡的山山水水，至少他们可以过想过的生活。

李广忠回家的时间比往常要晚些。一进灶房，他就发现程燕妮的脸色比往常欢快，甚至可以用喜气洋洋来形容。李广忠狐疑地蹭到灶台的板凳上坐下，有些疑惑地看着妻子。

程燕妮正在灶台后生火煮饭，她看到李广忠坐下了，赶紧对自己的男人说："你猜今天发生了啥子好事?"

李广忠用手蹭了蹭额头，回答说："不晓得。"

程燕妮笑嘻嘻地说："今天二爸的女婿尚德福来招工了，到贵州去，我给他说了一声，也带上你。"

一股寒气从李广忠脚底蔓延了上来，他有些呆呆地坐在凳子上，半天没有答话。程燕妮知道丈夫不愿意离开家，也不愿意离开自己和女儿，但是她更知道这个家需要钱。没有钱，还债只能是遥遥无期；没有钱，自己一家人在这个院子里将永远抬不起头来；没有钱，自己想过的那种幸福日子将永远是个泡影。程燕妮知道对丈夫要采用刚柔并济的方式，该生气的时候必须生气，该劝的时候也只有好言相劝，所以在李广忠低下头不说话的时候，程燕妮温柔地开口了："我知道你舍不得我，也舍不得女儿，但是没得办法啊。我们都要吃饭，日子也必须要过下去。你别担心，我们在屋里一切都好，只要过一两年屋里的债还完了，我们的日子也就好过了。"

如果这个时候程燕妮对着李广忠大吼大叫一顿的话，李广忠还可以拒绝程燕妮的要求，但是面对程燕妮的温柔攻势，李广忠只能妥协。他心里很清楚，妻子嘴里的一两年不过是安慰自己的话罢了，外出打工是一条无法回头的路，要么打死不出去，要么再也回不来。

很快就到了该出发的日子，李广忠和李广福都将踏上前往贵州的火车。张亮和李广福结婚快十年了，自从张亮的肚子再也鼓不起来以后，两口子就慢慢地淡了。对于张亮来说，李广福不过是个暖床和赚钱的工具罢了，因此面对李广福的远去，张亮表现出了一个对丈夫没啥感情的妻子应当有的表现。但是对程燕妮来说，这毕竟是结婚以后夫妻俩第一次长时间和远距离分别，不出意外的话，李广忠这一去要到过年才能回来。

在李广忠出发的前一夜，未来好几个月孤身的生活才第一次在程燕妮的面前具体起来。躺在睡房屋里唯一的那张床上，程燕妮的心里没有丝毫喜悦，相反她只感到了一阵空虚和难过。相比程燕妮，李广忠心里的感觉更为复杂。但是他更清楚，留给他和程燕妮的只有短短的几个小时了，重逢不知是何时的事。李广忠侧过身子，紧紧抱住了躺在身边的妻子。这个时候，女儿早已进入梦乡。程燕妮当然知道丈夫想要干什么，也知道自己该用什么样的方式来抚慰丈夫，同时给自己留下一点儿美好的回想。程燕妮解开衣服的扣子。李广忠抚摸着手中细腻光滑的身子，一阵带着苦涩的惬意涌上了心头。李广忠没有再浪费时间，他把程燕妮压在身下，一次又一次，到了最后，他和程燕妮都疲乏了。早春的风在屋檐上呼呼地吹着，李广忠搂着程燕妮陷入了并不甜美的梦乡。

李广忠是一大早离开的，他走的时候鸡才刚打第一道鸣。程燕妮没有起床给李广忠煮早饭，因为她不知道该怎么道别。程燕妮不是一个特别聪明的人，但是她也知道人在不知道该做什么的时候最好什么都别做。所以当李广忠在灶房里忙着做早饭的时候，程燕妮躺在床上，静静地听着动静。她听到丈夫手忙脚乱地把柴抽出来的声音，听到丈夫把面条扔到煮沸的锅里发出的声音，听到丈夫吃完了面轻手轻脚地洗碗的声音，最后她还听到丈夫悄悄地走到床前看她和女儿的声音。最后，所有声音都消失了，连屋檐上三月的风声都消失了，整个屋子一下子安静了下来。

等到一切声音都消失的时候，程燕妮才慢慢地睁开眼睛。她僵硬地套上衣服走到灶房里，看了看洗得干干净净的锅和碗，又看了看灶里半埋着的还没燃尽的火。程燕妮伸出手摸了摸还有些温度的火钳，她知道这是丈夫刚刚抚摸过的；她又看了看有些凌乱的柴火堆，她知道这也是丈夫刚刚摸过的；她走到灶台上，看了看洗得干干净净的大碗，她知道这是丈夫刚刚用过的。程燕妮在自家的三间屋子里慢慢地游走，每走到一个地方，仿佛都可以看到丈夫留下的痕迹：丈夫穿过的衣服，丈夫背过的背篓，丈夫用过的柴刀。但是整个屋子里，没有丈夫这个人了。程燕妮突然觉得胸口是那么憋屈，整个屋子里的空气仿佛都不够她呼吸了似的，她打开后门，快步走到外面，大口大口地吸着早春尚带寒意的空气。

就在程燕妮努力在屋里寻找李广忠留下的痕迹之时，李广忠已经坐在了通往县城的班车上。和他同行的还有二哥李广福以及同村的王胖子。尚德福前两天就到县城里订票去了，留口信给他们到火车站会合。坐在公共汽车上的李广忠看着家乡的风景慢慢地往后退去，他感到生他养他的那片土地离他越来越远了。李广忠是个男人，男人面对再大的痛苦也不能哭泣。这个早上李广忠没有哭，他的眼泪全部都流到了心里，咸咸的眼泪把一颗心泡得生疼。

　　李广福见李广忠一早上都没说话，等快到县城的时候，他拍了拍李广忠的肩膀，笑着说："老四，你在想啥子？舍不得老婆和娃儿？"

　　李广忠看了眼这位老实憨厚的二哥，勉强笑了笑说："没有。"

　　李广福知道李广忠第一次离开年轻的妻子，肯定舍不得，他是个老实人，但是笨嘴拙舌的，也不知道该怎么劝导李广忠。因此他挠了挠脑袋，笑了笑说："没得法，日子要过，钱要挣，这就是我们的命。"李广忠知道二哥是一番好意，但是这两句话完全劝慰不了他，所以他只是勉强笑了笑，不说话了。

　　到了火车站，尚德福带着好几个同行的人已经等了他们半天了。把火车票分下去以后，一行人进了候车室等火车。时间已经是中午了，李广忠和李广福等人都饿了，他们没带吃的，打算到服务点去买点方便面吃。李广福到服务点去问了问，不一会儿吐着舌头回来了，压低了声音说："哎哟哟，这个方便面贵得吓人，不吃了，饿一顿吧。"

　　尚德福知道服务点的东西和火车上的东西一样贵，如果中午不吃，要一路饿到半夜。这些人毕竟是他带出来的，里面还有好几个是他的哥儿兄弟，磨蹭了一会儿，尚德福待不住了，他走到服务点买了些可以饱肚子的东西分给大家。上了火车，李广忠和李广福拿大茶缸子接了点儿热水，就着热水吃起了午饭。

　　江油到贵州铜仁的路不算太远，中午出发，凌晨差不多就到了。九十年代末西部还没刮起那么热烈的打工潮，火车也不是那么挤，李广忠一行人都买到了硬座票。坐在通往异乡的火车上，李广忠一点儿也没有外出的兴奋和好奇，他呆愣愣地望着窗外飞快掠过的风景，心不知不觉地又回到了程燕妮和女儿身上。他不知道孤身在家的妻子会遭遇什么，也不知道等待自己的是什么样的生活，但是他知道自己别无选择，妻子和女儿也别无选择。或许，贫穷真的就是原罪，尽管这罪孽是如此的不公平、如此的令人窒息。

十几个小时以后，火车到站了，但是离打工的地方还有很长一段距离。浑浑噩噩的李广忠一行人又被塞到了大巴车上，大巴车开了不知道多久，终于到了。等提着大包小包的李广忠等人走出大巴车之后，呈现在他们眼前的是高耸且崎岖的山脉和山上一片片斜生的树木。如果说北滨村的山脉是和缓的、温顺的，那这里的山脉就是奇崛而令人生畏的。李广忠呆呆地看着眼前的山山水水，昏聩的感觉消失了，身在异乡的感觉变得强烈且清晰。

不一会儿，工程的负责人从一排排用塑料布和木头搭建的简易棚子里走了出来，笑着迎接尚德福一行人。这是一个打隧道建桥的工程队，包工程的老板是本地人，出来迎接他们的负责人是大包工头，是四川人，尚德福就是凭这层关系才从大包工头手里包到一点小活儿。这个工程队负责在高耸的山脉之中打隧道、建桥。多年以来，这里的崇山峻岭把外面的风隔绝了开来，里面的人也没有出去的路，这条路修通了以后，这种状况将大大改善。当然，这些都是国家和政府考虑的事情。大包工头想的是如何在期限内把桥建好；小包工头尚德福想的是如何把自己包的活儿干好，如何从大包工头手里拿到钱；而李广忠他们想的则是接下来的几个月该怎么过，打工的钱能不能干干脆脆地兑现。但是不管这些人在想些什么，也不管他们心里想的事情相差得有多么远，这些人都因为这个工程聚在了一起，而他们从今往后都有了一个共同的名字——农民工。农民工，这是一个他们的先辈从未被冠过的称呼，或许是他们的后代想要努力逃避的称呼，但是对于他们这一代人来说，这个称呼或许将伴随他们一生。"农民工"这三个字就好像压住孙猴子的五指山一样狠狠地压在他们身上，想逃也逃不掉。确实，这只是三个简单的汉字，但是这三个字背后所隐藏的辛酸血泪又有几人知晓？

当天晚上，躺在简易工棚里的李广忠翻来覆去难以入眠。睡在他旁边的是一位快要五十岁的老民工，他被李广忠吵得睡不着，在夜色中点燃了一支烟，问："想你女人了？"

李广忠没有答话，他确实不知道该怎么回答这位刚刚认识几个小时、还算是陌生人的问话。老民工也不气恼，他深深地吸了一口烟，又缓缓地把烟吐了出来，这才接着说："想着想着也就不想了，大家都是这么走过来的。我才出来的时候，也是想得不行，想得晚上都睡不着觉。但是干想顶啥用？我们这一层人啊，说起来是有家有口，其实过的是光棍儿的日子。屋里的女人看不到摸不到，亲生的娃儿摸不到影子、听不到声音，有些时候我都怀疑他们是不是把我忘了，唉。"老工人抽完烟，翻过身睡了。李广忠躺在简陋的床铺上，心里咂摸着老工人的那几句话，到后半夜才慢慢睡着。

第十一章

别后岁月

　　尚德福是施工队里最小的包工头，他手底下的人干的也是最底层的活儿。用风钻打洞子的是大工，这些人拿最高的工资，住最好的工棚，每天上工的时间也最短。他们的工作就是一天八个小时拿着风钻，在洞里的沙石灰尘当中劳作。干这种活儿的人年纪都不太轻，一般都在四十岁上下。他们的话一般不多，每天除了上工就是睡觉和喝酒。李广忠干的是搬石头、拌灰浆的活儿，这种活儿的技术含量低，对工人的要求也低，只要有劲儿，肯吃苦，一来就上手。只是这份活儿每天上工的时间长达十二个小时，有些时候晚上还要加夜班。

　　李广忠到贵州铜仁一晃两个月了。他到的时候，风还有些凉，太阳也不那么烤人。现在温度渐渐地起来了，正午的太阳明晃晃地悬在天上，有些时候晒得人眼睛都睁不开，汗水更是一把一把地从头上、脖子上往下灌。李广忠不是一个吃不了苦的人，他知道自己出来为的是什么，他只希望能够熬下来，能够在过年的时候拿到钱，让妻子高兴一下。李广忠知道程燕妮嫁给他之后日子一直过得不顺心，也知道程燕妮不是过这种穷苦日子的人；在家里他有时也会想程燕妮是不是会离开自己，出来以后这个问题他想得越来越少了。这倒不是因为他对自己的婚姻充满安全感，而是因为距离远了，对很多事情都有心无力，既然管不了，也就不用瞎想来折腾自己。

工地上的伙食一般都不怎么好。李广忠打工的工地有好几个负责煮饭的女人，大部分都是通过包工头的关系进来的。给李广忠一行人煮饭的是一个宜宾来的女人，长得高高瘦瘦的，看上去有点儿风情，不过年纪也不小了，姓王，大家都叫她王女人家。到达工地的第二天，李广忠就知道这个王女人家和尚德福的关系不一般。最开始，两个人只是吃饭的时候眉来眼去，说些打情骂俏的话，后来，两个人干脆住到一块儿去了。尚德福是包工头，在工地干的也是监工的活儿，自己有一个独立的工棚。王女人家每天煮完晚饭、洗完碗以后就径直到尚德福的工棚里去了。吃完饭以后的尚德福喜欢和李广福、李广忠到山上转一圈，看看周围的风景。贵州的风景和四川的景色有诸多相似之处，两个地方都有常年不黄的树，都有终年不绝的流水。只是贵州的山更陡，水更大。看着这些与家乡相似又不同的风景，李广忠有时会觉得自己还在家乡，还没有离开生他养他的那片土地，但这只是一瞬间的错觉。等下了山，到了工棚，还是得面对身在异乡的现实。从山上转悠完下来，尚德福回到自己的工棚，脱得只剩内衣的王女人家早就在等着他了。

起初，李广忠对尚德福和王女人家的事情实在是接受不了，但是后来他慢慢发现周围的人都对这件事情抱着漠然的态度，每天该上工上工，该吃饭吃饭，甚至没有人在空闲的时候谈论这件事。有一天，李广忠在河边洗衣服的时候碰到了睡在自己旁边的老工人，他知道这个工人姓何，是贵州本地人，家离这个地方有五个多小时的车程。老工人话不太多，除了第一天晚上和李广忠说了几句掏心窝子的话之外很少主动和李广忠搭话，李广忠每天的活儿很累，回到工棚之后只想躺下来好好睡一觉，也很少主动找老工人说话。洗衣服的这天，李广忠实在是想找个人谈谈尚德福和王女人家的事，而老工人就是他心目中最合适的人选。

"那个王女人家是啥时候来的呢？她煮了好久的饭了？"

老工人一边在石板上搓衣服，一边狠狠地吸了一口手里的烟，头也不抬地说："好几年了，自从你们的尚老板在这儿包工她就来了。"

李广忠边搓衣服边问："她是咋认识我们尚老板的呢？"

老工人听出了李广忠话里的意思，他看了李广忠一眼，不慌不忙地说："我晓得你想问啥子。你是第一次出来打工，不晓得工地上的规矩。在工地上，临时夫妻是常有的事，只要两个人愿意，别人也不会说什么。再说了，屋里的人又不晓得，就算是有一天晓得了，也不过是睁一只眼闭一只眼罢了。你出来打工，你以为你屋里的人在想你啊？可能开头几年是在想你这个人，等过几年想的就是你的钱咯。只要你每年过年拿个千儿八百的回去，屋里的人对你在外头干了啥子完全不在意。"

自从那天在河边和老工人说完了话以后，李广忠也不再关心尚德福和王女人家的事了。只要有活儿干，有饭吃，有钱拿，其余的事都不那么重要了。李广忠当然知道老工人有经验，他说的话都是经验之谈，但李广忠还是不能完全接受他的话。在李广忠的心里，程燕妮虽然爱钱，但是他相信程燕妮更爱的是他这个人，要不然她怎么会不离不弃地跟着自己这个穷鬼呢？就是因为有这么点儿念想在，每个月工地放假的时候，李广忠从来不会跟着工友们出去乱搞。来到工地一段时间以后，李广忠发现和自己住在一个工棚的工友每到放假的时候都要穿上最好的衣服，把自己收拾得干干净净的，揣着包工头预支的一点儿钱，结伴到镇上去玩一天。晚上回来的时候，这些工友们都像换了一个人似的，脸上焕发着独特的光彩。李广忠知道男人脸上的那种光彩只有女人才能给予，他慢慢地开始怀疑这些工友是出去找女人了。闲的时候，李广忠和李广福也会谈论这事，李广福也和他有同样的看法。李广福是个老实人，更是个节俭的人，他认为把自己的血汗钱扔到女人身上不划算，在放假的时候他更愿意躲在工棚里舒舒服服地睡上一觉。但每到放假的这一天，李广忠是睡不着的。他不是不累，而是太想妻子和女儿了。平时忙的时候没空想屋里的人，到了每个月难得的那么几天放假的日子，他的思念就如同五月里的庄稼一样疯长了起来。

　　李广忠坚持不出去找女人，但他还是抗拒不了另外一种诱惑——吸烟。工地里的工人大部分都吸烟，有的还吸得特别厉害，比如老工人。烟是女人的替代品，在没有女人的日子里，吸烟可以缓解欲望和痛苦。尚德福不缺女人，所以他很少吸烟，只是偶尔陪着手底下的工人吸上一两支。李广福节约，不愿意吸烟，在

他看来，女人和纸烟都是坑钱的东西，只要沾上一点儿就一辈子
都戒不掉。李广忠不知道李广福是怎么解决自己的欲望的，他
只知道自己和同行的王胖子是再也离不开纸烟了。开始的时候，
李广忠吸得很少，顶多每天吸一支，一盒二十支的纸烟可以吸大
半个月。到了后来，一盒纸烟顶多够他抽七八天。等到八月份天
气正热的时候，一盒烟只能勉强对付两天了。李广忠不爱在干活
的时候吸烟，他总是在歇气的那么几分钟里点上一支烟，站在阴
凉的地方，看着远方的山山水水，缓缓地吸。不过，李广忠的烟
大部分是在晚上被吸掉的。等他辛苦了一天，终于躺在地铺上的
时候，程燕妮的面孔总是会不受控制地浮现在他的脑海中，这个
时候李广忠就迫切地需要一支烟。等劣质的烟顺着呼吸道进入肺
部，再等他缓缓地把烟从呼吸道里排出的时候，身上灼热的欲望
就能暂时得到控制。

　　就在李广忠吸着烟在夜里想念程燕妮的时候，孤身在家带孩
子的程燕妮也时时把李广忠挂在心上。才嫁给李广忠的时候程燕
妮怕黑怕鬼，晚上起夜的那一段路程对她来说是最大的折磨；在
怀孕的时候，肚子里的生命给了她安全感；女儿出生以后，她又
不得不一个人去面对黑夜和坟堆。李广忠刚走的时候，程燕妮晚
饭不敢吃太多，水也不敢喝太多，她只能想出这种法子来避免走
那一段又黑又长的路。到了夏天，程燕妮已经一个人在屋里待了
很久，每天都要从坟堆面前过好几次路，渐渐地，她不那么害怕
了，也敢一个人出来起夜了。

　　虽然李广忠走的那天程燕妮表现出了一个贤惠的妻子应该表
现出来的样子，但她的心里毕竟是酸苦的。她舍不得丈夫，更知

道丈夫这一走自己的日子将会更难过。到了栽秧的时候，李家屋里没有人愿意和她一个女人换工。程燕妮本来就不是干农活的好手，她力气小，又要带孩子，跟她换工只有别人吃亏的份儿。程燕妮又是一个极度骄傲的女人，不愿意求人，所以这一年的秧苗是她一个人带着孩子栽出来的。别人栽小秧只要一天时间，程燕妮却整整花了四五天。栽秧的时候，程燕妮把女儿放在田埂上，让孩子自己玩，她在距离孩子不远的田里插秧。王彩凤本想来帮忙，但她屋里的田宽，自家的秧都栽不过来，实在是有心无力。

栽完大秧后不久就是女儿两岁的生日了。这一天，程燕妮早早地就起床给女儿穿上了最好的衣服，娘俩吃完饭以后走路上街去了。剑门镇的场隔一天开一次，逢场的时候四个乡里的人都跑到镇上来买自己屋里需要的东西，也有人把自己种的蔬菜拿出来卖。李芙蕖过两岁生日的这天，程燕妮的手上一分钱也没有，但她还是想好好给女儿过个生日，至少要给女儿买点好吃的东西。至于买东西的钱从哪儿来，程燕妮心里已经有了主意。程燕妮在当女儿家的时候就有一头又黑又亮的头发，如今已经当了妈的程燕妮仍旧以她的头发为傲。清贫的日子并没有让她的头发失去光彩，这头秀发仍旧保持着当年的黑亮。镇上的理发店都要收头发，程燕妮估摸着自己的头发再怎么说也值五块钱。

走了一个多小时，娘俩终于到了镇上。这天恰好是一个逢场的日子，街上人多得不得了。有卖菜的，卖肉的，卖衣服鞋子的，街道两旁的店铺都大开着门，沿街的路旁也摆满了地摊。程燕妮没工夫一路看过去，她抱着女儿匆匆走进了最近的一家理发店。没一会儿，程燕妮那头乌黑的长发就到了理发师手里，但她并没有获得自己所期望的五块钱。她不知道，理发店里的人是最会压价的，特别是对她这种浑身透露出穷酸和胆怯的人。程燕妮确实隐藏不了自己的穷酸气和局促感，她的这种气质自然被识人无数的理发店老板尽收眼底。最终，程燕妮的头发只卖了四块钱。拿着手里有些发皱的四块钱，程燕妮的心里涩涩的。她没想到自己这辈子会沦落到这种境况，但她知道自己不能哭，她更清楚即便哭出来也没人来理会。她手里抱着瘦弱的女儿，心里想着远在贵州的男人。她知道自己身边有需要保护的人，更寄希望于外出打工的男人：只要自己的男人今年能拿两千块钱回来，屋里的困境就迎刃而解了。心里怀揣着这么个想法，程燕妮的步伐渐渐地轻快了起来。她只有四块钱，家里的盐快没有了，不能把所有的钱全部花在女儿身上，但是今天毕竟是女儿的生日，不能过得太寒酸。思来想去，程燕妮跑到杂货店里，狠狠心拿出两块钱给女儿买了一袋糖果。

李芙蕖手里攥着一袋五颜六色的糖果。她实在是一个很乖的孩子。大爸家的代销店开了好几个月了，到隔壁去买家用物品的大人和买零食的孩子每天要去好几趟。程燕妮害怕女儿哭闹着要吃零食，悄悄地给女儿说屋里没钱，让女儿不要哭闹，更不要到隔壁去要吃的。李芙蕖小小年纪，每天看着家门口儿拨孩子拿着零食走过，真的就从来不哭也不闹。可女儿越是听话，程燕妮越觉得自己没本事，对不起孩子。所以到了李芙蕖生日这一天，程燕妮下定决心要好好地补偿一下孩子。拿着花花绿绿的糖果，李芙蕖没有自己先吃，相反，她费劲地剥出一颗糖，放到了妈妈嘴边，奶声奶气地说："妈妈，吃。"

　　程燕妮看看怀里的孩子，又看看孩子举起的那颗糖，眼泪一下子涌了出来。程燕妮有时也会抱怨自己命不好，嫁到了这样的家庭，碰到了这样的婆婆和妯娌；但更多的时候，程燕妮觉得自己的命特别好，能够嫁给体贴的丈夫，能够生下这么聪明懂事的孩子。程燕妮没有拒绝女儿的那一颗糖，她张开嘴把糖含了进去，甘甜的味道瞬间充满了口腔，又慢慢地渗到了心里。

　　到了该回去的时候了，程燕妮抱着李芙蕖往下街走，途中路过了李广利开的猪饲料店。这家店铺开业一年多了，李家的人每逢赶场都喜欢到这儿来歇歇脚，说一会儿闲话。程燕妮赶场的时候少，即便到了赶场的日子她也不愿意到李广利的店铺里去歇脚。一方面，她怕看到自己不想见的人；另一方面，她知道自己屋里太穷了，穷人是不受欢迎的，穷亲戚则更加不受待见。程燕妮知道王彩凤一直对自己不错，但是李广利对自己一家人始终是淡淡的。程燕妮是一个心气很高的人，这一天，她像往常一样快步走过李广利的铺子，一眼也没往里看。

　　回家的路很长，六月份的太阳很晒，程燕妮抱着女儿走在被晒得有些发臭的柏油路上，汗水不断地从她的额头上渗出来。一开始，程燕妮走得很快，渐渐地，她走不动了，只好把女儿放下来，拉着女儿往回走。快到中午了，沿路的人家屋顶上都冒出了炊烟，程燕妮看着家家户户的炊烟，突然就觉得有点儿心酸。她知道自己走累了，但是她更知道，自己必须要走下去，至少为了手里牵着的小生命，她也不能停下来。

第十二章

回家

　　一转眼李广忠在贵州已经熬了九个月，程燕妮在屋里也苦熬了九个月的时光。有些时候，连程燕妮和李广忠自己都不知道过去的这段时间是怎么熬过来的。程燕妮看着怀里的孩子一天天长大，李广忠看着一座座桥梁在眼前建起，她们俩在相距几千公里的地方掰着指头数着日子。时间一天天地过去，有时候快得让人害怕，有时候又慢的让人心焦。终于到了这一天，李广忠所在的工地完工了，一条平坦的马路顺着桥梁、穿过山洞，逶迤延伸到远方。看着这一条长长的马路，李广忠的思绪也飘到遥远的地方。离家九个月了，他很想知道自己那年轻的甚至带着点儿孩子气的妻子是怎么度过这九个月的，他更想知道自己的女儿李芙蕖长成了什么样子。他动身的时候，女儿才刚会叫爸爸妈妈，不知道再次见到女儿的时候她还认不认得自己。

　　坐在回家的火车上，李广忠有些失神，他怀里揣着老板支给

100

他的五百块钱，恍然间感到过去的几个月仿佛是一场梦。独在异乡，远离妻子和女儿，每天一睁眼看到的就是大桥和石头，很多时候李广忠都以为自己坚持不下来。确实，在过去的几个月里李广忠动过回家的念头，但是他知道只要一离开，就休想拿到一分钱的工资，他更知道如果贸然回去，他很有可能失去这个家。为了那还看不见影子的工资，为了家庭的未来，李广忠咬着牙坚持了下来。所以，当他揣着怀里预支的几百块钱，登上回家的火车的时候，李广忠除了失神以外，心里还有些甜丝丝的。在他看来，只要回家之后尚德福按照之前讲好的价钱把这一年的工资开给自己，屋里的债就可以全部了结，还可以给妻子和女儿添置些新衣服，这个年也会过得很畅快。李广忠算了个账，这几个月里他至少赚了四千多块钱。他活到二十几岁，从来没有一次性见过这么多钱，更没有想过可以凭自己的本事赚到这么多钱。李广忠想，这次一定可以让妻子好好开心一下。

当李广忠坐在回家的火车上的时候，程燕妮也在算着李广忠归家的日子。姐夫尚德福好几天前就回来了，他还顺道来看了岳父和岳母。程燕妮在路上碰到了尚德福，她看到尚德福穿得比以前体面多了，说话也比以前有底气。看着尚德福这副模样，程燕妮猜想他们这次在贵州一定赚了不少钱。尚德福告诉了李广忠一行人归家的日子，从那天起，程燕妮就在屋里忙了起来，她先是上山去砍了几天柴，又到街上买了点新鲜肉和几瓶酒。程燕妮手头早就没钱了，她买肉和酒的钱还是几个月之前大姐程官明来给她过生日的时候送的，她一直舍不得花。

就在程燕妮砍完了柴、买好了酒的那个晚上，李广忠踩着傍晚的夕阳回到了阔别九个月的家。李广忠走的还是后门，他想先看看妻子和女儿。当程燕妮看到李广忠站在自家后门的门槛上的时候，她笑了，笑着笑着又哭了。这是一个很少哭的女人，这个女人可以坦然面对责骂、欺负和贫穷，但是在看到丈夫的第一眼，她却忍不住哭了。回家的那天，李广忠穿着一件皱巴巴的棉袄，脚上是一双烂胶鞋，裤子上蹭满了星星点点的泥浆，整个人又黑又瘦。程燕妮哭着抱住了李广忠，她心疼地抚摸着李广忠的脸，一句话也说不出来。

在李广忠眼里，程燕妮也是又黑又瘦，她的衣服实在是太旧了，脸上更是一点儿肉都没有。李广忠又低头去看女儿，李芙蕖在过去这九个月里长高了不少，只是她也和这屋子里的其他人一样，瘦。李广忠放开妻子，一把抱起了女儿。李芙蕖有些呆呆地看着眼前这个又黑又瘦的男人，她大概忘了爸爸长什么样子，只是觉得眼前的这个男人挺面善，所以她没有哭也没有叫。程燕妮帮着李广忠把行李放下，推了李芙蕖一把，说："快叫爸爸。"

李芙蕖仍然呆呆地看着面前的男人。李广忠心里有些发酸，但他知道这不能怪女儿。李广忠在县城的超市给女儿买了些零食，有棉花糖、棒棒糖，他从行李里拿出糖放到李芙蕖手里，李芙蕖看着手里花花绿绿的糖纸，终于笑了起来。李广忠在李芙蕖的笑声中也笑了起来，他一边笑，一边对李芙蕖说："芙蕖，叫爸爸，我是你的爸爸呀。"

李芙蕖抬起头眨着一双又大又亮的眼睛，仔仔细细地把眼前的男人打量了一番，这才动了动嘴皮喊了一声"爸爸"。李芙蕖的这一声"爸爸"把李广忠的心里叫得甜丝丝的，却把程燕妮的心里叫得酸酸的。她一边忙着给丈夫放行李，一边悄悄擦着眼泪。李广忠见程燕妮不太高兴，赶忙放下女儿，跟着妻子走到了睡房屋里。李广忠轻轻地搂住妻子的肩膀，把兜里的五百块钱全部掏出来放到程燕妮的手里。看着手里的钱，又回头看了看丈夫，程燕妮终于笑了。李广忠扶程燕妮坐在床沿上，夫妻俩说了些分别之后的事情。

就在李广忠和程燕妮说私房话的时候，李芙蕖拿着手里的糖果，蹦蹦跳跳地到了院子里。以往程燕妮一直教李芙蕖少到院子里去，可是今天李芙蕖很高兴，一高兴就忘了"规矩"，跑进了院子。

当李芙蕖踏进院子的时候，李广耀一家人正坐在屋檐下吃晚饭，在镇上读初中的李月明不在屋里，所以坐在屋檐下吃饭的只有李广耀、王菊花和正在读五年级的李清玉。李广耀向来讨厌李芙蕖，他觉得这个孩子性子倔、脾气大，不好惹，他一直不喜欢李芙蕖在自己跟前晃悠。这一天傍晚，当李芙蕖手里拿着花花绿绿的糖果在李广耀面前走来走去的时候，他感到了一阵熟悉的烦躁。正在他准备像往常一样对李芙蕖吼"滚回去"的时候，李芙蕖手里的糖果吸引了他的注意力。他不骂了，而是装出一副和颜悦色的神情对李芙蕖说："你过来，大爸看看你手里的糖。"和李广耀一样，李芙蕖对这位大爸也有着天生的厌恶，因此面对李广耀的召唤，李芙蕖没应一声就跑开了。就在李芙蕖跑开的那一刻，李广耀转过头问自己的女人："今天这个女子没到我们屋里来嘛？"王菊花当然知道丈夫想说什么——李广耀是在怀疑李芙蕖偷了自家卖的糖果。王菊花的心里也有同样的怀疑，但她确实不记得李芙蕖到自己屋里来过。王菊花又转头去问李清玉同样的问题，十岁的李清玉当然知道母亲想问什么，他迎着母亲的目光，说："待会儿把她骗过来看看就晓得了。"

离开李广耀一家吃饭的地方，李芙蕖跑到了李广达屋里，她到的时候李广达一家人正坐在灶房里烤火、煮饭。李芙蕖欢快地在李广达家热烘烘的灶房里转了一圈，李广达一家人同样也注意到了李芙蕖手里的糖。张翠华搂住笑嘻嘻的李芙蕖问："你们屋里来客了吗？"

李芙蕖一边吃着糖，一边看着二妈，回答说："不是客，是爸爸。"

张翠华转头去看自己的男人，又看了看正垂着头烤火的儿子，这才说："李广忠回来了，我们咋不晓得呢？"

李广达对这个问题没有表现出特别的兴趣，只是淡淡地说："等会儿我去看看，不晓得老四这一年咋样。"李广达不知道李广忠这一年在贵州的遭遇如何，不过这一年他自己的羊养得不错，他希望弟弟的工打得也不错。他知道李广忠的头上还有七百块的债，他更知道李广忠的屋里现在最需要的就是钱，作为哥哥，他支援不了弟弟，只能在心里希望弟弟一家人过得顺利一点儿。当然，李广达也知道张翠华的问题没有那么简单，张翠华关心的是李广忠赚了多少钱，会不会超过他们这一年的收入。在李广达看来，自己的女人能干、贤惠，虽然长得不太好看，但也算一个适合过日子的妻子；他也知道张翠华的缺点，张翠华是一个攀比心极重的人。李广达不喜欢攀比，他觉得把自己屋里的日子过好比和人家攀比重要得多，更何况兄弟之间，最好是大家都过得好，根本没有攀比的必要。

正当李芙蕖待在李广达家暖烘烘的灶房屋里的时候，李桃花的儿子魏围吃完饭也跑了进来。魏围已经五岁多了，自从去年魏品清出事以后，他就一直待在李家院子里。魏品清的意外给了郭家孝很大的打击。她一辈子生了五个孩子，有一个女儿没带活，在剩下的四个孩子里，她最疼的就是李桃花这个女儿。唯一的女儿年纪轻轻地就守了寡，郭家孝的心里实在不好受。她常躲在没人的角落里流几滴眼泪，骂老天爷不长眼睛，半夜睡不着觉的时候，她也会想是不是自己亏心事做多了老天爷给的报应。当然，这些话她说不出口，只能默默地在心里念着。郭家孝在心里说的话多了，说出的话就少了。在很长一段时间里，除了种庄稼和照顾外孙，她不再喜欢往人堆里钻，也不喜欢在背后搬弄别人的是非了。面对郭家孝的转变，李享德一开始感到高兴，后来慢慢地生出了一点儿怀疑，到了最后，他渐渐习惯了，索性不再想。再说，他的事情也多，没有时间天天家长里短地纠缠不清。

如果说李芙蕖在李家院子里是不怎么受欢迎的，那么魏围在李家院子里的待遇也和她差不了多少。尽管郭家孝对魏围表现出了少见的柔情和关心，但是李广耀一家人，特别是王菊花对魏围却根本不待见。王菊花嫁进来的时候婆婆郭家孝正是身强力壮的年纪，她忍受了婆婆的百般刁难，却没有得到婆婆的一点儿关心。屋里的两个孩子都是她一手拉扯大的，婆婆郭家孝没有多看一眼，更没有多说一句话。王菊花不是一个性子强硬的人，她自知惹不起婆婆，但心里对婆婆的怨恨却一直有增无减。如今李桃花的儿子魏围被郭家孝当成了心肝宝贝，王菊花怎能不怨恨？

　　和其他人相比，李广达和李芙蕖倒是挺喜欢魏围的。在李广达看来，魏围实在是个苦命的孩子，日子过得穷不打紧，最重要的是一家人要完完整整，可年幼的魏围一下子变成了一个没爹的孩子，妈这一去也不知到了什么地方，又什么时候才能回来。在李芙蕖眼里，魏围这个哥哥是最没脾气，最好相处的。李清玉的脾气大，对李芙蕖从来没有耐心；李清松的脾气倒是好，只是他喜欢自己一个人玩儿，不爱带着李芙蕖；只有魏围这个哥哥几乎从来不会对李芙蕖发脾气，偶尔也爱和她一起玩。所以这天晚上，李芙蕖笑嘻嘻地把手里的糖给了魏围一颗，还对魏围说："围哥，我爸爸回来了。"只有五岁的魏围接过了李芙蕖的糖。父亲魏品清的形象已经在他的脑海当中模糊了，更何况这个一去就是九个月的舅舅，所以他一句话都没说，只是三两下撕开糖纸，把糖含在了嘴里。

　　李广忠第二天一大早才出现在李家院子里。前一天晚上，李广达去看过李广忠，兄弟俩说了些闲话。李广达见李广忠变得又黑又瘦，整个人仿佛老了好几岁，他的心里也不好受，可他是一个不善于表达情感的男人，因此只是拍了拍弟弟的肩膀，让他早点儿休息。回家的第一个晚上，李广忠当然没有休息好，他有太多的话想要告诉程燕妮，而程燕妮也有太多的话想要和李广忠说，夫妻俩搂着彼此，说了一晚上的话。第二天出现在李家院子里的李广忠显得有些疲惫，但他的眼睛却比以往更有神采。

　　李广忠踱到大哥的屋檐底下，那时李广耀正准备去联防队上班。李广忠隔着窗户叫了一声"大哥"。李广耀远远地就看到了李广忠，听到李广忠招呼自己的声音，他抬起头看了弟弟一眼，嘴里"嗯"了一声，又低下头去扣上衣的纽扣。在那一瞬间，李广耀的心里有点儿发慌。他不知道弟弟在过去的这九个月里经历了什么，说实话他对此一点儿也不感兴趣，但是在刚才的那一瞥里他看到了李广忠眼中的神采，那是胜利者才有的神采，那是自信的人才有的眼神。在过去近三十年的时间从未在李广忠的眼睛里看到过那么灼人的神采，一瞬间，他浑身的力气仿佛都被那神采给抽走了。这一年来，联防队的事越来越不好做，早就有传言说镇上决定解散联防队，这段时间李广耀正在为此忧心。仅仅靠代销店的那点收入是养不活一家人的，大女儿正在读初中，儿子过两年也要升学了，两个孩子都要伸手问自己要钱。李广耀很清楚自己过不了李广忠那种背井离乡的日子，所以他必须另找出路。这天早上，怀着被李广忠的神采灼伤的痛苦，李广耀默默地推着自行车走出了李家院子。

李广忠见大哥不搭理自己，又慢慢地踱到了爹妈的灶房外面。那时候郭家孝正守着魏围吃饭，她一抬头就看到了幺儿子。郭家孝也看出了李广忠眼睛里独特的神采，要是放在之前，她一定会像李广耀一样被那种神采给灼伤，但是现在的郭家孝只是低下了头，继续守着魏围吃饭。李广忠喊了一声"妈老汉儿"，李享德这才知道儿子回来了，他端着碗走出了灶房。在清晨有些昏暗的光线里，李享德觉得儿子变老了、变瘦了，他抬起头打量了一会儿李广忠，一句话也没说。

在李广忠看来，自己的爹在过去的几个月里也仿佛老了一大截儿。他当然知道姐夫的事对两个老人来说是一个巨大的打击，但是他没想到这个打击有着这么强大的威力和如此长的有效期。

在晨光下，李广忠的鼻子有些发酸，他看着日渐老去的父亲，说了句："爸，你老多了。"

李享德的心里也不太好受，他看着幺儿子，点点头说："老了，是老了，我们看上去都老了一大截。"

李广忠站在冬天早晨有些寒冷的空气里和父亲说了一会儿话。等他转身回家的时候，冬日那模模糊糊的太阳才正从雾气和冷风中缓缓升起。

李广忠回家以后没几天，出去了一年多的李桃花再次回到了李家院子，她这次是专门回来给父亲李享德过六十大寿的。在李家院子里的人看来，李桃花变得年轻了，她回来的那一天穿着一件红色的长棉袄，脸上浮现出了当女儿家时才有的愉悦和青春。跟着她一起回来的还有一个男人，这是一个脸色黝黑、神情严肃、长着两撇八字胡的男人。李桃花领着这个男人往李享德的灶房走，那时候郭家孝正带着魏围在做饭，昏暗的灶屋里只有柴火发出幽暗的光。

李桃花站在灶房门口叫了一声"妈"。郭家孝抬起被烟熏得有些模糊的眼睛，远远地只看到了一团鲜艳的红。她抱着魏围走了出来，看到了喜气洋洋的女儿和女儿身边的陌生男人。郭家孝上下打量了那个男人一番，这才把目光收回到女儿身上。李桃花见郭家孝不说话，只是上下打量着自己，笑着走到郭家孝身边，说：

"妈，你这个样子看着我干啥子？你不认识自己的女儿了吗？"说老实话，郭家孝是真的认不出眼前的这个女人了，她还记得李桃花上次离开李家院子的时候脸上的痛楚，可是现在站在自己面前的李桃花显得精神、愉悦，甚至看上去年轻了好几岁。郭家孝不知道是什么力量使得女儿在过去的这段时间里发生了如此大的变化，但是她隐约觉得这和身边的这个陌生男人有着莫大的干系。

郭家孝有些讪讪地问："桃花，这是？"

李桃花这才反应过来，她拉着男人的胳膊，对母亲说："妈，这是徐家田，也是白马镇人。"

郭家孝点点头，目光又回到了男人身上。男人看上去有些拘谨，脸红红地对着郭家孝叫了一声"干妈"。就在三个大人寒暄的时候，魏围的一双眼睛一会儿看着外婆郭家孝，一会儿看着穿着红衣服的李桃花，一会儿又看着眼前这个陌生的黑脸男人。过了好半天，李桃花才意识到自己忽视了好久不见的儿子，她有些愧疚地把魏围从郭家孝的手上接了过来，抱在怀里让魏围叫"妈"。魏围还是睁着那一双有些呆滞的眼睛。他几乎忘记了自己的妈长什么样子，说实在的，即便还记得母亲的长相，他也不敢把眼前的这个女人和自己妈妈联系在一起。

不一会儿，李桃花带着个男人回来的消息传遍了整个李家院子。王菊花听到这个消息，脸顿时黑得像锅底一样。她强忍着心中的不快，一言不发地站在灶台前煮猪食。程燕妮对这个消息产生了一定的兴趣，她迫切地想知道姐姐李桃花在过去的这些日子里过得怎么样，经历了些什么，她还想知道李桃花和这个男人是怎么认识的，是不是已经结婚了。与王菊花和程燕妮相比，张翠华对李桃花回来的事表现得淡淡的。她和李桃花的关系一直不太好，她知道李桃花打从心眼里看不上她这个二嫂，她也清楚李桃花是郭家孝心里唯一的宝。她惹不起李桃花，更惹不起郭家孝，索性一个也不理会，一个也不在意。与他们的女人相比，李家三兄弟的心情是复杂的。他们当然都希望李桃花能够找一个人好人结婚、安定下来，不用再在外面东奔西跑地养活自己。但是他们也担心徐家田不是真心对待李桃花，更不能真心对待李桃花的儿子魏围。在李桃花回来的这个中午，李家院子的人揣着一肚子想法躲在自家屋里，没有一个人出来看李桃花和徐家田。

那些躲在屋子里的人是被李享德一个个地叫出来的。李享德对女儿的归来感到很高兴，但是他和李家三兄弟一样对徐家田这个人持保留态度，所以他迫切地希望李家院子里的人能够给他拿个主意，至少也要让他们出来看看徐家田这个人。午饭的桌子摆在李家院子的正中央，饭是郭家孝加急做出来的。郭家孝对女儿从来都不吝啬，她取了两大块新杀的猪的肉，又从地里挖了些萝卜，炖了两大盆菜请一院子的人吃。大家都上桌了，王菊花和张翠华在屋里磨蹭了好一会儿才来，程燕妮则是早早地就坐到了桌子旁。李享德把攒了好久都舍不得喝的酒拿出来，给三个儿子和徐家田一人倒了一杯。

几杯酒下肚，几块萝卜吃下去，一桌子的人感觉彼此间的距离拉近了些，热烘烘的萝卜把大家的胃都捂得暖暖的。身子暖和的时候，人的心情也会好些。王菊花的脸变得不那么黑了，张翠华脸上漠然的神色也少了些。吃得半饱的人开始唠起了家常。大家这才发现，徐家田看上去严肃，实际上只是有些拘谨、话不太多。这个男人坐在一桌子的陌生人中间，喝了几杯酒，讲起了自己的心酸事。

徐家田家住白马镇沉水乡，二十几岁的时候娶了个姓郭的老婆。两口子都是勤劳踏实的人，日子还勉强过得去。去年冬天，两口子攒了些钱，准备盖个小楼。徐家田的老婆为了省钱，跑到娘家大河坝里去筛沙子。前几天一切都挺顺利，到了第五天，徐家田的老婆正筛着沙子，筛网突然倒了下来，一下子打在了脑袋上，当时血就流了一地，沙子被染的罂粟花一样红。同村的人看见了，赶忙跑去叫徐家田的丈母娘，丈母娘到的时候徐家田的老婆已经只有进的气没出的气了。丈母娘叫人到沉水通知徐家田，等他赶去的时候，只见到了一具冰冷的尸体。好好的一个家就这么散了，只有三岁的徐昆也一夜之间成了没妈的孩子。那几天徐家田把一辈子的眼泪都流完了，他哭的时候，跪在灵堂前的儿子也跟着哭。父子俩哭了好几天，最后徐家田决定不能再这样下去，他要振作起来，他还有儿子要养活，这是他作为父亲的责任。

徐家田一边喝着酒一边对李家院子里的人说："我就晓得要出事。那天我在地里看到了两条蛇交尾，我一看到就拿锄头把一条蛇打死了，另一条'唰'的一声跑了。见到蛇交那一年就要死人的啊，我没把两条蛇都打死，所以孩子他妈就死了。"说着说着，这个拘谨老实的男人眼角渗出了泪水。

李家院子里的人这才发现这个男人竟然有一颗这么柔软的心，女人们都被打动了，男人们之前对徐家田的怀疑也消解了。李广达按住徐家田倒酒的手，对这个还没成为自己妹夫的男人说："少喝点儿，心情不好的时候喝酒伤身。事情已经过去了，人要往前看，以后你就和我妹妹好好过日子吧。"

徐家田的故事打动了李家院子里的人，更勾起了李桃花对往事的回忆，她想起了那个骇人的夏天，想起了在头顶上越晒越毒的太阳，想起了厂子大桥底下那一摊妖冶的血。很少喝酒的李桃花从徐家田手里抢过酒壶，给自己倒了一杯酒，脖子一扬，一口干了。喝了酒的李桃花脸色更加红润，她冲着桌子上的人笑了笑，笑着笑着眼泪从她的眼睛里流了出来。李桃花一边擦眼泪，一边往爹妈住的房子里走，进去之后再也没出来。郭家孝见女儿哭了，赶紧拉着外孙进去陪女儿。李享德的心里也不好受，他拍了拍徐家田的肩膀，说："你们两个都经历了一样的事情，你死了女人，我女子死了男人，你们以后好好过日子吧。"李家的男人不喜欢哭，所以他们举起了酒壶，一人倒了一大杯酒，酒流到了肚子里，眼泪就流不下来了。

徐家田和李桃花是给李享德过完了生日才离开的。李享德六十大寿的那一天很热闹，李家屋里上上下下的人都来了，郭家屋里的人也来了不少，大家挤了一院子，闹了整整一天才散。郭家孝唯一的弟弟郭家宝是快到中午的时候才到的，他带着两个孙女，专门来给姐夫祝寿。郭家宝生了两个儿子，大儿子郭天礼有本事，念完体校以后就留在县城里当老师，前几年媳妇生了一个白白胖胖的儿子，这可把郭家宝一屋子人给欢喜惨了。二儿子郭天才没啥本事，一辈子只知道种田和挥舞砖刀，儿媳妇的肚子也不争气，连着生了两个女儿，大女儿叫郭晶晶，二女儿叫郭莎莎。虽然二儿子一家人不争气，但是当爹的也不好偏心，所以每逢走亲戚、串门，郭家宝还是要带着两个孙女。郭晶晶和李月明差不多大，两个女孩子一见了面欢喜得不得了，躲在屋里说了一天的悄悄话，门也不愿意出。郭莎莎只比李芙蕖大半岁，两个孩子年龄都不大，见了面才玩了一会儿就打了起来，大人看到了连忙把两个孩子拉开。可才过了一会儿，两个女孩子又玩到了一起。到了晚上，郭晶晶和郭莎莎要走了，李月明虽然有些舍不得，但还是听话地回屋睡了；李芙蕖还小，她舍不得玩伴，哭闹了好一阵子才跟着妈妈回了屋。

很快就到了过年的时候，对程燕妮来说，这一年的新年比前几年都要好过些。一家人九个月的分别换来了几千块的收入，只要等到尚德福把钱结了，自己屋里的日子就好过了。怀着对美好未来的期待，腊月三十这一天，程燕妮一大早就起来了，她一起床就打开了堂屋的大门。正好，那是一个阳光明媚的早晨，冬日里温吞吞的阳光霎时间洒满了整个屋子。按照往常的惯例，大年三十这一天尚德福和李桂华是要回娘家来看李享财老两口的。可是，这一天程燕妮坐在屋子里左等右等，也没等到尚德福一家人回来的消息。到了晚上，程燕妮脸上的光彩被灰尘给掩盖了些，她有些气闷地睡了。大年初一这一天，程燕妮依旧早早地起了床，坐在堂屋里等消息，但是尚德福一家人还是没有在北滨村二组现身。在接下来的七天里，程燕妮每天所做的事情就是等待，太阳升起来的时候她在等，太阳落下去的时候她还在等。除了等待，她似乎已经忘记了其他的事情。等待尚德福，等待尚德福手里的钱，成了她生活的核心，任何事情都不能把她从这件事情上吸引开去。

到了第八天，程燕妮渐渐地失去了耐心。在这一天的早上，她穿好衣服，悄悄地走到李享财屋里打探消息。程燕妮到的时候，徐良英正在给儿子李清海洗衣服。这个时候的徐良英已经不爱笑，也不爱打闹了，大部分时间都是一个人藏在屋里干活儿，即便在路上碰到妯娌们，也下意识地躲开。早两年李广禄嫖娼的事已经闹得人尽皆知，徐良英在屋里和李广禄吵了一架又一架。可惜，争吵没有吵回李广禄的心，反而把他吵到其他女人那里去了。后来，李广禄不满足于嫖娼，开始光明正大地包女人。自从片石场的活儿干完了以后，李广禄又在太平乡包了点活儿。到了这一年，李广禄只是每个月回家应付一下，住不了几天又要匆匆赶回太平乡，赶回他年轻漂亮的小老婆身边。李享财对儿子的胡闹始终是睁一只眼闭一只眼，在他看来，有本事的男人无论有多少个女人都不算是过错，而留不住男人心的女人才是真的没本事。年轻的时候，李享财也有过好几个女人，他的妻子曹德清就此表现出了一个没本事的女人所应有的表现。对于儿媳徐良英的吵闹，李享财早就有些忍受不住，现在她终于安静了下来，李享财这才觉得如释重负。

程燕妮快步走到徐良英身边，搭讪着说："徐大嫂，洗衣服啊？"

徐良英抬起头看了一眼程燕妮，她在程燕妮的眼睛里、脸颊上都看到了焦虑的神色，心里也清楚程燕妮在为什么事而焦虑，但是不再爱笑的徐良英只是简单地"嗯"了一声，就不再开口了。

程燕妮有些发急，她不愿意再兜圈子，便单刀直入地说："徐大嫂，尚家哥他们今年过年不回来吗？我找他有点儿事。"

徐良英还是一副淡淡的神情，摇了摇头。

　　程燕妮有些颓丧地站在原地看了徐良英一会儿，她觉得过去这几个月里徐大嫂的变化实在是太大了，她在徐良英的脸上已经看不到一点儿先前的痕迹。程燕妮不知道怎么面对一个失意的人，尽管她自己也是其中之一。

　　程燕妮站了半天，院子里刮起了一阵风，寒风吹得她有些站不住了，她挪动着步子准备往回走。才走了没几步，徐良英突然直起了脊背，背对着程燕妮说："燕妮，尚德福他们今年过年不会回来了。他们屋里在修新房，你要找就快点儿到他们屋里去找。"程燕妮听了这几句话，似懂非懂地点了点头，回去了。

　　过完大年以后，程燕妮实在是坐不住了，她和李广忠一起找到了尚德福屋里。尚德福果然在修新房，地基已经打好了，房圈上堆满了砖头。程燕妮和李广忠找了好几圈才找到尚德福。尚德福看到李广忠和程燕妮来了，起初还有点儿慌，慢慢地就不慌了。程燕妮兜着圈子问尚德福要钱，尚德福也兜着圈子说现在手头没有钱，要等一段时间。程燕妮和李广忠磨了尚德福半天，尚德福还是那几句话。他们毕竟是亲戚，程燕妮也不好把话说绝了，只好和李广忠回了家。

　　过完了年就是春天，春天过完了就是夏天。程燕妮和李广忠在屋里等呀等呀，始终没有等来尚德福的回音。不服气的程燕妮又跑到尚德福屋里去了好几次，尚德福还是说自己手头没有钱，要等一段时间。每去一次，程燕妮就发现尚德福家的新房又高了一大截儿。程燕妮越想越不是滋味，尚德福手里不是没有钱，只是不愿意把钱给他们两口子。回来之后，程燕妮去找了同村的王胖子，王胖子也没拿到钱，他之前也去找了好几次，还和尚德福吵了一架。

程燕妮找到王胖子的时候，王胖子正蹲在门前的磨刀石前磨柴刀。王胖子已经快三十岁了，屋里穷得叮当响，一直娶不上媳妇儿。

看到程燕妮，王胖子的第一句话就是："你去找尚德福要钱了？"

程燕妮点了点头。

王胖子又问："没要到吧？"

程燕妮又点了点头。

王胖子抬起头来看了看对面的山，又低下头去看手里的刀，这才说："莫要了。这个钱是要不到的。我们的钱都变成了尚德福屋里的新房。你看到了没有，他家的房子越垒越高，我们的钱都变成了砖头、水泥和钢筋，哪儿还要得到呢？"

程燕妮的心里有些发酸，她问："你去要过了？"

王胖子不看程燕妮，只是盯着手里的刀："要过了，闹过了，还差点儿打起来。但是人家不给，我有啥子法，总不能为了几千块钱拿刀砍死他吧。砍死了他我还要抵命，不划算，不划算。"

程燕妮的鼻子也酸了起来，她接着说："难道就这么算了？那可是血汗换来的钱啊，是吃饭的钱啊！"

王胖子这才看了程燕妮一眼，苦笑了一下说："这多半是你二爸给出的主意。你二爸心凶，我惹不起他，你惹得起，就去要吧。"说完，王胖子低下头继续磨手里的刀。

程燕妮走出了王胖子家的院子，顺着大路往回走。她确实惹不起二爸李享财，可是她也不想就这么算了。至于该怎么做，她现在心里确实没谱，需要好好地想一想。

第十四章

成都

　　程燕妮在屋里想了好几天也没想出个解决办法来。她睡觉的时候在想，吃饭的时候在想，连蹲茅坑的时候也在想。可是无论她怎么想，都想不出个好办法来。尚德福是摆明了不给钱，二爸李享财她又惹不起，这个事情即便是闹到镇上去也没人会管。程燕妮知道自己的男人没和尚德福签任何合同，双方都是凭着对对方的信任才在一起干活儿的。尚德福相信李广忠，所以他愿意给李广忠一份活儿干；李广忠也相信尚德福，所以他愿意跟着尚德福干活儿。其实，不仅是李广忠，那时农民工出去干活几乎都不会签合同，这一方面是因为农民工法律意识薄弱，另一方面也是碍于亲戚朋友的情面，但这就给了包工头一个拖欠甚至不给工资的借口。程燕妮在屋里想不出办法来，就跑到小河边去想；在小河边想不出来，就跑到山上去想。可是无论程燕妮怎么拼命地想，办法始终没有从她的脑袋里蹦出来。

就在程燕妮拼命想办法的这段时间里，李广忠不知不觉地又老了一大截，他的皮肤渐渐地白了一些回来，但是眼睛里的神采却一去不复返了。李广忠家堂屋的大门又长久地关上了。看着妻子一天天地费心劳神，李广忠很多次都想对程燕妮说："别想了，这个钱我们不要了。"但是每当他看到妻子那双越来越尖锐的眼睛，话不知怎么的就堵在嗓子眼儿里，出不来了。

就在李广忠和程燕妮为了四千块钱急得饭也吃不下，觉也睡不好的时候。焦心了半年多的李广耀一家人终于迎来了一件好事。联防队在这年年初就解散了，失去工作的李广耀在李享德的指点下开始准备竞选新一任村长。李享德从部队上退伍以后回到村里当了几届村长，他处事比较公道，为人也很正直，北滨村的人都挺拥护这位村长。当了几届村长以后，李享德觉得自己上了年纪，工作起来没有之前得心应手了，便决定退下来，把机会让给年轻人。北滨村的人都记得那次选举：一共投了三次票，每次都是李享德当选。到了最后，李享德见大家都执意让他继续当村长，只好站起身来对大家说："谢谢大家的好意。我上年纪了，村里的事处理不好了，把机会给年轻人吧。"见老村长这么说，大家这才把票投给了当时只有三十几岁的赵仕田。年仅三十几岁就当选的赵仕田从那以后就对前任村长李享德怀着深深的敬意和感激。到了李广耀参加选举的这一年，赵仕田已经在村长的位子上干了将近十年，前几个月刚被选为新一届的书记。和李广耀一起参加选举的有好几个人，和参选的人比起来，李广耀有一定的优势，他年轻，身强体壮，口才也不错。但这些优势还不足以让他服众。到了选举的关键时刻，轮到赵仕田发言时，他稍稍向选民提了一下李广耀和李享德的关系，并回顾了一下老村长李享德在当村长的那些年对北滨村的贡献。参加选举的人大多还记得老村长李享德当年的风采，他们也愿意把票投给老村长的儿子。经赵仕田这么一点拨，李广耀成功当选了新一届的村长。

选举结束以后，李广耀一扫之前的气馁和颓丧，李广忠去年冬天的神采同样在他的眼睛里浮现了出来。当天晚上，李广耀带着一瓶酒走进李享德的灶房里，两爷子又吃又喝，说了半夜的话。李广耀得意的笑声和李享德响亮的饱嗝声在李家院子里回荡开来。张翠华被这两种声音刺激得捂住了耳朵，李广忠和程燕妮则被吵得一晚上都没睡着。

第二天一大早，一夜没睡的程燕妮穿好了衣服，默不作声地坐在后门上晒太阳。李广忠一会儿也起来了，他不敢看程燕妮，也不敢和程燕妮说话。程燕妮在门口坐了半天，谁也不理会，只是呆呆地看着后门外的樱桃树。已经是七月份的时节，樱桃早就被吃完了，樱桃树上只留下了茂盛的树叶。程燕妮就这么看着樱桃树绿油油的叶子，眼睛一眨也不眨，头一动也不动。到了中午，程燕妮看饿了，才起身走到灶房里。李广忠垂着头坐着，灶房里还是冷锅打铁的。程燕妮伸手揭开锅盖，只看到一口干干净净的铁锅，她嘴里念叨着："这日子没法过了，没法过了。"边念叨着，边往睡房里走去。

到了晚上，女儿李芙蕖突然拉起肚子来。李芙蕖今天一天几乎什么东西都没吃，才拉了没几趟，整个人都快脱水了。李广忠和程燕妮翻箱倒柜地找药，药盒都空了；他们接着翻箱倒柜地找钱，找了好半天，屋里一毛钱都没有找到。到了这个时候，李广忠和程燕妮才意识到：他们手边连一毛钱都没有了。程燕妮心疼地搂着脸色发白的女儿，给女儿喂了些白开水。李广忠垂着头蹲在门槛上，一句话也不说。夫妻俩就这样沉默着，对峙着，没有一个人愿意开口。

天色渐渐黑了下来，暮色笼罩了李广忠家的几间屋子。屋里的灯还没有打开，在黑暗中只听得到一家人轻微的呼吸声。不知道过了多久，李广忠这才站起身来往外走。他刚走到门口，程燕妮冰冷的声音从黑暗里传了过来："你去哪儿？"

李广忠没有回头，只是低沉着声音说："去找二哥。"

李广忠厚着脸皮到李广达屋里借了五块钱。在李广达家昏暗的灯光中，李广达看到了李广忠脸上掩盖不住的痛苦和迷茫。他把钱递给弟弟的时候，低声叹了一口气，说："日子难过只是一时的。你们还年轻，以后会好起来的。"李广忠不敢去看二哥的眼睛，他知道李广达是出于好意才这样说，但是此刻的他不知道该怎样去面对这份好意。

借到了钱，买回了药，女儿吃完药以后就睡了。李广忠看着陷入梦乡的女儿，突然觉得很羡慕小女儿，他也希望自己能和李芙蕖一样对眼前的事情毫无知觉，他也希望自己不必去面对扑面而来的压力。但是他也知道，自己再也做不回小孩子了。李广忠伸出手摸了摸李芙蕖的脸庞，沉默地坐在床沿上。程燕妮不看女儿，也不去看丈夫，她那一双漂亮的眼睛呆呆地盯着睡房里昏暗的灯光。她多么希望这只是一场梦啊，她多么希望自己可以回到少女时期，可以重新做回那个爽脆欢快的女孩子，而不是像现在这样被生活压弯了腰。看了半天的电灯，程燕妮这才去看李广忠，她觉得丈夫突然之间矮了很多，他的头低低地垂着，脸上没有一点儿血色。第一次，程燕妮发现自己是如此瞧不起眼前这个男人；也是第一次，程燕妮是如此后悔嫁到了这样一个家庭里。程燕妮的目光从李广忠的脸上滑过，滑向陷入梦乡的李芙蕖。看着女儿白白嫩嫩的脸庞和时不时抽动的鼻子，程燕妮突然觉得女儿好可怜，降生到了这么一个家庭。她生下来之后，婆婆郭家孝从来没有抱过她；王菊花一家人又想方设法地刁难她、欺负她。程燕妮感到一阵说不出来的疲惫，她真想要停下来。但是看着睡在床上的女儿，她知道自己不能停下来，不能不对眼前的这个小生命负责。现在的她不仅仅是女儿，更是母亲。身为女儿，她可以认输；但是身为母亲，她必须要找到出路。

　　第二天天刚亮，程燕妮早早地就起了床。今天，她不再盯着后门外的樱桃树看了，她决定去白马镇找大姐，看看大姐有没有什么法子。程燕妮出门的时候李广忠还在睡觉，她没叫醒李广忠，在她心目当中，眼前的这个男人是软弱的、靠不住的，程燕妮决定依靠自己的力量。

　　到白马镇街上的时候已经是中午了。程燕妮走到大姐程官明开的茶铺门口，她往里看了一眼，有不少人坐在里面喝茶、打麻将。程燕妮突然有些不好意思往里走。正在踌躇之际，出来添水的程官明一眼就看到了幺妹妹程燕妮，她亲热地拉着妹妹的手走了进去。程官明眼尖，她从妹妹的脸上和举止中看到了贫穷和拘谨，心知妹妹的日子不太好过。程官明暗暗打定主意，如果妹妹是来借钱的，她这个当大姐的无论如何也要借一点儿，帮妹妹渡过这个难关。

坐定以后，程燕妮突然觉得不那么拘束了。她看着正在给自己倒茶的姐姐，说了一句出乎程官明意料的话。她说："大姐，你晓得哪儿有工可以打不？我想找份活路。"

程官明倒水的手停住了，她没料到妹妹会说出这么句话来。她把茶水放在妹妹手边，笑着问："李广忠在家吗？"程燕妮听出了姐姐话里的意思，她知道大姐想问的是：李广忠不出去打工吗？

程燕妮有些苦涩地笑了笑，说："李广忠出去打工挣不到钱，只有我出去了。要吃饭的嘛，没得办法。"说着说着，程燕妮的声音低了下去。

程官明有些心疼妹妹，依旧笑着说："要是缺钱的话大姐这儿还有些，你可以拿去用，不着急还。"

程燕妮知道大姐这几句话是真心的，但她还是摇摇头，坚持说："不用了，大姐。我们屋里的债已经多得还不完了，不能再借了。屋里两个人，总有一个要出去。娃儿还小，大人可以饿，娃儿不能饿。"

程官明点点头。她笑不出来了，只好说："好。我这儿来往的人多，我替你问着，要是有了，我让卖票的张凤给你捎个口信。"

吃完午饭以后，程燕妮就回家去了。过了半个多月，张凤才把口信带来。白马镇街上有一个姓王的女人家在成都华阳的一家火锅店里当服务员，前两天屋里有事回来了，她走之前老板让她碰到合适的人就介绍一个过来。王女人家在程官明的茶铺里打麻将的时候把这个话给程官明说了，程官明问清了工作地点和工资之类的问题，赶紧让张凤给妹妹带去了口信。收到口信的程燕妮抓紧时间到大姐的茶铺里和王女人家碰了个头，她对工资待遇都比较满意，当天就回家收拾东西去了。

回到家的程燕妮还是不怎么和李广忠说话。她收拾东西的这天晚上，李广忠呆呆地坐在灶台后面，垂着头一句话也说不出来。李芙蕖在屋子里蹦蹦跳跳地跑来跑去，一会儿跑到灶房里去看父亲，一会儿跑到正在收拾衣服的程燕妮面前，奶声奶气地问她在干什么。程燕妮很快就把东西收拾完了，她拉着女儿的手坐在床沿边上，摸了摸女儿的脸，笑着说："芙蕖，妈妈明天就要走了。你和爸爸在屋里好好待着，过年妈妈就回来了。"说着说着，程燕妮鼻子一酸，声音低了下去。

年纪还小的李芙蕖知道妈妈心情不好。她是个很懂事的孩子，拉起妈妈的手，笑着说："妈妈不哭，我会很听话的，你记得快点儿回来喔。"程燕妮没说话，她只是抬起手摸了摸女儿的头。

李芙蕖毕竟还小。第二天程燕妮背着两个大包刚走出后门，她就哭了起来。她跑到妈妈跟前，抱着妈妈的腿不肯撒手，一边哭一边说："妈妈别走，别走，我要妈妈，我要妈妈……"

程燕妮忍了好久的眼泪一下子就出来了，她低下头擦干女儿的眼泪，温柔地对女儿说："妈妈只是出去一下下，很快就回来咯，芙蕖不哭啊。"

李广忠也有些忍不住，他红了眼圈，赶紧走过来抱起李芙蕖哄了起来。程燕妮擦干眼泪，从兜里掏出了一块钱放到李芙蕖手里，勉强笑着说："芙蕖，去买糖糖吧，糖糖吃完妈妈就回来了。"

李芙蕖将信将疑地看着妈妈。程燕妮给李广忠使了一个眼色，李广忠心领神会地带着女儿到李广耀家的代销店里买糖去了。

坐在通往成都的火车上，程燕妮的心里时不时浮现出女儿的样子。程燕妮发现自己对丈夫的感情不知道什么时候就淡了，但是对女儿的挂念却一时一刻也放不下。看着窗外飞掠而过的风景，程燕妮在心里默默地安慰自己：只不过是几个月的时间罢了，几个月以后就可以看到女儿了。

从江油到成都只有两个多小时的车程，下了火车以后程燕妮跟着人流走出了火车站。她站在熙熙攘攘的人群当中，看到了与家乡不同的天空。程燕妮在心里默默地念叨着：这就是成都了！

第十五章

思念

　　程燕妮离开之后，李广忠觉得整个屋子都变空了，他无论走到哪个角落都会听到空空荡荡的回声。李广忠走到睡房屋里，女儿已经睡着了，她的脸庞上还留着泪痕。李广忠给李芙蕖拉了拉被子，转身走到了灶房屋里。李广忠觉得灶房从来没有这么空旷过。他在灶房里待不住，抬起脚走到了堂屋里。堂屋里更是空空荡荡的没有一点儿人气。李广忠在方桌旁坐了一会儿，越坐心里越不是滋味。他现在就想找个人说说话。女儿已经睡着了，不过即便她醒着，李广忠也没心情和一个小孩子说话。他在堂屋里转了两圈，最后决定到院子里去找个人说会儿话。

　　这时候太阳已经升了起来，整个院子里安安静静的，看不到一个人影。李广忠蹭到二哥屋里，发现屋里一个人也没有。他在二哥家窗户边站了站，又走到了爹妈睡房的窗户底下。李广忠在窗户底下站着的时候，李享德正侧着身子躺在床沿上扇扇子。李广忠透过窗户玻璃去看屋子里的父亲，李享德则半睁着一双眼睛看着屋顶。李广忠站了半天才叫了一声"爸"。李享德转头一看是李广忠，起身扇着扇子走到了门口。李广忠的脸上没有什么特别的表情，李享德的脸上也看不出悲喜。

父子俩在睡房门口大眼瞪小眼地站了半天，都不知该说些什么，也不知该如何开口。最后，李享德站累了，这才说："程燕妮走了。"

李广忠抬起手蹭了蹭下巴："走了。"

李享德看了看儿子的脸，实在是不知道该说些什么，他心里开始希望儿子能够走开，让自己回到床上去。这实在是一个很热的天，李享德的身子也有些疲乏，他确实不知道该对儿子说些什么。但是李广忠没有离开，他并不想和李享德说些什么，只是不想一个人待着。

见李广忠不走，李享德觉得这么干站下去也不是个办法，只好一边摇着扇子，一边找些话说："芙蕖娃在干啥子？"

李广忠抬起空洞的双眼，仿佛他早就把女儿给忘记了。愣了半天，他这才说："睡了，刚刚哭着哭着就睡了。"

李享德这下真不知道该怎么继续这场谈话了，他只是点了点头，摇着手里的扇子不说话了。李广忠在门口站了一会儿，这才发现父亲其实很想回到床上去躺着。李广忠和父亲的关系一直不错，但是现在他觉得站在父亲身旁也无济于事，所以他道了声别就抬脚走了。再次回到床上的李享德并没有如释重负，今天发生的事情实在是超出了他的预料，他感到什么东西莫名地松动了一点儿，至于是什么东西，他需要好好地想一想，好好地考虑一下。

　　离开李享德之后，李广忠在院子里转了好几圈。他知道大哥早就到村委会上班去了，大嫂王菊花和自己一直都不冷不热的，说不上什么话。走着走着，李广忠突然觉得自己实在是天底下最孤独的一个人。虽然有妻子，可是此刻妻子远在天边，也不知道什么时候能回来；虽然有女儿，可是女儿还小，和自己说不上什么话；虽然有父亲和兄弟，但是他们竟然没有一个人能够明白自己的心，关键时刻连一句话都说不上。走着走着，汗水从李广忠的额头上滑落下来。日头升得更高了，李广忠走累了，他走回了自家的老堂屋，从里面关上了门。

　　接下来的好几天，李广忠再没到李家院子里去过。他渐渐地喜欢上了到河对面的田地里一个人闲逛。每天照顾完女儿，收拾好屋里以后，李广忠总是喜欢在大清早或是傍晚到田间地头去转一圈，有时候去看看秧苗，有时候去看看菜园子里的菜，有时候到小河沟里坐一会儿，但更多的时候他什么也不看，什么也不管，只是找一个地方静静地坐一会儿，静静地想问题。在程燕妮离开的这几天里，李广忠很少想到妻子。在他看来，程燕妮已经打从心眼儿里看不起他了，尽管李广忠知道过去几年的事情不能全怪他，但是赚不到钱、养不起家的男人就是没本事，被老婆瞧不起也是情理之中的事情。李广忠有时候竟羡慕起父亲李享德和母亲郭家孝的婚姻来，虽然他们那一代人是从小就定好了亲，夫妻俩可能没多少感情，但是婚姻关系是绝对稳固的，金钱也没有占据那么重要的位置。大部分时候，李广忠的眼睛都盯着那一片和铁路、公路平行的田地。在他的眼里，那一片从小看到大的田地是那么亲切，那么熟悉。他自认为是一个没啥本事也没啥追求的人，他这一辈子只有一个微小的愿望，那就是能够永远留在家乡，永远留在这片土地上。但是现在看来，这个愿望是如此难以实现。

程燕妮出门的时候，剑门镇已经掀起了"打工潮"。每年还没过完新年，家家户户的青壮年劳动力都早早地扛着包袱出了门，坐着火车、汽车前往全国各地。他们的足迹到了上一辈人只能在地图上看到的地方：新疆、西藏、湖南、内蒙古、山东……出门的时候，这些人的脸上都带着笑容，他们只有一个简单的愿望，那就是能够一口气做到过年，能够顺利地结完工钱。热闹的乡村渐渐地安静了下来，栽秧时节也听不到前几年那样欢快的谈笑声了，留下的大多是老人、妇女和小孩子。整个乡村像被抽干了汁液的枯树一样，渐渐地萎靡下去。李广忠不太理解那些笑着走出家门的人，他总是在想，有什么东西能比一家人团聚更重要呢？或许在那些人看来，金钱的价值已经取代了家庭的温暖和家人的团聚。李广忠所不知道的是，走出家门的每一个人，即便脸上是笑着的，心里仍是愁肠百结。外出打工已经渐渐成了他们这一代逃不掉的命运，既然逃不掉，就只能适应和接受。在这些被迫背井离乡的人看来，面对命运，笑着总比哭着好。

在田地里转悠了几天以后，李广忠渐渐地觉得心里不那么空空荡荡的了。他的心里装满了家乡的山山水水，因为妻子的离去而感到的空虚变得不那么明显了。但是李广忠慢慢地发现自己的空闲时间莫名多了起来。每天起床以后，煮完饭，喂完猪，收拾完女儿以后，还留下了大段大段的空闲时间。他不知道自己该如何安排这些空闲时间，待在屋子里也只会胡思乱想。

空闲了没多久的李广忠终于找到了新的消遣，他开始和隔壁院子的尚瞎子打起了牌来。尚瞎子本来不是北滨村人，他是政府安排从高山上撤下来的安家户。尚瞎子五十多岁了，一家人单门吊户地在二队住了好几十年。他年轻的时候本来不瞎，有一次打碎石的时候石头渣滓打到了眼睛里，把两只眼睛都给打瞎了。瞎了的尚瞎子顿时闲了下来，一开始他从早到晚地坐在自家门口，睁着一双什么也看不见的眼睛呆呆地望着地下，从他家门口走过的人都好奇地打量他。刚瞎的尚瞎子脾气没有现在这么好，他听到了路过的脚步声，又听到了脚步放缓的声音，就会猛然抬起头，用那双什么都看不见的眼睛瞪着过路的人。尽管大家都知道尚瞎子什么也看不到，但他们还是害怕他那一双骇人的眼睛。慢慢地，大家都不太敢从他家门口过路了，即便偶尔不得已路过，也再没人敢盯着尚瞎子看。来的人少了，尚瞎子渐渐地觉得寂寞起来。他开始研究怎么给人算命。每到初一、十五赶庙会的时候，尚瞎子就背着自己的小背篓，拄着手杖，花小半天时间爬到半山腰里去给人算命。一开始，找他算命的人寥寥无几；后来，他越算越准，找他的人也渐渐多了起来。在不算命的日子里，尚瞎子觉得时间过得还是一样的慢，日子还是一样的无聊。闲不下来的尚瞎子慢慢地琢磨会了打长牌和扑克，没事的时候就和几个上了年纪的老人坐在自家的院子里慢悠悠地打几把牌。尚瞎子屋里穷，和他一起打牌的人也都不富裕，他们输不起钱，就把屋里的花生米拿来当赌注。尚瞎子眼睛虽然看不见了，记性却出奇地好，摸牌时别人给他念过的牌他总是能一张不落地背住，因此他输的时候倒也不多。

在李广忠加入之前，尚瞎子的牌桌上还没出现过年轻人。不过尚瞎子他们打牌，只是为了消磨时间，所以无论谁愿意加入，都来者不拒。尚瞎子他们出牌出得十分缓慢，一开始李广忠觉得和尚瞎子打牌是一种煎熬；可是，没过几天，李广忠发现当他和尚瞎子他们在一起的时候，时间不知不觉地就过去了，还没等他意识到，一天的时间就消失得无影无踪了。李广忠渐渐地喜欢上了和尚瞎子打牌，他喜欢上了这种时间飞逝的感觉，这种感觉让李广忠再次感到自己的日子充实了起来。日子渐渐充实的李广忠不再东想西想，想念孤身在外的程燕妮的时候也越来越少了。

就在李广忠沉迷于打牌，渐渐地把程燕妮遗忘的这段日子里，程燕妮对丈夫和女儿的思念却变得越发浓郁。在离家之前和初到成都的那几天，程燕妮确实对李广忠充满了抱怨和轻视，要不是李广忠没本事，养不活一家人，她就不必背井离乡出来赚钱养家。但是过了没多少日子，孤身在外的程燕妮对丈夫和女儿的思念像野草般疯长了起来。她想念丈夫的温存体贴，挂念女儿的衣食温饱。这份越发浓烈的思念让生性活泼的程燕妮变得沉默了，她经常在晚上躲在被窝里哭，一哭就是半夜。

程燕妮打工的地方是一家位于华阳、名叫"鸿运当头"的火锅店，程燕妮在火锅店的工作是当服务员。这家火锅店规模比较大，包括程燕妮在内一共请了七个服务员，都是不到三十岁的女性。程燕妮之前在绵阳体育馆里当过保安，服务员这份活儿对她来说没有什么挑战性，很快就上了手。火锅店包吃包住，每个月四百块钱工资。和程燕妮住在同一间宿舍的是一个名叫曹成华、从宜宾来的女服务员，她比程燕妮大些，已经快三十岁了。曹成华在"鸿运当头"已经干了三年多时间，在老家她还有一个八岁多的儿子。在过去的三年里，曹成华很少回老家，她和丈夫之间的感情早就淡了，用她自己的话来说就是回去也没得意思，还不如留在成都。当程燕妮初到"鸿运当头"，夜里躲在被窝里哭的时候，曹成华虽然很同情程燕妮，说出口的话却是："哭吧哭吧，哭着哭着就不想哭了。等你在成都住惯了，叫你回去你都不想回去了。"

在工作中，曹成华一直很照顾程燕妮，程燕妮也很感激和尊敬这位姐姐。但是对于曹成华的生活态度，程燕妮一直不太能接受。程燕妮不能理解一位母亲怎么能够做到好几年不回去看自己的孩子；夫妻感情可以变淡，但孩子可是母亲身上掉下来的肉啊，一个当母亲的人怎么能够放着自己的孩子不管呢？正是因为这种不舍，程燕妮并没有如曹成华所说的那样在成都住惯，相反，在成都待得越久，她对家乡和女儿的思念越发浓厚。

火锅店每个月有四天放假的日子，前几次放假的时候，曹成华带着程燕妮到春熙路和盐市口去转过。踏进那些装修高档的时装店，程燕妮感到极度的不适。现在的程燕妮手头渐渐有了些钱，也能买得起一些漂亮衣服了，但每当她想要给自己添置东西的时候，老家丈夫和女儿的模样总是会浮现在她的脑海里，家里那七百块钱的债也时时刻刻扰乱着她的心。和程燕妮不同，曹成华没有那么多顾虑，她几乎不再和老家的丈夫联系，也很少过问儿子的生活，每个月赚来的钱她大部分都花在了自己身上。

转过几次春熙路以后，程燕妮对进城变得不那么热衷了。曹成华眼看进城打动不了程燕妮，只好带程燕妮去别的地方玩。距离"鸿运当头"火锅店不远处开着一家茶楼，茶楼是几个人合伙开的，其中一个合伙人是曹成华的老乡龙先凤。茶楼开在一个封闭的院子里，从大门进去之后就是一大片摆着桌椅板凳的散座，屋子里还有雅座。成都人天生爱喝茶、打麻将，经常有人抱着茶杯一坐就是一下午，所以龙先凤合伙的这家茶楼生意一直不错。

　　龙先凤高高瘦瘦的，头发长长的，皮肤白白的，是一个名副其实的大美女。她长得漂亮，性格爽朗大方，和程燕妮分外投缘。龙先凤和曹成华都是宜宾人，前几年龙先凤和老公许兴田在老家开了个不大不小的小卖部，后来不知怎么的，村子里有个孩子吃了龙先凤家的东西食物中毒了，那家人本来准备告他们，后来龙先凤拿钱出来私了了。出了这件事情以后，龙先凤家的小卖部也开不下去了，两口子只好带着儿子许浩到成都来打工。龙先凤长得好看，左右逢源，到了成都以后追她的人数不胜数；许兴田性格懦弱，只好对此睁一只眼闭一只眼。凭着出色的手腕，没过几年，龙先凤就和朋友一起盘下了这家茶楼。茶楼生意不错，龙先凤这些年来也算过得顺风顺水。

　　认识龙先凤以后，程燕妮经常被龙先凤介绍给一些常来喝茶的人。程燕妮对龙先凤的生活方式一直不太赞同，对她介绍给自己认识的那些人也始终淡淡的。后来，龙先凤渐渐地就不自作主张给程燕妮介绍朋友了。到了放假的时候，曹成华和程燕妮都愿意到龙先凤的茶楼里去喝茶，不忙的时候，龙先凤也愿意陪着这两位姐妹说说话、解解闷儿。

第十六章

两
地

　　这一天，又是放假的时候，曹成华和程燕妮在宿舍里睡了一
上午的觉，到了下午，两个人慢慢地收拾好了，又像往常一样到
龙先凤的茶楼里来喝茶。程燕妮节俭，每次来的时候都舍不得花
钱打麻将，只是点一杯花茶，坐在茶楼的院子里，晒一下午太阳，
就算休息。近来，曹成华学会了打麻将，一到了麻将桌上就舍不
得下来。不过曹成华胆子也不太大，她还是不敢打五块钱的"大
麻将"，只敢和一些上了年纪的妇女们打个一块钱的"小麻将"。
和曹成华与程燕妮相比，龙先凤花钱更加大手大脚，胆子也更大。
客少的时候，她往往在牌桌上一坐就是一天，输赢她不太在乎，
只是享受摸牌和打牌的感觉。龙先凤虽然不太在乎输赢，但是她
运气好，赢的时候总是比输的时候多。再说，即便龙先凤输了，
也有人替她开钱。程燕妮晓得，经常到这个茶铺子里来喝茶的人
里面就有好几个对龙先凤有意思。但是龙先凤的态度总是暧昧不

明，让人猜不透。

这天下午铺子里的人比以往少些，曹成华和龙先凤都坐到了牌桌上，打了一把又一把。程燕妮不会打麻将，也不愿意去看她的好姐妹打牌，她端着茶杯，躺在竹椅子上昏昏欲睡。就在程燕妮要睡不睡的当口，一个穿着黑色短袖、端着茶杯、长得壮壮实实的男人坐到了程燕妮旁边。程燕妮一下子就清醒了过来。

男人没看程燕妮，他的眼睛随意地盯着打牌的人。程燕妮对这个男人还有点儿印象，他经常到龙先凤的茶楼里来喝茶，好像是姓徐。不久之前，他们俩还被龙先凤叫到一起喝过一回茶。

程燕妮看了男人几眼，见男人只是在看打牌，便转过头去看院子外的大树。

就在程燕妮看大树看得入神的时候，男人突然开口了："你不去打牌？"

她不好意思地笑笑说："打牌费钱。"

男人这才转过头来看着程燕妮，他的目光里似乎多了点儿别的东西，问："你在哪儿上班呢？"

程燕妮不知道男人问这个干什么，但又不好不回答，磨蹭了会儿才说："在火锅店，'鸿运当头'。"

男人只是点了点头，不说话了。他的目光又转移到了别的地方。

等到太阳西斜的时候，曹成华和龙先凤才恋恋不舍地下了牌桌。曹成华和往常一样，没输也没赢；龙先凤今天手气不太好，输了点儿钱，但她丝毫不把这点事放在心上，照样笑嘻嘻地朝着程燕妮坐的桌子走了过来。

看到龙先凤，闷着坐了半天的男人终于开了口，他笑着问："小龙，今天输了还是赢了？"

龙先凤也笑着回答男人："徐哥，今天你终于舍得来了呀！输了点儿小钱，没得事。"

曹成华也凑了过来，伸伸懒腰，冲着程燕妮说："打了一下午，一点儿钱没赢，一点儿钱也没输，没得意思。"

程燕妮是知道曹成华的脾气的，别看她看上去那么洒脱，要是真的输了钱，还指不定要怎么抱怨呢。但是程燕妮什么话也没说，她只是冲着曹成华笑了笑。

姓徐的男人站起身来，对龙先凤和曹成华说："你们的牌也打完了，今天晚上我请你们三位大美女吃顿饭吧，不晓得有没得这个荣幸？"

请龙先凤吃饭的人一向多，她也是来者不拒，因此她点了点头，笑嘻嘻地说了声"谢谢"。曹成华是个爱凑热闹的人，有人请客她不能不到，也立马答应了下来。只有程燕妮还没有表态，三个人六只眼睛都转过来看着她。程燕妮是不愿意去的，她和龙先凤虽然比较投缘，但是她一直知道龙先凤的私生活不太检点，今天这个徐哥说不定又是龙先凤的一个追求者，自己何必跟着去蹚这趟浑水呢？程燕妮拒绝的话还没说出口，曹成华就挽住程燕妮的胳膊央求了起来。程燕妮拗不过她，只好点头答应了。

晚饭是在另一家火锅店里吃的，四个人吃了五十多块钱。程燕妮虽然在火锅店里打工，可从来没有正经吃过一顿火锅，吃了今天这一顿，她才知道为什么成都人这么爱吃火锅。吃饭的时候，徐哥一直殷勤地照顾三位女性，到了后来程燕妮都有些拿不准这个徐哥的目的了。

吃完饭以后，徐哥在门口和三人分了手。曹成华、龙先凤和程燕妮手挽着手往回走。这个时候，月亮已经升上了天空，星星也明亮了起来，三个人慢悠悠地在月亮和路灯投下的光影里散步，越走觉得身子越轻快。

曹成华最装不住话，她咋咋呼呼地开了口："小龙，这个徐哥是干啥子的？出手还挺大方。"

龙先凤看着路灯在地上投射出的光晕，不甚在意地说："好像是包工的，承包了华阳一个楼盘的活路，是成都本地人，以前屋里好像是农村的，前两年拆迁赔了两套房子。"

曹成华挤着眼睛，笑着问："他在追你啊？"

龙先凤瞪了曹成华一眼："你别瞎说啊。这个徐哥在我们茶楼喝了好几年茶了，以前从来没有找我吃过饭。我看啊，他这次不是为了我，而是为了别人。"

曹成华恍然大悟，故意拉长了声音说："不是为了你，难道是为了……"一边说着，一边看着程燕妮。

程燕妮先前一直在听龙先凤和曹成华说话，等她们说到自己身上，这赶忙开口："你们别乱说话。今天的饭本来就不该去吃的，让徐哥破费了那么多，实在是不好意思。我们以后还是要请回来才行，要不然心里过不去。"

龙先凤一直都知道程燕妮和她们不一样，程燕妮是一个好女人，心里只装着老家的男人和女儿，自己一个女人在外面累死累活的，又舍不得吃，又舍不得穿。有些时候，龙先凤甚至觉得程燕妮把她的男人和女儿看得太重了，甚至超过了她自己。龙先凤虽然年纪不大，但见过的男人实在是太多了，她觉得这个世界上的男人没有几个好东西，往往是你对他越好，他越瞧不起你。所以在龙先凤二十几年的生命中，她从来没有把任何男人真正放在心里，包括她的丈夫。在龙先凤看来，男人不过是让自己过上好日子的工具，自己的男人赚不到钱，不能让她过上想过的生活，那么她就有权利在外面找别的男人。不过，龙先凤没想着要改变别人的生活态度，也不会干涉别人的生活，对于程燕妮的选择，龙先凤没有表现出太多异议。在龙先凤心里，程燕妮不仅是一个好女人，还是一个值得交往的好朋友，她踏实、上进，又老实，比起龙先凤认识的那些酒肉朋友来说，程燕妮实在是一个难得的好姐妹。当听到程燕妮这么说的时候，龙先凤只是简单地说了句："燕妮，你本来赚点儿钱就辛苦，何必花钱请他吃饭？他是自愿请我们吃的，而且多半也没安啥子好心，不用请回来了。"

程燕妮知道龙先凤是为自己好，但她认为今天晚上这顿火锅是自己占了别人的便宜，心中确实不太踏实，更别说那人真的对自己有其他想法……走在回火锅店的路上，程燕妮默默打定主意，一定要把这个人情还回去。程燕妮是一个占不得别人便宜的人，占了便宜会让她睡不安稳。

就在程燕妮睡不安稳的同时，王彩凤躺在自家的睡房里也翻来覆去地睡不着觉。王彩凤和李广利结婚十几年了，唯一的女儿李清清也十四岁了。她是李家屋里年纪最大的媳妇，也是最早嫁到李家屋里来的媳妇。王彩凤嫁进来的时候，她那个莫名其妙就疯了的婆婆早就死了好几年。她没见过婆婆，也幸运地躲过了婆婆的调教和折磨。结婚头几年，她的日子过得还算顺当。李享名辛辛苦苦地把两个儿子给拉扯大，又给儿子娶了媳妇，安了家，他心目中最大的愿望就是能够有一个孙子来继承屋里的香火。自从王彩凤嫁到李家屋里以后，她的肚子就成了李家上上下下关注的焦点。在巨大的压力之下，李广利和王彩凤的房事逐渐变得毫无趣味可言。在李广利看来，自己不过是李家传宗接代的工具罢了，他本来就不怎么喜欢长得并不漂亮、书也读得不太多的王彩凤。结婚头几个月，他对王彩凤还有些兴趣，到了后来，两人的房事完全变成了走过场。每次李广利都是匆匆完事，王彩凤的肚子迟迟没有鼓起来。就在李广利快要放弃希望，王彩凤快要抬不起头，李享名急得没脸见人的时候，王彩凤的肚子终于大了。那九个月，成了万众瞩目的九个月。大家眼看着王彩凤的肚子一天天地大了起来，眼看着李享名脸上的笑容一天天地多了起来。在那段时间里，王彩凤既享受着大众的注视，也承受着莫大的压力，她很害怕让公公李享名和丈夫李广利失望。可是，往往人越怕什么就越要来什么。怀胎九个月以后，王彩凤没有按照李享名的期望为李家屋里生下长孙，反而生下了一个不受待见的女儿。女儿出生的那天，李广利匆匆到屋里看了一眼。出来的时候，李享名拉着他的袖子，一张脸上写满了期待和恐惧。李广利看着亲爹脸上的期待和恐惧，冷冷地说了一句："爸，让你失望了。"

那一天，李享名不知道自己是怎么过的。他没精打采地坐在大门的门槛上，一个劲儿地低着头吸烟；在离他不远的睡房里，王彩凤抱着手里瘦瘦小小的女儿，咬着嘴唇哭了一下午。到了晚上吃饭的时候，王彩凤生了个女儿的消息传遍了李家上上下下。听到这个消息，正在煮饭的曹德清没有什么特别的表现，她只是用火钳夹起一根干透了的柴火扔到灶膛里，对着火沉沉地叹了一口气。她是知道生不出儿子的痛苦的，在她们这一辈的妯娌里，她生的儿子最少，为这，她没少受疯大嫂王仕蓉的嘲讽和弟妹郭家孝的白眼。但是她更知道生男生女都是命定的，作为一个女人，只能听天由命。她认了一辈子的命，现在她希望王彩凤也能认命。等消息传到郭家孝耳朵里的时候，她已经躺在床上准备睡觉了。大房里的倒霉事往往能给她带来无穷的乐趣，这一天，当听到大房里的媳妇只生了个女儿的时候，她一下子就从床上蹦了起来，刺耳的笑声顿时充满了整个院子。像之前大嫂去世的时候一样，李享德知道他惹不起这个比他大好几个月的妻子，只好悄悄地下了床，穿上鞋，在夜色的笼罩下到院子里转了几圈。

当天晚上，李享名做出了一个决定，他决定给这个刚出生的孙女取名"李清清"。"清"是李家最小的这一辈的字牌，李享名希望能够用两个"清"字为自己"请"来一个孙子。可惜，他的如意算盘并没有打好。自从生下女儿以后，李广利觉得自己的责任也算是尽到了，要怪只能怪自己女人没本事，所以在接下来的几年里他在房事上更加敷衍。王彩凤因为没生下儿子的事备受打击，她一直知道李广利不喜欢她，从那以后她对那件事也慢慢地淡了。一个敷衍，一个冷淡，从那以后，王彩凤的肚子再也没大起来。

李享名不是一个愿意服输的人，他见大儿子完成不了自己的心愿，便把希望寄托在二儿子身上。张亮进门的时候，身上也背负着李家大房里的殷切期望。可是她的肚子也和大嫂一样不争气，嫁进来两年才生了一个女儿李子彤，并且从那以后她的肚子再也没有大起来。

　　心灰意冷的李享名不再把心思放在孙子身上。他觉得自己老了，一辈子该尽的心也都尽到了，妻子去世得早，又当爹又当妈的苦他早就吃够了。觉得自己已经老了的李享名果然头发渐渐地白了，背渐渐地驼了，他生命中唯一的正事就是坐在太阳底下，卷一袋叶子烟抽上几口。不过有些时候，抽着抽着，李享名还是会在没人的地方抱怨几句："唉，好的不学学坏的。唉，好的不学学坏的。"

　　等李广利在街上租了个门面开猪饲料店以后，王彩凤算是正式和李广利分了居。她不再管丈夫的闲事，只是一个人在村子里守着庄稼和女儿李清清过日子。和心灰意冷的王彩凤不同，到了街上的李广利觉得自己第一次呼吸到了自由而清新的空气。在挣脱了父亲李享名和妻子王彩凤的束缚之后，他爆发了有生以来最大的一场情欲。他的情欲是被住在街上的一个姓蔡的寡妇勾起的。蔡寡妇年纪不大，胆子却不小。她的丈夫早年得痨病死了，前些年她还想着重新嫁个人，后来她慢慢改变了主意：守着一个人过日子哪有夜夜换老公来得自在舒服？打定主意不嫁的蔡寡妇从此开启了隔不多久就爬上一张新床的日子。李广利到街上来开店铺没几天，蔡寡妇就和他看对了眼。李广利有贼心没贼胆，只敢在人少的时候和蔡寡妇眉来眼去，打情骂俏，却从没想过真的上手。蔡寡妇老道，早就不把贞洁和面子放在心上，过了没几天，直接在大晚上来敲李广利的门。自从到街上开了店铺以后，李广利只是过几天回家去看看，偶尔住一个晚上，大多数时候他都一个人睡在店铺后面的单人床上。蔡寡妇的到来让李广利又惊又喜，他和蔡寡妇本就是干柴烈火，这一下更是天雷勾动地火，收不住了。

蔡寡妇和李广利好了一段时间以后，慢慢地就不把李广利放在心上了。在蔡寡妇看来，男人都是没有什么区别的，只不过新的男人比旧的男人多些新鲜感罢了。等新鲜感过去以后，蔡寡妇对李广利的情欲慢慢地干涸了，她又转头去找别的相好。李广利是第一次经历这种事情，他倒对蔡寡妇产生了真感情。得知蔡寡妇找了新的男人，他当即就怒了，跑到蔡寡妇新相好的屋里大闹了一场，两个男人还差点儿打了起来。

消息传到王彩凤耳朵里的时候，她正在地里除草。听到消息，她连锄头都扔在了地里，连忙搭车去了街上。她到的时候，猪饲料店门口围了一大群人，大家正议论得热火朝天的。等看到王彩凤，这些人才慢慢地散了。王彩凤走到里间，她男人李广利垂着头坐在床上，一句话也不说。

王彩凤没好气地走到李广利跟前。她本来是一个热情爽朗的人，可这一次她实在是笑不出来了。站在昏暗的屋子里，王彩凤的鼻子有些发酸，她双手横抱在胸前，对自己的男人说："李广利，你是不是不想过了？不想过的话我们就去离婚。"

李广利不是不想过，也不是想离婚。只是他第一次在别的女人身体会到了王彩凤不能给他的感觉，这种感觉就像毒品一样勾住了他的心，想要挣脱也挣脱不开。但是李广利知道，毒品是毒品，白饭是白饭。毒品可以戒，白饭却不能不吃。为了端稳这碗白饭，当天夜里李广利就跟着王彩凤回家去了。

经过了这件事，李广利倒是安静了好几年。他回家的次数比以往多了起来，对王彩凤也比之前好了些。连不怎么管事的李享名都以为大儿媳的肚子说不定还能再次鼓起来。不过，王彩凤的肚子始终没有鼓起来，李广利的老毛病却又犯了。

犯了老毛病的李广利比上次做得隐蔽多了，他学会了不放那么多感情进去。有了经验的李广利比前一次更为得心应手，有更多的女人上了他的床，而他也学会了不再为那些女人争风吃醋。但是世上没有不透风的墙，李广利找女人的消息还是传到了王彩凤的耳朵里。现在的王彩凤已经不年轻了，她再也没有底气说出"离婚"两个字。没有底气的王彩凤不知道该怎么办，也不知道该向谁倾诉，只能在夜晚透过睡房屋里的窗户去看挂在天边的那轮月亮。看月亮的时间多了，睡觉的时间就少了，有些时候，看着看着，王彩凤的眼睛就闭不上了，她始终也想不明白，为什么人的心会变得这么快，变得这么陌生。

那轮明月没有回答王彩凤的疑问，它只是夜夜挂在天边，把光辉撒向人间。

第十七章

河边的风

　　自从上次一起吃过饭以后，那位徐哥倒是有一段时间没到龙先凤的茶铺子里去。程燕妮对此不太在意，曹成华倒是问了龙先凤好几次。不过徐哥只是一个常来喝茶的客人，龙先凤对他了解得并不多，再说她自己的事情本来就多，哪儿还有空来管别人的闲事。

　　徐哥是在十二月底的时候再次出现的，那个时候曹成华和程燕妮已经知道了他的真名原来就叫"徐歌"。徐歌出现的那天是一个难得的晴天，许久不见的太阳终于再一次出现在了成都的天空中。程燕妮昏昏沉沉地靠在茶楼院子里的藤椅上，过去的这一周对她来说实在是太辛苦了。"鸿运当头"火锅店本来平时生意就不错，现在到了年底，生意就更好了。程燕妮每天在火锅店里上九个小时的班，人多的时候连坐一会儿的时间都没有，等到了宿舍往往两只脚疼得连知觉也没有了。今天好不容易能休息，她本来想在宿舍里睡一天，可曹成华偏说今天是个难得的太阳天，让程燕妮一定要出来转转，晒晒太阳。程燕妮知道曹成华哪儿是想让自己晒太阳，而是她的手又痒痒了。果不其然，才刚到茶楼，曹成华就扔下了程燕妮一个人打牌去了。程燕妮也不在意，还是按照往常的规矩点了一杯花茶，打算一个人坐在那儿喝一下午。本来开茶楼的人对这种只点一杯茶、一喝就是半天的客人是最不欢迎的，但程燕妮毕竟是龙先凤的好姐妹，她次次来都只要一杯茶，也没人说什么闲话。

这天龙先凤不太忙，她不想打牌，便陪着程燕妮坐了一会儿。等看到程燕妮快要睡着了，她才走开去张罗别的事情。下午的太阳暖烘烘的，程燕妮在温暖的太阳底下不知睡了多久，等睁开眼睛的时候，她一下子看到了徐歌的脸。程燕妮对这张脸本来没有多深的印象，可她还是敏锐地察觉到这张脸在过去的这一段时间里发生了一些变化，至于这变化是什么，一时半会儿她还说不上来。

徐歌看到程燕妮醒了，对着她笑笑说："你老是在太阳底下睡觉，不怕感冒？"

等到徐歌开口的时候，程燕妮这才发现，徐歌看起来比以前老了些，脸上的神采也少了些。她不知道什么事情会让一个年轻男人脸上的神采在短时间内减少这么多，但她也不想深究，只是简单地回答了一句："太阳大，不会感冒的。"

说完这句话以后，两个人都不知道该说些什么，只好沉默下来。徐歌又去看打牌的人，程燕妮照旧去看院子外的大树。两个人就这么看了半天，直到龙先凤过来才打破了沉默。

龙先凤远远地就看到了许久没来的徐歌，她笑着打了个招呼："徐哥，你有好久没来了呀？"

徐歌看到龙先凤，勉强笑着说："有点儿事，现在闲了下来，就到你的铺子里来喝茶，照顾你的生意了。"

龙先凤眼睛尖，她在徐歌的声音里、眼睛里和脸颊上都察觉到了沮丧和失意的痕迹。不过龙先凤知道别人不想说的事最好别问，所以她只是笑着坐到桌边陪徐歌说了会儿无关紧要的话。

等到曹成华下麻将桌的时候，太阳已经西斜了。程燕妮早就和曹成华商量过了要请徐歌吃一顿饭。曹成华知道程燕妮占不得别人的便宜，自从吃了徐歌一顿饭以后她一直睡觉都睡不安稳；她也知道程燕妮脸皮薄，不好意思主动去请一位还算陌生人的男人吃饭，所以她主动提出了这个邀请。在她看来，像徐歌这种社会经验丰富的男人不知道请过多少女人吃饭，应该不会把这一顿两顿的放在心上。没想到，徐歌答应得还挺爽快。这下子，曹成华真的有点儿吃惊了。

曹成华和徐歌约的日子是她们放年假的前一天晚上。定这个日子是程燕妮的主意，她不想耽误自己回家的时间，所以就把吃饭的日子定在了这一天。程燕妮的年假只有十天时间，十天时间一过她就得离开自己的女儿和自己的家，到成都来打工。年假前的几个假期都被程燕妮拿来给女儿和丈夫买过年的新衣服了。程燕妮这半年赚的钱不太多，但还债是绰绰有余的。手里有了钱的程燕妮开始为女儿的生活操起心来。女儿自从出生以来穿的衣服大部分都是大姐的二女儿沈晴的旧衣服。虽然这些衣服都还穿得出去，但程燕妮还是觉得女儿太可怜了，她决定要好好地为女儿添置几件衣服。再说李广忠，虽然程燕妮不太看得起他，但他毕竟是自己的男人，他的衣服也太过寒酸了些，因此在给女儿添置衣物的时候她也顺手给男人买了几件。为了添置这些衣服，程燕妮跑了好几趟春熙路。春熙路的衣服样式多，价格也不太贵，正符合程燕妮的要求。

看着程燕妮一趟趟地往春熙路跑，曹成华实在是有些看不下去。在程燕妮又一个晚归的日子，她忍不住对程燕妮说："燕妮，你也太辛苦了吧。上班的时候天天忙得脚后跟不沾地的，好不容易有个放假的时间你又成天跑春熙路。你给自己买衣服的时候都没这么上心过，你把屋里看得太重了。"曹成华没有说出口的话还有：男人是不值得你对他这么好的，你对他越好他越瞧不上你。

累得躺在床上的程燕妮听了这话只是笑笑，她不太理解曹成华的心态，也知道曹成华接受不了自己的生活方式。不过，她一直都把曹成华当成好姐妹，也知道曹成华是真心为了她好才这么说的。

年末的时间总是过得那么快，一转眼，程燕妮把丈夫和女儿的衣服添置好了，老板也把最后一个月的工资发给了她。程燕妮的工作包吃包住，她平时也花不了多少钱，每个月发的工资一直都攒着，到了年底一看竟然有将近两千块钱。有生之年第一次见到这么多钱的程燕妮兴奋了好几天，她在心里默默地盘算着，先把屋里的债还完，再买两只小猪仔，除了过年的开支以外，应该还能剩下些钱。程燕妮越想越兴奋，过去几个月里的辛苦仿佛一刹那间烟消云散了。这是和李广忠结婚以来，屋里第一次有了节余，看着手里的这些钱，程燕妮仿佛再一次看到了未来美好生活的图景。

到了约定的日子，曹成华突然闹起了头疼，她向来身体很好，一般很少说头疼脑热的，这次不知怎么地突然就头疼了起来。程燕妮也不好爽约，只好一个人硬着头皮到了约定的地方。这次她们和徐歌约的还是一家火锅店。程燕妮心眼实，她想别人请她吃一顿火锅，自己也应该请回去。

程燕妮到的时候徐歌已经在火锅店门口等了好一会儿了。已经是深冬时节，街道上吹起了一阵又一阵的冷风，程燕妮一路走来都有些受不住，更何况是站在冷风中等人。她有些不好意思，快步走到徐歌面前，带着歉意说："不好意思，徐哥，让你久等了。"

徐歌见只有程燕妮一个人来，眼睛里多了些别的东西，消失了好一段时间的神采突然又出现了。他笑着对程燕妮说："没事，我喜欢站站。"程燕妮当然知道没人喜欢大冬天站在冷风里，但她也不去拆穿徐歌的话，只是觉得徐歌这个人有些可爱。

当然，他们两个人最终没有去吃火锅，而是吃了一家小店里的串串。那家串串店开在河边，为了防止河风吹进来，店铺里的窗户都关得紧紧的。透过窗户可以看到河边和树上缠着的彩带和彩灯。店铺里很暖和，进去没多大一会儿，程燕妮觉得自己的手脚都暖了起来。

菜在锅里煮着，程燕妮的眼睛一直看着窗外的彩灯和彩带，她喃喃地说："快过年了。"

徐歌一直在看锅里升腾而起的烟气，听到程燕妮说话的声音，这才把目光转向程燕妮，问道："过年你就可以回家了吗?"

　　程燕妮回过神来，有些不好意思地看着徐歌，笑笑说："当然，我可太想回去了。我想我的女儿，不知道她长高了没有，我还想……"程燕妮本来想说"我还想我的男人"，可是她觉得在一个还算陌生的男人面前说这种话不太合适，就硬生生地把后半截话咽到了肚子里。

　　徐歌当然知道程燕妮咽下去的是什么话，他只是笑笑，偏过头去看河边的彩灯和彩带了。

　　这顿饭两个人吃得很沉闷，程燕妮不知道该说些什么，而且说真的她的心思也完全没在徐歌身上。吃饭的时候，程燕妮的心完全被女儿和丈夫给填满了，虽然她的身子在饭桌上，但是她的心早就已经飘到了几百公里以外的老家。徐歌也很沉默，他当然不是不知道该说些什么，也不是不想和程燕妮说话，只是他发觉和程燕妮默默地坐在一起吃饭是一种享受。他是一个社会经验很丰富的男人，年纪轻轻就经受了社会的捶打，从底层慢慢地一路干上来，现在年纪还不算大的他已经是一个小包工头了，虽说不是大富大贵，但也算吃穿不愁。徐歌是一个很会说话的男人，在社会这个大熔炉里，他慢慢地学会了见人说人话，见鬼说鬼话，他知道在很多饭局上那些说得热火朝天的人中间没有几个是掏出真心的。在徐歌看来，社会上的人都是戴着面具在交往，别人心里在想些什么，自己可能永远也不会知道。徐歌渐渐地习惯了这种生活方式，在和戴着面具的人交往的时候，一直不停地说话，说些漂亮话，说些奉承话，甚至有时候还要说些下流话。只有在说话的时候，虚伪的热情才能够一直维持；也只有在说话的时候，面具才不会露出瑕疵。所以这么些年来，徐歌已经熟练地掌握了在饭桌上说个不停，却什么实质性内容也没说的技巧。

徐歌不知道为什么每次和程燕妮见面的时候他都不想说话。那些虚伪的假话他对程燕妮说不出口，也不愿意说给程燕妮听。他渐渐发现，和程燕妮静静地坐在一起就是一件很舒服的事情。徐歌不愿意打破这种舒适和宁静，所以他一句话也没说。

吃完了饭已经是晚上七点半了，徐歌和程燕妮都吃得有点儿多，他们决定到店铺旁的河边去散散步。天已经黑定了，河边的彩灯都亮了起来，河风也渐渐停了下来。也许是因为刚从暖和的小店里走出来，程燕妮发现走在深冬的夜幕下突然没有那么冷了。程燕妮不知道该说些什么，但是她感到自己不能再沉默下去，好像必须得说点儿什么才行。她有些莽撞地开了口："徐哥，前段时间你干什么去了呀？一直没到小龙的铺子里去喝茶。"

在徐歌认识的人当中，不要说是他消失一段时间，就算是消失半年，也不会有人过问，大家见了面还是照样亲热，照样喝酒、打牌、吃饭。和程燕妮关系好的龙先凤就从来不会问这个问题，曹成华也多半不会问这个问题。能够这么坦然地问出这个问题的人，恐怕也就只有程燕妮了。

徐歌迟疑了一会儿，他不想拿惯有的客套话来搪塞程燕妮。但他是一个很少说真话的人，或许在某种程度上他已经不知道该怎么说真话了，所以他最后说出来的是："屋里有点儿事必须要处理，所以很长一段时间没露面。"这是一句很模糊的话，但毕竟是真话。

程燕妮听了点点头，她觉得自己必须得再说些什么，所以她又问了一个问题："事情很麻烦吧？我看你最近精神不太好。"

　　徐歌有些吃惊地看了一眼程燕妮，他想从程燕妮的脸上看出虚伪和做作的痕迹，但是他一转头就看到了一双明亮的眼睛，这样的眼睛是不会骗人的。徐歌突然觉得自己被程燕妮给看穿了。他有些发慌，不知道该怎么回答这个问题。面对程燕妮的提问，这个最会说话的男人竟然不知道该说些什么，愣了半天才挤出两个字："是吗？"

　　程燕妮这才转头去看徐歌。她发现徐歌的神色不太好。程燕妮不是一个社交老手，但基本的察言观色的功夫还是有的。她不知道自己说错了什么，但是她知道刚才的话里肯定有些不合适的地方。程燕妮把刚才说的那两句话翻来覆去地想了半天，也没想明白。这两句话在她看来就是两句再简单不过的问候，她想不通徐歌的脸色为什么会突然之间变得这么差。不过程燕妮也不想花时间去想这些想不通的问题，她又转过头去看河里的水，女儿的影子再一次占据了她的整颗心。

　　在河边绕了一个来回之后，程燕妮的身子有些发冷，她和徐歌道完别以后就离开了。看着程燕妮远去的身影，徐歌孤身站在河边陷入了沉思。这个时候，河边的人渐渐多了起来，徐歌没站多久就又抬起脚往前走。夜晚的河风突然大了起来，走着走着，徐歌感到这阵河风慢慢地吹到了自己的心里，把心里某一个角落吹得熨熨帖帖的。

第十八章
转变

　　终于到了回家这一天，程燕妮坐在归家的火车上，心里不停地幻想着和丈夫女儿见面的情景。已经有半年多没见面了，女儿应该长高了一大截儿，不知道她还记不记得自己；也不知道过去的这几个月里李广忠过得怎么样。虽然每隔几个月程燕妮都会给家里打一点钱，但是她心里始终记挂着家里的债，再加上她知道丈夫不会安排家事，怕钱被乱用了，所以给的钱始终不太多。等年终的时候，程燕妮拿着这半年自己赚的钱，在高兴的同时，也感到很愧疚。尽管程燕妮自己没花多少钱，但她始终认为亏欠了丈夫和女儿。

　　下了火车，程燕妮搭车到了白马镇，她打算买点儿东西，先去看看大姐一家人。

　　程燕妮提着两袋水果往大姐家的茶铺走去，远远地就看到了坐在铺子门口写作业的侄女沈晴。程燕妮一直很喜欢这个笑起来露出两颗虎牙的侄女，她隔得老远就叫了一声："晴儿!"

正在写作业的沈晴抬起头看着眼前这个穿得整整洁洁的年轻女性，过了好半天才认出这是小姨。她露出了两颗标志性的虎牙，笑着喊了一声："小姨。"

听见声音，程官明走了出来。快过年了，铺子里人很多，程官明第一眼看到妹妹的时候也几乎认不出她了。几个月没见，程燕妮脸上和动作里的拘谨和失意消失得无影无踪，反而浮现出了一个幸福满足的人所特有的愉悦。程燕妮在大姐家没待多久，她的心里始终挂念着女儿，没坐一会儿就走了。

汽车开到了北滨村二组，程燕妮才刚下车，迎面就碰到了李广福。碰到程燕妮的时候，李广福正扛着锄头从地里回来。骤一见到她，李广福有些不太好意思。去年李广忠和他一起跟着尚德福去贵州打工，到了最后李广忠和王胖子的工钱都被尚德福"吃"了，只有他的工钱一分不少地拿到了手。虽然这件事情说起来和他没什么关系，可是这个老实人始终觉得自己对不起李广忠一家人。所以，当李广福第一眼看到程燕妮的时候，他下意识的动作竟然是想避开她。不过程燕妮一眼就看到了李广福。李广福见避不过去，只好硬着头皮走上前打了一个招呼。

说实在的，程燕妮从尚德福那儿要不到工钱的时候确实埋怨过李广福，当自己拿不出一分钱为女儿买药的时候也抱怨过他，但是现在的程燕妮不再是当日的程燕妮了，她不再是那个被贫穷压弯腰的失意人，她现在有钱了，也找到稳当的生计。再次碰到李广福的程燕妮表现出了一个生活幸福的人所应当具有的宽容和大度，她对着李广福笑笑，叫了一声"二哥"。

　　程燕妮是从李家院子里走回家的。多年以来，李家院子一直是她努力想要避开的地方。当她走进院子的时候，和李广耀一家人打架的场景，自己一个人带孩子的时候成天关着门的场景，一一浮现在眼前。以前的程燕妮确实很怕，她害怕黑夜，害怕屋子后面的坟堆，还害怕李广耀一家人时不时的欺负，但是现在的程燕妮突然觉得不那么害怕了。她知道自己不再是那个软弱的小女人，而是一个可以撑起一个家庭的大女人。程燕妮走进院子的时候，有几双好奇的眼睛透过窗户打量着她。她当然知道那是谁的眼睛，要是换成以前，她一定觉得很不自在、很难受，但现在的她已经不再在意那些眼睛了。她模模糊糊地知道那些眼睛的主人只能在这个小小的院子里掀起风浪，走出这个院子，他们都是弱者，而她程燕妮和他们不一样。

　　堂屋里的大门开着，李芙蕖穿着一件黑色的旧棉袄，坐在门槛上一个人玩。看到女儿，程燕妮的心一下子柔软起来，她冲到大门口，一把抱住女儿。被程燕妮抱住的李芙蕖没哭也没闹，只是睁着那一双和程燕妮颇为相似的眼睛，呆呆地看着眼前这个有些陌生的女人。程燕妮的眼泪一下子涌了上来，她没哭出声，而是勉强笑着对李芙蕖说："芙蕖，是妈妈啊，叫妈妈。"

　　李芙蕖还是睁着那一双漂亮的眼睛呆呆地看着程燕妮，她实在是认不出眼前这个女人了。在程燕妮刚离开的那一天，李芙蕖哭了一整天，她把爸爸用来骗她的棒棒糖扔了一地。这是一个很少能吃到零食的孩子，可是为了换回妈妈，她扔掉了来之不易的糖果。可惜，她哭了一整天，闹了一整天，妈妈还是没有回来。李广忠不是一个很有耐心的父亲，起初他还能哄哄女儿，后来他感到疲乏了，便让李芙蕖一个人在屋里哭闹，自己到外面转了一圈。等李广忠回来的时候，李芙蕖已经哭累了，睡着了。第二天，第三天，第四天，李芙蕖都在哭着找妈妈，可是她的妈妈始终没有回来。三岁的李芙蕖当然不知道妈妈去了哪儿，过了一段时间，她渐渐地把妈妈给忘记了。李芙蕖的童年很孤单，院子里的哥哥姐姐都比她大很多，没人愿意陪着她玩儿。先前魏围没回家的时候，还会偶尔和她玩一会，后来魏围也回去了，李芙蕖只能自己和自己玩。等李广忠迷上了打牌以后，她就经常一个人被扔在家里。有些时候，后面曾家院子里的孩子会来找她玩一会儿，但是大多数时间她都独自坐在自家的门槛上，等着外出打牌的爸爸回家做饭、陪她玩一会儿。

　　程燕妮回来的这一天，李广忠还是像往常一样跑到尚瞎子屋里打牌。虽然快要过年了，可是他没有准备一点儿过年要用的东西。自从程燕妮离开以后，只有打牌能够吸引他的注意力。程燕妮刚刚离开的时候，李广忠感到很孤独，他对妻子的思念十分浓烈，晚上躺在床上也一直在想妻子在做什么，日子过得怎么样。到了后来，李广耀经常明里暗里地嘲讽他说程燕妮不会回来了。起初，李广忠根本就不把这件事放在心上，他知道大哥和他有仇，对他有怨气，虽然打架一事过去没多久兄弟俩就开始说话，但仇恨不是那么容易遗忘的，两个彼此怀着仇恨的人只不过是假装太平无事地在同一个院子里住了下去。后来，随着程燕妮离去的时间越来越长，李广忠也禁不住怀疑程燕妮是否还会回来。为了转移猜测所带来的痛苦，他花在牌桌上的时间越来越长，对女儿的照顾也越来越草率。

当程燕妮抱着女儿到尚瞎子屋里找李广忠的时候，李广忠呆住了。他没想到程燕妮还会回来，还会要这个家，他更没想到出去半年的程燕妮变得更年轻、更漂亮了。有些手足无措的李广忠赶忙扔下牌，从程燕妮手里接过李芙蕖，一家人回家去了。

当李广忠从最初的懵懂中回过神来的时候，他突然意识到自己不知道该怎么面对这个已经半年多没见的妻子了。在过去这六个月里，他和妻子之间的关系发生了微妙的变化，夫妻俩之前的平衡也随之打破。李广忠知道自己必须再次在这段关系当中找到一个平衡点，只有这个平衡点找到了以后他才能够面对程燕妮。李广忠对这个平衡点的忧心，程燕妮丝毫没有察觉。在她看来，丈夫虽然没有本事，但毕竟是自己的丈夫；女儿虽然和自己疏远了，但始终是自己的女儿。自从嫁到李家院子，历经无数艰难险阻生下女儿以后，程燕妮一直把李广忠和李芙蕖放在自己心中的第一位，甚至超过了她自己。

回到家之后，程燕妮做的第一件事就是把买给丈夫和女儿的衣服拿出来给他们看，又把从白马镇买回来的好吃的拿给李芙蕖。看着妻子拿出的东西，李广忠心灵的某一个角落暗暗地滋生出了一种挫败感、无力感和羞愧感。他知道自己是个没有多大本事的男人，但直到这一天，他才真正意识到自己究竟有多没出息。但是他也知道刚回来的程燕妮很开心，他不能去打扰这份来之不易的快乐，所以尽管内心有些憋屈，李广忠还是选择殷勤地到灶房里去给程燕妮做饭。

吃完饭以后，李芙蕖终于愿意叫妈妈了，虽然母女俩变得有些生疏，但程燕妮相信过不了几天她和李芙蕖的关系就会再次亲密起来。坐了一天车的程燕妮感到有些疲惫，在哄女儿睡着以后，她也早早地就到床上躺着了。

　　再次和丈夫躺在同一张床上，程燕妮没有感到刚结婚时澎湃的激情，反而觉得丈夫的身体变得有些陌生。当然，李广忠也有相同的看法。在过去的几个月里，他无数次幻想过程燕妮的身体，但当他真正抱住这身体的时候却感到了紧张、无措和陌生。李广忠知道，他和程燕妮之间的关系已经有了些许裂痕。要是说以前的程燕妮是不能在思想上理解他的话，至少他们身体上的沟通是愉悦的、充满激情的；到了这一天，李广忠才意识到，原来身体上的激情也会随着心理上的疏远而退却。但是李广忠更加知道，如果身体上的沟通受到阻碍，那么这段婚姻也就走到了尽头，这是他最不能接受的事情。怀着复杂的心情，李广忠用自己的温情让程燕妮软化了下来。这一夜，李广忠用自己的方式和程燕妮进行了沟通，第二天起床的时候，他在某一个瞬间觉得仿佛又回到了刚结婚的时候，但他确切地知道某些东西已经改变了，永远地改变了。

　　最先改变的是李广忠对程燕妮的态度。之前的李广忠对程燕妮很好，他把程燕妮当成一个年轻的妻子、一个小孩子。现在的李广忠在程燕妮面前变得低眉顺眼，往往是程燕妮说东他不敢说西。虽然都是顺从，但之前的顺从里是爱居多，而现在的顺从里是怕居多。程燕妮没有看出李广忠的变化。在她看来，这次回来以后，丈夫对自己更加体贴、更加温柔了。沉溺于爱情里的女人都是愚蠢的，而程燕妮更是愚蠢得可怕。随着李广忠对程燕妮态度的改变，整个李家院子里的人也改变了对程燕妮的态度。最先改变的是王菊花。之前的王菊花嫉妒程燕妮，总是想给程燕妮找不痛快；现在的王菊花也嫉妒程燕妮，但是她知道自己已经远远比不上这个幺弟妹，她再也不敢给程燕妮找麻烦了。和王菊花相比，张翠华对程燕妮的态度更为复杂。在程燕妮落魄的时候，她也和李广达一样同情程燕妮；等到程燕妮真正好过起来，她的心里又不是滋味了。

　　这半年来，郭家孝渐渐地从魏品清的事情中缓过了劲儿来，又开始有事没事地挑两个媳妇的错。看到从成都回来的程燕妮，看到程燕妮眼角眉梢的得意和欢喜，一方面她的心里确实不太舒服，另一方面也意识到程燕妮是这个院子里的强者，自己恐怕是再也斗不过这个儿媳妇了。默默在心里认输的郭家孝不敢在外人面前表露出什么，只敢在背着人的时候，恶狠狠地冲着门后头吐一口口水，嘴里叽叽咕咕地念叨几句。同样意识到程燕妮是这个院子里的强者的还有李广耀和李广达。李广耀一辈子都欺软怕硬，对不如他的人，他一定要去踩上一脚；而对比他强的人，他却懂得如何去讨好。对程燕妮，他自知不能再去踩上一脚，但是由于两家人之前结的梁子，他也确实做不到去讨好程燕妮。在诸多因素的左右下，李广耀只好对程燕妮的归来表现出事不关己的漠然。和这个院子里的其他人相比，李广达应该是唯一一个为李广忠一家人感到高兴的人，虽然这一年他养羊没赚到多少钱，但是一家人的吃喝都不愁。他不嫉妒程燕妮靠自己劳力赚回的钱，因为他知道背井离乡的日子不好过，那种日子连他这个大男人都不一定过得下来，更别说程燕妮这个年轻女人了。李广达在为程燕妮感到高兴的同时，也很心疼这位要靠一己之力撑起整个家庭的弟妹。

对于程燕妮的归来，李享德的态度很矛盾。他一方面为儿子感到高兴，另一方面也十分担忧。李享德心里清楚，过日子不是东风压了西风，就是西风压了东风，他一辈子都被那个大他几个月的老婆郭家孝压着，他不希望么儿子李广忠走自己的老路。但是自从程燕妮孤身出门的那一天起，他就知道自己的担忧最终还是成了现实。李享德同样清楚，么儿媳程燕妮的本事远在自己那个好面子、只会骂人的妻子之上，他怕自己那没本事的儿子管不住老婆，最后竹篮打水一场空。心里装着这么些事儿的李享德气儿不顺了，经常坐在灶台后面，一边生火，一边琢磨着什么。

就在李享德整天坐在屋里琢磨的时候，程燕妮带着丈夫和女儿回娘家去了。自从嫁到李家以后，程燕妮一向很少回娘家，一方面她手头没钱，没法孝敬爹妈；另一方面，她也知道自己寒酸，怕回去扫了爹妈的颜面。如今这两个障碍都没有了，她自然乐得回娘家去。

回娘家的这一天，程燕妮先在剑门镇街上给父亲程天南和母亲曹家华一人买了一套衣服，又割了几斤肉，这才一家人欢欢喜喜地往娘家走。见了女儿一家人，曹家华十分开心，她忙进忙出地给女儿一家子张罗午饭。程天南坐在门前的屋檐下吸兰花烟，一吸就是一中午。他对女儿一家的到来没有表现出特别的喜悦，这倒不是因为他不愿意见到女儿和外孙女，而是因为他不愿意见到那个没本事的女婿李广忠。在程天南的心目当中，一个男人生下来就是要养家糊口的，养不起老婆孩子的男人就是没本事、没出息，这样的男人就不配娶老婆、养孩子。女婿李广忠比程天南所能想象到的更为恶劣，他不仅没本事养活一家人，反而到头来要让老婆养活。程天南对这个女婿彻底失望了，他宁愿一个人坐在屋檐底下看看山、吸吸兰花烟，也不愿意去搭理那个没本事的女婿。

李广忠知道程天南不乐意搭理自己，更知道自己不能失去程燕妮，也不能得罪这位在子女中颇有威望的岳父，所以他只好硬着头皮和程天南搭话。其实他也能理解程天南的想法，说实话他和程燕妮走到今天这个地步实在是出乎意料。程天南本来是在看对面的山，但是李广忠主动来搭话了，他只好一边看着山，一边有一搭没一搭地和李广忠说话。程天南发现，李广忠比以前表现得更为谦恭了，甚至谦恭到了让人同情的地步。不知怎么的，程天南竟然同情起这位幺女婿来，他觉得做一个男人做到这种地步实在是件挺可悲的事情。

饭才摆上桌子，程官明一家人就出现在了程天南家的灶房里。见到大女婿沈福，程天南一下子就热情了起来，连忙给大女儿一家抬椅子，又跑到睡房里把自己新酿好的酒拿出来。程燕妮见了大姐一家也很热情，她连忙帮着拿筷子、端饭。曹家华有好长一段时间没见到两个外孙女了，她把两个孩子抱在怀里怎么看也看不够。沈福见了岳父和岳母也很高兴，赶忙把买给两位老人的东西帮着拿进睡房里去。程官明早就饿了，她谁也不理会，径直端着碗吃起饭来。在一群忙碌的人中间，李广忠感到无所适从，他突然觉得自己在这里很多余，仿佛没有一个人需要自己似的。

这顿饭其他人吃得都很愉快，大家时不时地说一些别后的闲话。觉得自己多余的李广忠闷闷地吃完了饭，又一个人闷闷地走到河坝上去看水。程家坡的河比北滨村的河大得多，水也深得多。虽然现在是深冬时节，但河里的水还是有一人深。李广忠百无聊赖地在河岸边转了转。河坝很安静，几乎听不到鸟叫声，更不会有人在河里游泳、河边钓鱼。

李广忠想起了刚和程燕妮好的时候，那时候他还不是程家的女婿，只是一个刚定亲的准女婿。那时的李广忠最喜欢的就是这条大河。到了夏天的时候，程家坡的男男女女都喜欢顶着大太阳在河里游泳，有时候一游就是一整天。程家坡的人生性豪放爽朗，大夏天下河洗澡不分男女，都只穿着贴身的衣服，男的只穿一条裤衩，女的穿着内裤和内衣。大家欢快地在水里游来游去，笑声、叫喊声充斥着整条大河。那时节才是程家坡的好日子。李广忠还记得自己和程燕妮熬夜钓鱼的事情。刚好上没多久的两个人肩膀挨肩膀紧紧地靠在一起，程燕妮手里拿着手电筒，李广忠手里拿着钓竿。不一会儿，鱼咬杆了，李广忠往上一拉，就是一条大鱼。每到这个时候，程燕妮就会发出银铃般的笑声，把李广忠的心也笑得甜滋滋的。

可是自从和李广忠结婚以来，程燕妮笑的时候越来越少。程燕妮不是一个喜欢哭的人，她不开心的时候只是板着一张脸，闷不作声地找一个地方坐上半天。程燕妮的沉默往往比哭闹更让李广忠不安。沉默的程燕妮是李广忠所不认识的程燕妮，每当程燕妮板着脸不说话的时候，李广忠要么躲在一个地方不看她，要么找个借口出去走一圈。李广忠希望程燕妮和自己在一起的时候是愉快的，但他更希望这份愉快是他带来的。在挨了好几年暗无天日的日子以后，程燕妮终于笑了，可是她的笑声是自己带给自己的，和李广忠一点儿关系也没有。身为一个男人，李广忠觉得自己很失败，可是他毫无办法。

李广忠一边这么想着，一边顺着河岸往远处走。走到竹林旁边，李广忠看到一股烟从竹林里冒了出来。看那烟雾倒不像是着火，反而像是有人在竹林里吸烟。李广忠突然就对吸烟的人产生了很大的兴趣，他很想知道谁会在这个时候一个人坐在这种地方吸烟，他还想和这个人说两句话。李广忠快步走进竹林。原来，吸烟的是程天南隔壁的程老头。李广忠认得这个程老头，他的妻子早就死了，一个孩子也没有留下，他不愿意再娶，后半辈子都是一个人过的。这个程老头平日里没有什么别的爱好，只是喜欢吸两口叶子烟。他总是对别人说，吸着烟嘴的时候什么事都忘记了，烟从嘴里吐出去的时候什么东西都看不清楚了，这简直就是神仙过的日子。程老头是不是过上了神仙般的日子李广忠不知道，但他发现此刻吸着烟的程老头并不开心。

李广忠默默地走到程老头旁边坐下，叫了一声："程幺爸。"

程老头不去看李广忠，只是紧紧地咬着嘴里的烟杆，两只眼睛凄苦地望着面前的河水。

李广忠见程老头不理会他，只好接着问："程幺爸，都快过年了，你咋一个人坐在这儿？要坐感冒的。"

程老头这才把烟枪从嘴里拿出来，叹息了一声，伴随着这一声沉沉的叹息，叶子烟的烟圈从他的嘴巴和鼻子里喷了出来。在结束了这一声长长的叹息之后，他这才开口说话："我听见你干老汉屋里说话的声音就出来了。"

李广忠知道程老头是寂寞了，他有些不解地问："程幺爸，你年轻的时候咋不再结一次婚呢？"其实这个问题李广忠早就想问了，只是一直找不到机会，今天在这个地方偶然碰到了程老头，他估计程老头愿意把真正的原因告诉自己。

程老头转过头看了一眼李广忠，李广忠也看了一眼程老头，在这一眼里他看到了程老头的孤独、后悔和失落。程老头又吸了一口烟，这才说："年轻的时候以为一个人过也无所谓，没得人管我、烦我，我还要自在点儿。到了老了才晓得，一个人的日子不好过，有些时候想找个人说话都找不到。"说着说着，程老头又睁着一双凄苦的眼睛去看眼前的水和对面的山。李广忠陪程老头坐了一会儿，他不知道该和程老头说些什么，只好站起身走了。

从程家坡回来已经是腊月二十九，程燕妮和李广忠也开始操办起年货来。回来以后，李广忠不再消极被动，在看到程老头晚年的境况之后，他不愿意成为第二个程老头。为了不成为第二个程老头，李广忠决定费尽心思留住程燕妮的心，他对程燕妮更体贴了，几乎到了无微不至的程度。渐渐地，程燕妮发现她对李广忠重新焕发出了新婚时的激情和柔情，也对李广忠更加温柔了。

回来之后不久，满面春风的程燕妮带了点儿东西去大房里看王大嫂。半年多不见，王彩凤的话比以前少了，看上去也憔悴了许多，不过她对程燕妮还像之前一样亲热和关心。两个人坐在床边说了一会儿话，程燕妮发现王彩凤的眼睛红红的，看上去好像是哭过。程燕妮知道王彩凤和李广利之间的关系变差了很多，不过她怎么想也想不明白：屋里有这么好的女人，李广利为什么还会出去找别人？不过程燕妮不知道的事情还有很多，比如王彩凤的眼睛红不是因为她哭过，而是她每晚看月亮看出来的。现在王彩凤看月亮的时候越来越多了，看着看着，她发现每天的月亮都和前一天不同，有些时候月亮是圆的，但是更多的时候月亮是弯的，月亮圆着圆着就缺了，就如同她和李广利的婚姻一样。当然，王彩凤没把这些话告诉程燕妮。她觉得在晚上看月亮是她一个人的事，她不想把这件事告诉别人，即便是程燕妮也不行。

李桃花一家人大年初一的时候回到了李家院子。一年没踏进李家院子的李桃花又变了模样。如果说去年的李桃花是人比花娇，仿佛十八岁的少女，那么今年回娘家的李桃花明显老了一大截儿。老了一大截儿的李桃花不再穿去年那样鲜艳的衣服了，她穿着一身黑色的衣服，一手拉着一个儿子，回娘家来了。郭家孝看到李桃花的时候，李桃花的左手拉着自己的儿子魏围，右手拉着徐家田的儿子徐昆，脸上的皱纹多了，一双眼睛流露出疲惫和迟钝。徐家田还是那副拘谨、严肃的模样，他的手上提着送给岳父岳母的东西，有些手足无措地站在李家院子里。

过去的这一年，对李桃花和徐家田而言都是艰难的一年。由于是二婚，两个人没办酒席，搬到徐家田家里的那一天李桃花穿了一件红色的衣服，她手里拉着儿子魏围，背上背着娘俩不多的东西，就到了徐家。李桃花可以说是被魏家人赶出来的。自从魏品清死了以后，魏家的人就经常挑李桃花的刺。当李桃花把徐家田带回魏家的时候，魏家人对李桃花的不满到达了顶点。在他们俩办了结婚证以后，魏老太爷黑着一张脸来屋里找李桃花，他的目的很简单，就是想要收回李桃花家的几间土墙房。魏老太爷不愿意自己屋里的财产落到别人手里，他虽然疼爱自己的儿子，但儿子已经死了，接下来最重要的事情就是要守住儿子的财产。李桃花没想到魏老太爷会把事情做得这么绝，不过在和徐家田结婚的那一刻起她就知道，下半辈子能依靠的就只有这个认识刚半年多的徐家田。李桃花不是一个软弱的人，她没理会魏老太爷，只是简单地收拾好屋里的东西，就拉着儿子走了。踏出魏家院子的那一刻，魏围咧着嘴哭得很伤心。听到魏围的哭声，黑脸的魏老太爷也忍不住流了几滴眼泪。但他知道自己老了，老到了不能再强求的程度，他留不住孙子了，所以流了几滴眼泪也就算了。

　　徐家田也遭遇了和李桃花相似的事情。在知道徐家田和李桃花结婚以后，徐家田的丈母娘郭老太婆叫了几个人冲到徐家田屋里，一溜烟地把女儿的陪嫁搬走了。郭老太婆来搬陪嫁的时候徐家田正在新房的房圈上筛沙，等他回去的时候，屋里的家具已经被搬走了一大半，他的儿子徐昆一个人呆呆地坐在门槛上，一双眼睛里没有悲伤也没有喜悦。徐家田看着空空荡荡的房间，又看看坐在门槛上的儿子，心里顿时充满了各种说不出的滋味。徐家田不是一个会说话的男人，也不是一个喜欢哭的男人，这个男人吸烟吸得不多，说话说得很少，每当心情不好的时候总是喜欢喝上两杯。妻子去世的那天，徐家田把自己这一辈子的眼泪都流干了，从那以后，他喝得更多，仿佛是想要用酒把眼泪给补回来似的。但是这天，这个贪杯的男人没有喝酒，他陪着儿子坐在门槛上，摸摸儿子的脑袋，喃喃地说："他们咋只要东西，不要你呢？"五岁多的徐昆睁着一双天真的眼睛，似懂非懂地看着徐家田。徐家田不敢去看这双眼睛，他觉得自己刚才的话说得太过分了。他没有再说别的话，只是默默地把儿子搂在怀里，看着渐渐黑下去的天。

　　李桃花到徐家田屋里的那天是个很冷的日子。她到的时候，徐家田还是像往常一样到新房子的地基上筛沙，对于李桃花的到来，他没有表现出太多的热情。徐家田是个实诚人，他知道自己需要娶个老婆，这日子才能过得下去，但是他没办法对第二任妻子表现出和原配相同的感情，这两个女人对他来说具有完全不同的意义。李桃花也和徐家田有相似的看法，她知道自己必须要找个男人，否则娘俩的日子只会越来越不好过。因此，当看到徐家田屋里冷锅打铁的时候，她没有哭，也没有闹，这个三十出头的女人已经经受了太多的打击和冷眼，她觉得自己已经强大起来，不会再被命运打倒了。简单收拾之后，李桃花从屋里找了一双手套和一把铲子，跑到新房子那里和徐家田一起筛沙去了。屋里只剩下了魏围和徐昆两个孩子大眼瞪小眼。

住进徐家田屋里之后，李桃花才知道后妈不好当。先不说徐昆这个孩子天生就寡言少语，和李桃花亲近不起来，单说徐家屋里的老人婆就不是好对付的，她生怕李桃花欺负自己孙子，所以经常给徐家田说要防着李桃花，不要把钱给她管，也不许她管教徐昆。看到徐家屋里的人对李桃花不好，周围的人话就说得更难听了。李桃花把这些话都听到了耳朵里，也看到了徐家田态度的些微变化，但她知道日子再难也只能过下去，没有回头路可走。确信自己没有回头路的李桃花对徐昆越发好了，很多时候甚至超过了亲儿子魏围。作为李桃花的拖油瓶，魏围的日子也不好过。虽然徐家田对魏围还算不错，但毕竟不是亲生的，周围的人对魏围也没安什么好心，那些多事的人经常拿一些不好听的话来讥讽魏围。

除了要考虑怎么当好这个难做的后妈之外，李桃花还不得不为屋里的生计考虑。她嫁进来之前，徐家田家的新房已经修了大半，剩下的房子必须要盖完。李桃花和徐家田辛辛苦苦了大半年时间，两层小楼终于盖了起来。盖好了房子以后，李桃花的脸上也有了些光彩，但是为了盖房子，她和徐家田借了不少钱，这笔债成了李桃花的一个心病，把她压得睡也睡不着。

徐家田是个泥水匠，他在盖完了自己的房子以后经常给镇上的人干些修厨房、猪圈的活儿，也能赚点小钱。李桃花知道自己不能闲在屋里什么也不干，想了几天以后，她把心一横，打算回水泥厂去找份活儿干。

再次踏入丈夫魏品清出事的水泥厂，李桃花的心里多少有些后怕，但她也别无选择。过去的几年里，李桃花经历了太多，她再也不是那个软弱的小女人了，她知道自己必须要为儿子魏围撑起一片天。水泥厂的老板先前就想过给李桃花一份工作，好让她养家糊口，现在她自己找上了门，老板二话没说就给她安排好了。第二天，李桃花就到水泥厂上工去了。水泥厂的工作大部分都适合男人来做，像一般的搬水泥的活儿，李桃花实在是干不下来。水泥厂的老板体恤她一个女人不容易，派给她一个扫地的活儿。但在水泥厂里扫地可不是一件轻松的差事。每天一大早，李桃花早早地就出发了。早晨的风很冷，很干，李桃花每天都要顶着风走上半个多小时才能到水泥厂。当一批水泥被运走之后，地面总是会留下厚厚的一层水泥灰，为了不妨碍新的一批水泥入库，李桃花必须在旧水泥被搬走、新水泥运来之前抓紧时间扫净地上的水泥灰。每一天，李桃花都要拿着又重又粗的扫把在灰尘飞舞的仓库里待上好几个小时。到了吃饭的时候，由于她并不是水泥厂的正式职工，厂里不管饭，她也舍不得花几块钱去吃食堂，总是每天一大早就在兜里揣几个馒头，中午休息的时候找一个干净点儿的地方就着水啃馒头。干了没多久，李桃花的一双手全皴裂了，她的脸和头发也被水泥灰弄得灰扑扑的，每天中午的馒头把她脸上的光彩也给吞没了。

再一次站在李家院子里的李桃花看上去老了一大截儿，她脸上的皱纹多了，眼睛里的神采少了。

老了一大截儿的李桃花在大年初一这天站在李家的院子里，喊了一声："妈！"郭家孝看着站在自己跟前的女儿，眼泪一下子流了下来。

第二十章

分 别

　　郭家孝的眼泪没有流太久，也没有流太多，她既不想让李家院子里的人笑话她，也不愿意让结婚以后第一次上门的徐家田感到不自在。郭家孝看得很清楚，她知道现在女儿和外孙都要靠徐家田养活，自然也懂得怎样稳定女儿和女婿的婚姻。郭家孝从李桃花的手里把两个孩子接了过来，领到屋里去吃水果和糖果去了。李享德见女儿和女婿回来了，赶忙挨家挨户地去请客吃饭。

　　到了中午，李家院子里的大人小孩坐了一桌子。郭家孝本来是最怕麻烦的，平时她一般不请客，但是每年李桃花回来的时候，怕麻烦的郭家孝却一定要请李家院子里的人吃上一顿。郭家孝请客的目的很简单，第一她想要让女儿和女婿回来得体体面面的，她要李家院子里的每个人都对李桃花的归来表示欢迎；第二她也想通过这种方式告诉女婿，李桃花的娘家人多，要是他敢欺负李桃花，李家院子里的人不会看着不管。和郭家孝心里的小九九相比，李享德想得简单得多，他只是看儿女常年在外奔波，难得聚在一起，所以他想趁着过年把大家都叫到一起吃一顿饭，说说话，联络一下感情。但是饭桌上的人除了李享德之外，恐怕没有几个人是这么想的。王菊花和李桃花向来就不是很对付，只是碍着郭家孝在，她也不敢去招惹郭家孝的心肝宝贝。所以郭家孝每年请的这一顿，王菊花不能不来，但也不想来得那么快，表现得那么热情，每年几乎都是等一桌子人到齐了以后，她才慢悠悠地从灶房里走出来，满脸不高兴地坐到桌边。张翠华和李桃花的关系也不是那么亲密，她知道李桃花一直以来都瞧不起她这个二嫂，但她在这个屋里人微言轻，索性也不和李桃花计较，只不过随便吃完一碗饭就去忙自己的事情。程燕妮和李桃花的关系这两年也疏远了，没有刚和李广忠结婚的时候那么亲热，但是程燕妮知道姐姐这些年过得不容易，她是在外面吃过苦头的人，能够体会到李桃花的难处。所以，每年李桃花回来的时候，程燕妮还是愿意有空的时候陪着李桃花吃吃饭、说说话。

一大桌子人心中各有想法，吃饭的时候话都不太多。郭家孝嫌饭桌上的气氛有些沉闷，开始少见地招呼王菊花和张翠华夹菜。王菊花和张翠华当然知道郭家孝心里在想些什么，但是她们平时受够了郭家孝的刁难，实在不愿意陪着演戏，都表现得很冷淡，勉强吃了一碗饭就回屋里去了。

菜都撤了下去，煮好的花生一篮篮地提到了桌子上，几个男人坐在院子里说些闲话，孩子们在周围打闹。李月明是孩子里年纪最大的一个，她快要升高中了，作业多，吃完饭就回房间写作业去了。李清玉是孩子王，他带着李清松、魏围、徐昆和李芙蕖一群孩子在院子里玩笑打闹。李芙蕖一向很少有玩伴，难得有这么多人陪着她玩，高兴得不得了，忙着跟在哥哥后面跑来跑去的。不一会儿，整个院子里充满了欢快的笑声。徐昆和李家院子里的几个孩子不太熟，李家院子里的每一个人对他来说都算是陌生人。自从亲妈去世以后，徐昆见到外婆的时候就少了；等到后妈李桃花进了屋，他的外婆索性不来了。徐昆一夜之间多了一个后妈和一个哥哥，他并不太讨厌李桃花和魏围，只是他和这两个人怎么都亲近不起来，他只想要回自己的妈妈。徐昆长得清清秀秀的，模样不太像徐家田，性格却仿佛和徐家田一个模子里刻出来的，都是寡言少语，三棍子打不出一个屁来。寡言少语又认生的徐昆不知道该怎么融入李家院子里的孩子们，他跟在李清玉后面跑了一会儿，见没人搭理他，只好一个人坐在郭家孝睡房的屋檐底下发呆。正在和李家三兄弟说话的徐家田看到儿子这副模样，心里很不是滋味，但这是他第一次以女婿的身份到李家院子里来，不好开口说什么。李广耀向来不在意这些小事，李广达说话说得正开心也没注意到。只有李广忠心细，看到了徐昆的失落和徐家田的不自在。他悄悄走到徐昆身边，问了几句话，徐昆没搭理他。他又挥挥手把正在打闹的李清玉叫过来，悄悄地嘱咐李清玉带着这个弟弟玩。李清玉爽快地答应了，不一会儿，徐昆的脸上也露出了欢快的笑容。

就在李家三房的院子里充满欢声笑语的时候，一个许久没有回家的人默默地从院子边的大路上走过。这个人的眼睛里写满了失意和沮丧，他的脸颊很瘦，整个人没有一点儿精神。他从李家三房院子旁走过的时候，听到了从院子里飘出来的欢声笑语，却丝毫没有被这份欢快打动。这个人就是在太平乡包了几年工，同时也包了几年女人的李广禄。李广禄上次回来还是打谷子的时候，从那以后他一直沉醉在太平乡这个温柔乡里舍不得回来。走红运的李广禄觉得他的好运是一辈子都用不完的，而他身边那个年轻貌美的陈姓女人也永远不会离开他。被"爱情"蒙蔽了双眼的李广禄忘记了在屋里等着他的徐良英，也把自己唯一的儿子李清海忘到了九霄云外，他日日沉醉在陈姓女人的绵绵情话和年轻苗条的身体里。为了满足那个女人的需求，李广禄开始拖欠工人的工资，到了后来他甚至开始挪用公款。这些被李广禄用不正当手段弄到的钱都慢慢变成了陈姓女人身上的衣服、脚上的鞋和嘴巴上的口红。

李广禄在陈姓女人的挑唆下越来越大胆。最终，事情暴露了，上面的大包工头把他的事情捅了出去。没过多久，李广禄的工包不成了，还倒欠老板和工人一堆钱。陈姓女人见李广禄失了势，嘴上没说什么，当天晚上就收拾好东西跑去了白马镇，只留下一个烂摊子给李广禄。李广禄本来想追到白马镇去找陈姓女人，但是他想来想去，觉得找到也没有什么意思。一夜之间赔了夫人又蚀财的李广禄在床上躺了好几天，最终决定回北滨村。他知道父亲李享财一辈子只有他这么一个儿子，无论他犯了多大的错误，父亲都不会怎么为难他。妻子徐良英虽然不好对付，但只要有父亲兜着，想必她也闹不出天去。

打定主意以后，李广禄上路了。他一大早动身，正午才回到北滨村二组。走在曾经走过无数次的大路上，李广禄觉得自己的腿有点儿哆嗦，一股寒气从他的脚板心往上升。突然之间他很怕回去面对父亲和妻子。怀着复杂的心情，李广禄走三步退两步地蹭到了家门口。李广禄到的时候，李享财一家人正在堂屋里吃饭。这是一顿很沉闷的饭，李享财和曹德清望了李广禄一上午都没望到他的影子，他们以为儿子不会回来了。对李广禄和徐良英的事情，李享财和曹德清的态度高度一致，他们都认为是这个没出息的儿媳妇留不住儿子，而自己那个在外面吃喝嫖赌的儿子一点儿问题都没有。徐良英之前和李广禄吵过很多次，渐渐地她也吵烦了，不愿意再吵了。现在的徐良英只想好好把儿子养大，至于李广禄，她早就当世界上没这个人了。

第一个看到李广禄的人是曹德清，她吃完了饭正准备去看看圈里的鸡，刚走出门来，几个月没看到的儿子出现在她的眼前。看到儿子的曹德清高兴极了，赶忙拉着儿子的手，一边上下打量着，一边把李广禄往屋里拉，嘴里不停地念叨着："瘦了，瘦了，瘦了一大圈儿。"

李广禄刚一出现在堂屋里，李享财就敏锐地发觉一定是出了什么事。他向来是一个威严的父亲，不会把自己的担忧明明白白地摆在脸上，在看到李广禄以后，他只是简单地说了声"回来了"，就让李广利禄坐下吃饭。李享财猜想李广禄吃完饭以后就会把事情告诉他，他用不着问。吃完饭以后，李享财走到院子里的樱桃树底下站着，随便看看远处的山和路。深冬季节的樱桃树光秃秃的，连一片叶子也没有。

李享财在树底下站了没多久，李广禄就悄悄地蹭了过来，他有一肚子话想对父亲说，再说他也实在受不了徐良英的沉默和冷淡。李广禄自进屋以后，一直拿眼睛去瞟徐良英，不知怎的，他突然有点儿怀念当年那个性子爽朗、爱说爱笑的妻子了。但他坐了好一阵子，徐良英都没有看他一眼，简直就当没他这个人似的。李广禄不知道该怎么面对这个不说不笑的徐良英，他匆匆刨了几口饭，就跑到院子里找父亲去了。

那个中午，李享财和李广禄站在院子里光秃秃的樱桃树下说了好一阵话。说完以后，李享财还是呆呆地看着对面的山和路，一眼也没看李广禄。李广禄顺着父亲的目光看过去，没有看到什么特别的东西，只好转过头来看一言不发的父亲。可是无论他看多久，李享财都没有转过头来看他。李广禄这下真有点儿慌了，他不知道该怎么办，也不想再站在樱桃树下陪父亲吹冷风。过了一会儿，李广禄轻轻地抬起了脚，走到了灶房里。这下，他真的需要好好想一想了。李广禄想了好半天也没想出个主意来。他走出灶房，看到头发斑白的父亲还站在樱桃树下的冷风里一动不动地看着远方。

就在李享财在樱桃树下吹冷风的时候，李桃花和徐家田带着两个孩子准备走了。本来郭家孝和李享德都想让李桃花一家人留下住上一晚上，但是徐家田是当了女婿以后第一次上门，他始终觉得和李家院子里的人没那么亲近，又急着回去给亡妻上坟，因此说什么也不想留下，吃完饭坐了一会儿之后就打算走。李桃花其实还有一肚子的话想说给亲妈郭家孝听，魏围也想留下来和李清玉、李清松多玩一会儿，但是见徐家田要走，他们也只得跟着走。

一走出李家院子，魏围的头就垂了下去。他是多么想和李家的两个哥哥多玩一会儿啊！自从亲爹魏品清去世以后，魏围一个人在李家院子里待了一年多时间。在这一年多的日子里，李家院子里的人对他还算过得去，两个哥哥也都爱带着他玩儿。但是自从妈妈回来以后，他就被带到了一个陌生的地方，被逼着管一个陌生的男人叫"爸爸"，还有了一个和他并不太亲热的弟弟徐昆。沉水是徐昆的天下，在那儿，徐昆有一群玩伴，却没有哪家的孩子愿意跟魏围玩儿。无论魏围走到哪里，总有一些人在看不见的角落里叫他"拖油瓶"。魏围倒不怕别人说他，他怕的是亲妈对那个陌生的弟弟比对自己还要好，而那个"爸爸"却总是不冷不热的，平时连话都说不上几句。在年幼的魏围心中，这个世界上只有外婆是真正对自己好的人，所以他不愿意离开李家院子，更不愿意离开外婆。而在郭家孝看来，自己的女儿和外孙在过去这段时间里受苦了，她没有办法帮助女儿，只能在女儿离开以后朝着别人看不见的地方哭个一两声，流几滴眼泪。

春节剩下的日子过得很快。忙碌了一年的人们难得闲下来，不免要多喝几杯酒，多睡一会觉，多打几把牌。日子就在他们喝的酒里、睡的觉和打的牌里飞快地流逝了。程燕妮的假期很快就过完了，她不得不收拾好行李踏上回成都的火车。在程燕妮回来的这几天里，李广忠觉得过去几个月充满了几间屋子的空虚和寂静仿佛一下子就消失了，一股温暖的气息不知不觉地扩散开来，这三间不大的屋子又变成了一个热热闹闹的家。等程燕妮一离开，原先那种冰冷而黏滞的气息又开始在整个屋子里飘荡起来，这三间屋子再一次变空了。为了逃避这种冰冷和空洞，李广忠再次坐回了尚瞎子的牌桌。这回他打得更厉害了，经常是从早上起床打到晚上睡觉，连午饭都没有时间吃。

打牌打得走火入魔的李广忠完全顾不上女儿，自从程燕妮走后，李芙蕖的每顿午饭都是在李广达家吃的。为了这事，李广达也说过李广忠几次，但李广忠每次答应得好好的，第二天还是照样一大早就跑到牌桌上去。李广达也知道弟弟心里不太好受，说了几次不管用索性不管了，他心里想着，等到过完了年李广忠也就好了。

和李广忠不同，这次外出并没有让程燕妮感到过分的难受。虽然她也舍不得女儿和丈夫，但是能够靠自己的力量养活一家人，能够让李家院子里的人转变对自己的态度，这让程燕妮受到了极大的鼓舞，她想在新的一年里赚更多的钱，让李家院子里的人对自己刮目相看。程燕妮是家里最小的一个孩子，曹家华怀她的时候，程天南一直以为自己命上还有一个儿子，结果生下来一看还是个女儿。程天南已经有三个女儿了，却只有一个儿子，他实在是很想再要一个儿子。程燕妮的到来让他失望了，从此以后他就很少过问这个女儿的事情，连程燕妮的名字都是大姐程官明给取的。可以说在这么多年里，程燕妮在自家屋里从来没有受到太多的重视，妈妈曹家华和大姐程官明虽然疼她，却也很少把她的话放在心上。直到从成都打工回来以后，程燕妮才意识到自己说的话终于有人听，自己终于不再是个可以被随随便便忽略的小人物了。受到别人重视的程燕妮很享受这种感觉，也想要继续维持甚至增强这种感觉。唯一能满足她这个心愿的地方就是成都。这一次出门，程燕妮不仅不伤心，甚至，在心中的某一个角落，她渴望回到成都，渴望再次在"鸿运当头"火锅店里工作，渴望靠自己的双手挣到钱、挣到幸福、挣到他人的尊重。

第二十一章
东南西北

　　程燕妮到达"鸿运当头"火锅店员工宿舍的时候，曹成华正躺在床上睡大觉，过了好一会儿，程燕妮收拾东西的声音才把她吵醒。曹成华已经有好些年没回老家宜宾了，平时她也很少向别人说起自己的男人和儿子，程燕妮见曹成华不愿意说，也不太好问。

　　在程燕妮看来，曹成华是一个与众不同的女人。她虽然不回老家，也不怎么过问儿子的事情，但每隔几个月还是会往屋里寄点儿钱。最开始，程燕妮以为曹成华在外面有别的男人，但是随着她们在过去几个月里交往的深入，她渐渐地发现曹成华不仅没有情人，而且并不怎么把男人放在心上。在龙先凤的茶楼里，曹成华也会和熟悉的茶客调笑几句，但是她从来不和那些陌生的男人有过多的交往。闲的时候听小龙说，先前也有人追求过曹成华，但是她都不上心，渐渐地那些男人知道曹成华没有那个意思，也就不来招惹她了。程燕妮和曹成华熟悉起来之后，也旁敲侧击地问过曹成华心里的想法，每次曹成华都只是淡淡地说："唉，说起来就觉得烦人。没有男人烦我，我不晓得过得有好轻松，说他们干啥子？"见曹成华不高兴，慢慢地程燕妮也就不过问了。

这次放年假，程燕妮回家以后，曹成华到龙先凤的铺子里面舒舒服服地打了几天牌，输赢都不太大。打了几天打累了，曹成华不乐意出门了，就躲在宿舍里安安静静地睡了几天觉。等程燕妮回来的这天，曹成华躺在床上睡了个昏天黑地，醒来后一眼就看到了忙碌的程燕妮。

见了程燕妮，曹成华有些兴奋地从床上蹦起来，跑过去搂住程燕妮的腰，亲热地说："燕妮，你回来啦，没有你在我这些天可无聊了。"

程燕妮知道曹成华生性活泼，爱说笑，她无奈地从曹成华手里挣脱出来，笑着说："我不在的时候你正好干些平时不方便干的事情啊，比如打打牌，吃吃饭，见些什么不得不见的人啊。"

见程燕妮这么说，曹成华不乐意了，她放开了程燕妮，故意拉着脸说："好呀，人家心心念念地等着你，你一回来就拿我开涮。幸好你曹姐姐我心胸开阔，不跟你计较，算了，看在你这么辛苦的份上我就不责怪你了。"说着，曹成华又躺回了床上，眯着眼睛装睡。

曹成华这么一说，程燕妮还真觉得有些累。本来就坐了大半天的车，饭也没来得及吃，才刚到又要收拾床铺和衣服，她真有些吃不消，赶紧坐在床上休息了一会儿。等到肩膀不那么酸了，程燕妮才跑去把曹成华摇醒，两个人嘻嘻哈哈地收拾好，到小吃街吃东西去了。

　　她们出门的时候天都黑了，沿街的路灯都开着，路灯的光打在一串串灯笼上，照得整条街都红彤彤的。曹成华和程燕妮手挽着手往小吃街走，虽然曹成华比程燕妮要大些，但是她生性活泼，走路也不老实，一路上蹦蹦跳跳的，程燕妮只好由着她去。

　　小吃街可是华阳的一大特色。每到夜幕降临的时候，一排排矮桌子就顺着街道摆了出来，谈恋爱的年轻人、附近的学生和睡不着觉的人都慢慢地汇聚到这一排排桌子跟前，麻辣烫的香味、烧烤的嗞嗞声、串串的辣味都飘荡在街上。程燕妮和曹成华是这条小吃街的常客，放假的时候她们也喜欢到这儿来吃点有味道的东西，欢欢喜喜地说一会儿话。小吃街的东西味道一向很好，价钱也不怎么贵，正适合手头没多少钱的曹成华和程燕妮。

　　和往常一样，程燕妮和曹成华点了几串烧烤。她们一边等着，一边坐在桌子旁东张西望地打量着。刚坐下没多大一会儿，曹成华就神神秘秘地冲着程燕妮努了努嘴，凑近些说："你晓不晓得为啥之前徐哥有一段时间没到小龙的铺子里去？"

　　程燕妮不知道曹成华为什么突然提起这件事，她有些疑惑地摇了摇头。

　　曹成华得意地笑着说："哈哈，我就知道你不晓得。我给你说，徐哥的老婆偷人了，给他戴了一大顶绿帽子。"

　　程燕妮吃了一惊，有些不自在地说："你别瞎说。"

　　曹成华又凑近些，压低了声音说："我只说给你听，只要你不说，就没人晓得。我给你说啊，有一天晚上徐哥在外和别人喝酒喝得有些晚了，他本来是打电话给他老婆说当天晚上不回去的。

可是后面衣服脏了，他想回去换一套。哪晓得他刚打开门走进去，远远地就听到卧室里有男人的声音。徐哥的酒一下子就醒了，他跑到卧室一看，他老婆正光着身子和一个陌生的男人在床上那个呢。"

程燕妮本来不相信，听曹成华这么说，渐渐地有些信了。程燕妮又回想起了那时候徐哥眼里的落寞和沮丧，她喃喃地说道："原来是这样啊，怪不得。"

曹成华有些疑惑地问："怪不得啥子呀，你在听我说话没有？"

程燕妮这才转过头去看曹成华，曹成华接着说："这件事可把徐哥给气了个半死。他把那个男人暴打了一顿，又差点儿把自己老婆给掐死。幸好邻居听到动静过来把人给救下了，不然可要出大事。"

听到这儿，程燕妮不解地问："那个男的呢？他怎么不去救徐哥的老婆？"

这时候烧烤端上来了，曹成华一边拿起一串烧烤，一边撇撇嘴，不屑地说："男人靠得住，母猪就要上树。那个男人见徐哥回来了，还不赶忙往外跑？跑得慢了，就被按住狠狠地打了一顿。至于他的情人有啥子下场，哪里还管得到呢？"

程燕妮吃着烧烤，摇摇头说："为了这种男人背叛自己的丈夫，真不晓得徐哥的老婆是怎么想的。对了，后来呢？"

曹成华嚼着嘴里的烧烤，不太在意地说："后来嘛，这件事情就传了出去，徐哥觉得脸上没光，不好意思见人，在屋里藏了好长一段时间。那段时间他不是没到小龙的茶楼里去吗？但是藏在屋里，两口子低头不见抬头见的，整天吵个不停，后来听说徐哥就租了个房子住出去了。"

程燕妮又接着问："那徐哥的娃儿呢？他不管了吗？"

曹成华咂了咂嘴，说："要说呀，这徐哥还真算得上一个顾家的男人。他的女儿在技校读书，学习一直不好。屋里出了这件事以后，这个女娃儿就更叛逆了，经常翻墙出去和男娃儿喝酒、吃饭，每次被抓住了都是徐哥到学校去挨训。该给孩子的钱他一分不少。倒是徐哥的老婆反倒破罐子破摔起来，啥也不管了。"

听曹成华这么说，程燕妮在心里默默感慨了起来。她回忆起了过年之前和徐歌一起吃的那一顿饭，吃饭的时候她看到徐歌的神色不太好，当时就猜测是不是发生了什么事。但是和程燕妮在一起的时候，徐歌一句不该说的话都没说，一点儿苦水也没向她倒。不知怎么的，程燕妮开始同情和钦佩起徐歌来。回老家过年的时候，程燕妮亲眼看到了大嫂王彩凤的失意和无力，她以为偷人这种事情只有男人才干得出来，到今天她才知道，原来女人花心起来也一样。回去的时候，程燕妮踩着街边路灯投下的红彤彤的光影，觉得自己对这个世界了解得太少了，在这个她以为简单明了的世界里，或许有很多事情是她还没见过的，还不知道的。

程燕妮走了以后没多久，一直在屋里看月亮的王彩凤终于看烦了。她讨厌这种一成不变、死水一潭的日子，她讨厌每天晚上对着月亮伤心的自己，也开始怨恨那个在外面花天酒地、不停地找女人的丈夫李广利，同时她还恨那个对这件事情睁一只眼闭一只眼的公公李享名。在王彩凤刚嫁进来的时候，李享名还不太老，他说的话在整个李家屋里还有些作用。不太老的李享名因为肚子的事给王彩凤施加了无数的压力，搞得她肚子鼓不起来的时候不敢见人，肚子鼓起来的时候又担惊受怕，等到肚子里的孩子生出来的时候她彻底变成了李家屋里的笑柄。王彩凤知道因为她的肚子，李家屋里的有心人不知道说了多少难听的话。但是她为人和善，从来不欺负小辈和不幸的人，慢慢地，大家对她的态度也改变了。

王彩凤看着女儿李清清一天天长大，日渐出落得花骨朵儿一样，心里也高兴。就在她以为日子要好过起来的时候，丈夫又闹了这么一出。王彩凤知道自己已经年老色衰，留不住丈夫的心了；她更知道自己没有谈离婚的资本，再说她也舍不得女儿。但是王彩凤实在受够了这种毫无生机的日子，她想要改变，想要直起腰杆开开心心地做人。过年的时候，王彩凤看到了从成都打工回来的程燕妮，她发现程燕妮变得开朗活泼了，整个人生机勃勃的。程燕妮脸上的神采赶走了之前脸颊上的灰尘和眼睛里的沮丧，在王彩凤看来，她仿佛一夜之间变成了另外一个人。王彩凤偶尔也照照镜子，但是每次在镜子里她都只能看到一双死气沉沉的眼睛和带着哀怨的神情，王彩凤讨厌这样的自己。为了找回欢乐和自信，她决定出去打工。

在王彩凤做出这个决定的时候，她的女儿李清清已经初中毕业，在江油的一所技校里读书，一个月才回来一次。没有了后顾之忧的王彩凤当夜就着手收拾起东西来。

王彩凤决定出去打工的消息没过多久就传到了隔壁张亮的耳朵里，她的心一下子就动了。这些年，张亮在北滨村二组守着她那没本事的男人李广福和女儿李子彤过日子，她觉得这种日子实在是难过极了。她的男人不能给她带来任何满足感，生活变得毫无乐趣可言，时间也仿佛过得越来越慢。当时间慢下来的时候，她有了大把的空闲，却没有一件可以做的事情。她和后面院子里的女人一起把整个二队里的闲话都说完了，说完以后，她们又开始说外面几个队里的闲话。可是能说的闲话是那么少，而时间却无论怎么用都用不完，张亮渐渐地要被这过分多的空闲和走得过分慢的时间给逼疯了。她对自己的男人越来越没有好脸色，对女儿李子彤也管得越来越少。每一天，她都要睡到大中午才起床，起床之后她坐在睡房里的桌子旁慢慢地梳头发，慢慢地抹粉。收拾完以后，这才不紧不慢地走到灶房里去煮午饭吃。吃完了饭，她又回到床上睡一觉。等到睡醒了，就真的不知道该怎么安排这剩下的时间了。有时候，她会去隔壁找大嫂王彩凤说一会儿话；有时候，她会到河边去转转，看看水和田地；但更多的时候，她只是呆呆地坐在睡房里，等着时间一分一秒地过去。在这种等待中，张亮觉得自己渐渐地变老了。虽然她的皮肤还是那么白皙，脸上的皱纹还不那么明显，但她就是莫名地觉得自己老了。等她听说大嫂要出去打工的时候，一股甘甜而又清新的空气顿时充满了她的整个心腔，把她全身都抚得痒痒的。张亮不禁责怪自己为什么没早点儿想到这个主意。她立马动手收拾起行李来。

当王彩凤在隔壁翻箱倒柜地收拾行李时，张亮也在自己的屋里热火朝天地忙了起来。在张亮忙的时候，她的男人李广福只是有些呆滞地坐在自家的堂屋里，一句话也没说。这个沉默寡言的男人其实有很多话想对自己的女人说，他想说，还是别出去吧，一家人在一起不好吗？他还想说，我能养活你们娘俩，出去的日子不好过啊！尽管这些话在肚子里游荡徘徊了半天，他却一个字也说不来。李广福知道他的老婆一直看不起他，他也知道张亮所向往的不是这种简简单单、粗茶淡饭的生活，她喜欢新鲜感、刺激感，喜欢会说好听的话、会干漂亮的事儿的男人。可惜他李广福不是这样的男人。李广福舍不得自己的女人，但他也知道自己留不住张亮。现在的他只有一个简单的愿望，那就是自己的女人出去以后还能记得回来，还记得屋里有人在等着她。

王彩凤和张亮出发的这一天是一个有些寒冷的日子。她们各自背着一大包行李，走在有些湿润的草地上，走出了自家的院子，走出了北滨村二组，走出了剑门镇，走到了广阔而遥远的新疆。在走出李家大房院子的那一刻，王彩凤感到了一种说不出的轻松，她觉得外面的空气是这样清新，外面的世界是这样大，她终于不用把自己关在那一亩三分地里整天对着月亮哭泣了。新疆对她而言是一个完全陌生的地方，在这个地方，她成天对着广阔的天地，渐渐地就把自己那个花心的男人给忘记了。走出李家院子的张亮也很兴奋，新疆这块陌生的土地给了她太多的新鲜和刺激，在这里她认识了许多人，也找到了更多的闲话。这让张亮觉得自己再一次年轻了起来。初到新疆的王彩凤和张亮在一家餐馆里当服务员，这份工作赚得不多，她们准备到十月份的时候再下地去摘棉花。

看着程燕妮、王彩凤和张亮一个个动身出去打工，在屋里待了好久的李广禄却始终没有想出一个解决办法来，而他那威严的父亲李享财还是一个劲儿地站在院子里看山、看路。樱桃树的枝丫还是那么干枯，但是已经慢慢地结出了花苞。李广禄知道不能再等了，他必须找父亲问个明白。

　　李广禄是在晚饭后踏进李享财的睡房屋的。他进去的时候李享财正斜靠在床上看黄历，连眼皮都没抬一下。

　　李广禄有些手足无措地坐了下去。他从小就害怕这个威严的父亲，尽管他知道父亲是疼爱自己的，但他更清楚这次这个祸可真是闯大发了。李广禄闷声在屋子里坐了老半天，他有很多话想说，有很多事情想问，可他一句话也说不出口。

　　半响，李享财终于放下了手里的黄历，他扫了一眼低头坐着的李广禄，有些不满地说："来了半天，有啥子想说的快说，不说就出去，我要睡了。"

　　听到李享财这么说，李广禄这才敢抬起头，他怯怯地问："爸，这次我咋办啊？"

　　李享财用带着气愤和威严的目光扫了儿子一眼，又扫了一眼，等他扫到第三眼的时候，李广禄有些受不住了。这时候，李享财终于开口了，他只说了两句话。第一句话是：这是你自己的事情。第二句话是：该怎么办就怎么办。说完这两句话以后，李享财往床上一躺，闭上眼睛睡了。见父亲不理会自己，理亏的李广禄只好关了灯，一声不吭地走了出去。

　　李广禄没有回自己的房间，这个时候，月亮已经出来了，银色的光芒洒在了院子里，洒在了樱桃树的树枝上，把一切都照得透亮。李广禄踩着樱桃树交错盘旋的影子，在院子里绕了一圈又一圈，等绕到天边露出鱼肚白的时候，他终于想到了出路。

　　想通了的李广禄没过几天就收拾好行李出了门，他的目的地很明确，那就是：山西。

第
二
十
二
章

五月的青城山

自从回来的那天晚上和曹成华在小吃街谈论了徐歌的事情以后，程燕妮在龙先凤的茶楼里再次看到徐歌的时候就有些不自在。她本来就不太了解这个壮壮实实的男人，现在她更不知道该怎样去面对这个男人了。程燕妮不知道是该去安慰他，还是该装作一无所知的样子。想来想去，程燕妮认为徐歌这样的男人应该是不喜欢被别人同情的，再说自己和他也就是偶尔说两句话、吃过几顿饭的关系，并没有多深的交情。但程燕妮自认不是一个擅长伪装的人，那件事情她既然知道了，就不能装作毫不知情的样子，即便嘴上不说，她的眼睛和神态也会出卖她。程燕妮为此踌躇了好几天，也没想明白该怎么办。后来，她不愿意再想这件事情了，觉得还是顺其自然的好。

回到"鸿运当头"火锅店以后，程燕妮的工作越做越顺手。过完年以后，火锅店没有先前那么忙了，只有周末和过节的时候能够坐满。程燕妮的工作时间还是每天九个小时，已经工作了半年的程燕妮渐渐习惯了站着工作，她的脚也没那么疼了。

这一天，程燕妮下班以后准备回宿舍，才刚走到宿舍门口，就听到屋里传来一个男人和一个女人的争吵声。程燕妮本来想推门进去看看，可又觉得这么做不太妥当，只好站在门口听动静，看看下一步该怎么做。

屋里女人的声音程燕妮听出是曹成华的，此刻屋里的曹成华显得激动又气愤，正在和男人争执些什么。男人的声音程燕妮听不出来，她觉得和曹成华相比，那个声音显得很低落，甚至有些有气无力的。

就在这个时候，曹成华在屋子里大声地训斥了起来："你快点儿回去，我不会跟你走的。你现在就走，听到了没有？"

和曹成华一起工作了这么久，在程燕妮的心目中，曹成华一直是笑嘻嘻的、大大咧咧的，她没想到曹成华也会有这么生气的时候，她有些发急，准备敲门进去。就在这时，门开了，从屋子里走出来一个高高瘦瘦的男人，男人身上穿着一套迷彩服，脚上是一双黄胶鞋，神情很颓丧。看到程燕妮，男人先是吃了一惊，接着他的脸上泛出了红晕。男人在原地站了一会儿，冲着程燕妮点点头，走了。望着男人远去的背影，不知怎么的，程燕妮突然觉得这个男人好可怜，她差点就要开口让男人留下来了。

就在程燕妮盯着男人的背影看的时候，曹成华走到门口一把拉开了半掩着的门，脸上笑嘻嘻的，完全看不出刚才发过火的痕迹。曹成华笑着对程燕妮说："愣着干什么？还不快进来？"

程燕妮迷惑地看了曹成华一眼，要不是那个男人的背影还清晰地浮现在她的眼前，她几乎就要怀疑自己刚刚是不是产生了幻觉。程燕妮走到床前坐下，赶紧问曹成华："曹姐，刚才是咋回事？那个男人是哪个？"

曹成华本来是在收拾自己的床铺，听了这话，她叠被子的手停滞住了，她有些不自在地说："没有谁，你别管了。"

程燕妮看曹成华的脸色不太对，有些担心。她走到曹成华身旁，伸出手抓住曹成华的胳膊，急切地说："曹姐，他是来找你麻烦的吗？你快给我说说，我都要急死了。"

曹成华把程燕妮抓自己胳膊的手推开了，笑了笑，叹了口气，说："还是让你碰到了。那个是我男人。"

程燕妮这下真的有些吃惊了，她没想到刚刚那个穿着迷彩服、神情颓丧的男人就是曹成华的男人，她更没想到曹成华的男人竟然会找到这里来。程燕妮赶忙问："他来找你干啥子呢？要让你回去吗？"

曹成华叠好了被子，坐在床沿上，笑着对程燕妮说："是啊，他就是想让我回去，不过我是不会跟他回去的。"

程燕妮疑惑地看着曹成华的脸，她不知道曹成华此刻在想些什么，就如同她不知道为什么曹成华这么多年都不愿意回去一样。但是程燕妮相信，曹成华肯定有自己的理由。别人不愿意说的事，程燕妮也不好再问，安慰了几句之后，她就到厕所里洗衣服去了。在程燕妮洗衣服的时候，曹成华闷不作声地坐在床沿上，一双眼睛看着天花板，不知道在想些什么。

尽管曹成华没有表露出来，但程燕妮知道她的心里不好过。接下来的几天里，程燕妮发现曹成华的话少了，笑的时候也少了，跟她说话她也不怎么理会。程燕妮不知道该怎么办，只好去找龙先凤商量。过完年以后，龙先凤看上去更加容光焕发了，听曹成华说龙先凤有了一个新的追求者，这个追求者好像叫何天礼，是个小老板，不仅比龙先凤年纪小，还会赚钱，也会讨龙先凤的欢心。程燕妮去找龙先凤的时候，龙先凤正坐在茶楼的院子里喝茶，她面前的桌子上放着一杯热气腾腾的茶水，她正眯着眼睛坐在藤椅上闭目养神。

程燕妮和龙先凤说话一向直来直去，她不怕打扰龙先凤的清静，一坐下就把龙先凤给摇醒了。龙先凤有些气恼地睁开眼睛，一看原来是好姐妹程燕妮，才把满肚子的火气给咽了回去，闷着声音说："燕妮，你今天咋了？咋这么着急？"

程燕妮才不管龙先凤高不高兴，单刀直入地说："前两天曹姐的男人来火锅店找她了，你晓得不？"

龙先凤这才坐直了身体，疑惑地说："我晓不得呢。他来干啥子？小曹不是好几年都没回去了吗？"

程燕妮接着说："就是啊，曹姐都好几年没有回去了，他为啥现在才来找？我觉得有点儿怪，而且他走了以后曹姐好几天都心情不好，我不晓得该咋办。"

龙先凤看了一眼发急的程燕妮，又去看茶杯上升腾而起的阵阵热气，这才说："他们两口子的矛盾是早就有了的，从结婚起就没过几天安生日子。前几年我劝过小曹和她男人离婚，但是小曹说她男人不愿意离，就这个样子拖了下来。难道现在她男人想通了，来找她离婚？"

程燕妮回想那天的情景，穿着迷彩服的男人颓丧的神情和落宽的背影都告诉她事情没有这么简单。她摇了摇头，对龙先凤说："恐怕不是这样，我看不像。但是曹姐这么久以来心情一直都不好，我们要想个办法让她开心起来啊。"

龙先凤想了想，对程燕妮说："再过两天不就是劳动节了吗，你们和领班说一下，调一下班，我们找几个人一起到青城山去玩一天不就好了。"

程燕妮听了，觉得这个主意不错，她来成都这么久，还没去爬过青城山，听龙先凤这么一说，还真的有点儿想到山上去走一走，所以立马就答应了下来。和龙先凤说了一会儿闲话以后，程燕妮就回火锅店了。

到了劳动节，程燕妮和曹成华收拾好东西，就到茶楼那边去找龙先凤。五月初的风也变得温暖了，吹在身上又舒服又熨帖。那天，程燕妮穿了一条绿色的连衣裙，衬得整个人精精神神的。曹成华向来不喜欢在衣服和打扮上下太大的功夫，只是随便穿了一条休闲裤，套了一件T恤也就算了。到了茶楼，程燕妮才发现，许久不见的徐歌和一个皮肤白净的年轻男人正坐在院子里。乍一见到徐歌，程燕妮还真有些发慌，她没想到龙先凤找的几个人里原来有徐歌。等程燕妮走到院子里的时候，徐歌一眼就看到了穿着绿色裙子的程燕妮，他的眼睛一下子就亮了起来。见了徐歌，曹成华还是一副大大咧咧、笑嘻嘻的模样，她快步走到徐歌身旁，笑着说："徐哥，又有好久没看到你了，真是一个大忙人。"

徐歌也冲着曹成华笑笑，他和曹成华认识好些年了，不过也只是停留在点头之交的程度。他知道曹成华生性爽朗、不拘小节，所以也只是随便应了一句："活着就有事情要忙，死了就啥子都不用做了。"

曹成华打趣道："这话说得可真是不好，啥子死呀死呀的，晦气，不该说。"

正说着，龙先凤从屋里走了出来，她今天穿了一条白色的裙子，显出苗条的腰身和修长的四肢，看上去美极了。龙先凤知道自己是个美人，她早就习惯了别人的注目，因此也不太在意。龙先凤快步走到徐歌他们围着说话的桌子跟前，笑着说："你们在说啥子笑话？说出来也让我高兴高兴呀！"

这个时候，旁边坐着的那个白白净净的年轻男人笑着开口了："我们在说呀，你这个大美女咋还不出来，我们等得心都焦了。"

龙先凤嗔怪着去打这个年轻人，程燕妮暗暗地猜想这人肯定就是小龙的新追求者何天礼了。一行人又说了几句闲话就准备动身往青城山走。这次去青城山由何天礼开车。青城山离华阳说远不远，说近也有几个小时的车程。节假日期间，人比往常多，等到青城山脚下的时候，已经临近中午了。

龙先凤本来想在山下吃了饭再上山，可其余的几个人都不怎么饿，既然到了山下也想先爬爬山，过过瘾再说。他们从山下的商店里买了一大包吃的东西，准备在山上野餐。

青城前山比后山要陡峭得多，遇上假期，狭窄的登山道里更是挤满了人。这天没有下雨，但登山道是沿着溪流和瀑布修建的，清澈的山泉水从陡峭的石壁上倾泻而下，拍打在石头上，还有不少水滴溅到了登山道上，把路面弄得湿湿的，走起来令人提心吊胆。呼吸着五月份山间清新而湿润的空气，这些在城市里待久了的人还真有些兴奋，曹成华又恢复了咋咋呼呼的模样，一个人在前面走得飞快，把剩下的四个人远远地甩在了后面。龙先凤看到曹成华这副模样，又高兴又担忧，在后面冲着曹成华喊了几嗓子："小心。"曹成华哪里听得到，还是一个劲儿地往前冲。何天礼笑着对龙先凤说："别管她了，让她去吧，她哪里肯听劝啊！"龙先凤听了这话，心想难得曹成华这么开心，她也懒得去扫兴。

慢慢地，龙先凤和何天礼也走到前面去了，把徐歌和程燕妮留在了最后。和程燕妮在一起的时候，徐歌的话总是很少，他享受和程燕妮在一起时的这份宁静。过去的几个月，他说的话太多了，吵的架也太多了，这份宁静对他来说是一种难得的馈赠。和徐歌不同，程燕妮只觉得这份宁静让她有些受不了，本来在听说了那件事情以后她就不知道该怎么面对徐歌，现在不仅要一个人和徐歌待在一起，徐歌还一句话都不愿意说。程燕妮知道徐歌是一个能说会道的人，现在看到徐歌这么安静，她只能把这归结于徐歌还没从那件糟心的事情里恢复过来——他的心情不好。

程燕妮想着心事，一时间竟忘记去看脚下的路，一个不小心，差点儿滑倒，幸亏徐歌反应快，一把扶住了她。徐歌一边扶住程燕妮，一边关切地说："小心。"

程燕妮有些不好意思地把胳膊从徐歌手里抽了出来，她的脸红了。脸红了的程燕妮不敢去看徐歌，只是嗫嚅地说："谢谢徐哥。"

徐歌看到程燕妮这副模样觉得有些好笑，可又不愿意让程燕妮感到不自在，便把笑意努力憋了回去。

爬了半天，终于到了半山腰。此时人已经少多了。程燕妮一行人找了个亭子，把买来的东西摆开，对着满山的绿树，对着拂面而过的清风，欢喜而又惬意地吃起东西来。

就在程燕妮面对着一大片绿水青山吃东西后的几个月，远在新疆的王彩凤和张亮正对着一大片棉花地流汗。来到新疆的这段时间，王彩凤觉得自己的日子再一次充实了起来，尽管新疆的早晨很冷，中午又很晒，尽管新疆的白天是那么长而休息的时间是那么短，尽管一望无际的棉花地是这么折磨人，但是处在这么多新东西包围下的王彩凤发现自己已经不再喜欢对着月亮想心事了。她很少想起自己那个花心的丈夫，那些堵在心口的糟心事也渐渐地疏散开来。李家大房的院子是那么小，而李广利和他带来的糟心事距离自己是那么的遥远，遥远到他们似乎不存在了。王彩凤每天对着上千亩的棉花地，所在意的只是眼前的生活和手里的棉花，虽然每天的工作很辛苦，但心里是松快的。心里松快下来的王彩凤笑容也渐渐多了起来。

和王彩凤不同，张亮一向是一个不喜欢吃苦的人，她起先愿意出来，是想找些刺激和新鲜的事情来做，但没想到外面的日子这么不好过。过了没多久，张亮开始后悔自己一个冲动就跟着大嫂到新疆这个陌生的地方来了。新疆那火辣的太阳快要把她白皙的脸庞给晒黑晒肿了，那一眼望不到尽头的棉花地是那么的宽、那么的远，有些时候张亮简直以为自己会死在棉花地里。这么想着，张亮经常一个人在棉花地里哭闹起来。不过新疆的棉花地又宽又广，张亮的哭声还没传多远就被吸进了棉花里。一段时间以后，张亮开始经常请假，即便到了地里，也想方设法地偷懒。摘棉花的工钱是按量计的，摘得多就挣得多，也没人管你偷懒或者旷工。偷了一段时间的懒以后，张亮渐渐发觉虽然在一眼望不到

194

边的地里摘棉花让她感到无聊，但一个人躺在屋里也是一件无聊的事。为了缓解这种无聊，一时回不去的张亮决定给自己找点儿新的刺激。

张亮早就看上了棉花地里姓许的监工，为了把这个高大壮实的监工拿下，张亮又开始往自己脸上涂脂抹粉。张亮的年纪还不算太大，至少比地里一大半的女人要年轻，她涂上脂粉以后就显得更加年轻。涂脂抹粉的张亮每天好几次从许监工的面前走过，她浑身的脂粉香把许监工的心撩拨得痒痒的。许监工是四川人，到新疆打工已经有好几年了，在这片广袤的棉花地里，一眼望去只有成片的棉花和从棉花丛里露出的背影，根本看不到一个可以让人心动的女人。一年碰不到几次女人的许监工被张亮撩拨得饭也吃不下，觉也睡不好，张亮见时机成熟了，便主动去敲了许监工的门。从那以后，许监工吃不下饭、睡不好觉的毛病都好了，他的脸上、眼睛里再次散发出光亮。张亮的脸色也好了起来，她不再觉得棉花地是地狱，因为她和许监工在这片广阔的棉花地里留下了野性和欲望的痕迹。和许监工在一起，张亮体会到了前所未有的刺激和满足，她曾在棉花地里的无数个地方脱下裤子，面朝着深远而澄澈的天空，从嘴里发出最为撩人和满足的呻吟。

　　李广耀的屋里最近出了两件事，这两件事对他来说都算不得
什么好事，为了这两件事他和老婆王菊花有好几个晚上都睡不
好觉。

　　第一件事是李广耀的大女儿李月明考上了县里的太白高中，
第二件事是李广耀的儿子李清玉差点儿被学校给劝退。说实话，
第一件事放在任何家里应该都算是好事，但李广耀不这么认为。
李广耀一直是一个重男轻女的人，大女儿李月明出生的那天，他
坐在自家屋檐底下接连不断地叹了一上午的气，他那还没到五十
岁的老父亲李享德也在堂屋门前来回踱着步。这两个男人心里想
着同一件事：他们李家三房没有后继之人啊。为了这事，王菊花
的心里压着一块沉沉的大石头，她觉得自己在李家屋里莫名地就
矮了一截儿。幸好，王菊花的肚子还算争气，生下女儿不久，她
的肚子又大了起来。第二次怀孕的王菊花整天坐在灶房里向灶王

爷祈祷，希望自己能够生一个儿子出来继承李家三房的香火。在怀李清玉的那几个月里，王菊花一直活得战战兢兢的，生怕自己又生一个"赔钱货"出来。其实王菊花本人对儿子、女儿并没有什么偏好，只是她已经习惯了看丈夫的脸色行事，李广耀说好的她绝对不会说不好，而李广耀说不好的她也绝对不会说好。因此，当女儿李月明降生的时候，王菊花心里并没觉得生个女儿有什么不好，但当她听到丈夫那沉沉的叹气声的时候，突然就对怀里的女儿嫌弃了起来。等到李清玉降生的时候，李广耀和李享德着实高兴了一阵子，李享德甚至激动地跪在李家老堂屋的门口感谢天上的神仙为他送来了一个孙子。李广耀虽然表现得没有父亲那么露骨，但王菊花还是看得出来，她的丈夫很高兴，也确实是喜欢这个得来不易的儿子。从那天起，王菊花也对儿子偏疼了起来，甚至打从心眼儿里感到能够生下李家三房里的长孙是自己活了这么多年以来最大的成就。

　　一直把儿子放在首位的李广耀多么希望这次考上高中的是儿子，而不是那个迟早要嫁人的女儿。在李广耀看来，女儿即便再有本事，也迟早是别人屋里的人，她以后生的孩子无论男女都要跟别人姓，而她赚的钱也无论如何都到不了自家口袋里，相反自家还要花一大笔钱去替别人养媳妇。李广耀手头没多少钱，尽管他已经当了一年多的村长，但村委会是个清水衙门，他每个月的工资顶多能把一家人养活，如果让女儿去读高中，还要向别人借钱。李广耀的人际关系一直不错，只要他愿意出面借钱，一般没有多大问题，可是他想来想去都觉得这不是一笔划算的买卖。

　　李广耀想把所有的资源都用在儿子身上，可是儿子偏偏不懂他这位慈父的心。李广耀在面对李清玉的时候确实算得上是一位慈父，该给李清玉买的东西一样不少，该给李清玉补充的营养也一点儿也没省，有些时候他宁愿自己少吃一点儿也要让儿子吃好，而该让儿子干的活儿却几乎一点儿也没让他干。

和李清玉相比，李月明的日子就没那么好过了。她出生的时候，李广耀屋里穷，王菊花生下孩子以后一直没有奶水，只好买奶粉给李月明喂。吃着奶粉长大的李月明一直都是面黄肌瘦的，长到十几岁，仍然像没长开的小女孩儿一样。但是屋里该干的活儿，李月明却一点儿都不含糊，洗碗、煮饭、煮猪食、喂猪、除草，只要有一点儿空闲，李月明总要被派去干这干那。

李广耀希望把自己的女儿培养成一个合格的媳妇，以后找个好人家嫁了就算了事；但儿子李清玉得培养成一个读书人，以后扒了身上这层"农皮"，能够像表舅郭天礼一样变成城里人。但他的期望最终还是落空了，儿子李清玉不仅不好好读书，反而在学校里胡作非为，经常翻墙到网吧里去上网，一上就是一个通宵。经常旷课的李清玉被教导主任贾林抓住好几次，最开始贾林对李清玉还只是批评教育，后来他开始叫李广耀到学校里去站办公室，到了最后，贾林深感对李清玉无计可施，只好骑着他那辆二手摩托车把李清玉送回了李家院子。

这一天，通宵打游戏的李清玉又被送了回来，贾林给王菊花交代了一声就走了，留下王菊花和李清玉两个人大眼瞪小眼。王菊花偏爱这个儿子，她打从心眼里希望儿子能够出人头地，可是没想到这个儿子不但没有出人头地的指望，反而给她抹了一鼻子灰，搞得她现在都不好意思出去见人了。王菊花睁着一双并无威严之感的眼睛瞪着比自己还高的儿子，实在是不知道该对这个不懂事的儿子说些什么，该说的话她已经说了无数次，她哭过、闹过，甚至求过儿子，但都没能让儿子迷途知返。王菊花觉得有些疲惫，她什么也不想说，只是提着猪食桶去圈里喂猪。看着圈里的一头猪吃得欢快，长得越来越大，王菊花禁不住喃喃道："唉，养娃儿还不如养头猪。"

在王菊花去猪圈里喂猪的时候，李清玉在院子里傻站了一会儿，他不知道该做些什么，也不知道该说些什么，只好一个人默默地走到灶房里。到中午吃饭的时候，去村委会上班的李广耀回来了，他一眼就看到了再一次被送回家来的儿子，火气一下子就上来了，忍不住冲着儿子大声吼道："你龟儿子又回来了！老子辛辛苦苦地挣钱供你，你一天在干啥子？你能不能踏踏实实地念几天书，学学你姐姐好不好！"说着说着，李广耀忍不住要对李清玉动手。

李清玉从小就不怕自己妈，但是对这位人高马大、脾气火爆的父亲他还是颇为忌惮的。看到李广耀要动手，他一下子就跳了起来，赶忙往睡房屋里跑。王菊花见李广耀真动了火气，急忙跑过去拉住丈夫。李广耀还是气不过，他挣开了王菊花的手准备跑过去给李清玉一点儿颜色看看。王菊花的双手还是紧紧地拽着李广耀，她顺势一下子蹲坐在地上，哭喊起来："你要打就把我们娘俩打死算了，都打死了你看着干净。娃儿是我生的，你要打就打我，打我！"李广耀当然不会去打王菊花，结婚这么多年，他心里还是很疼这个任劳任怨、对他言听计从的妻子的；他当然也不是真的想打儿子，只是一时火气上来了，有些控制不住。

　　王菊花这么哭闹了一阵，李广耀也不打李清玉了。他搬了一把凳子坐在灶房屋门口，不再说话，只是默默地看着天。王菊花见丈夫不打儿子了，赶紧让儿子进睡房去躲一会儿，她自己一个人坐在灶房生火，默默地抹眼泪。这么些年来，王菊花其实过得并不好。屋里有两个孩子的事要操心，眼看着女儿和儿子都大了，要花一大笔钱，这笔钱该到哪儿去筹，王菊花到现在还是两眼一抹黑。不过她虽然担忧，却始终觉得自己还有个依靠，不需要像程燕妮那样出去打工养活自己。这么一想，王菊花心里又舒坦了些。心情松快了些的王菊花摆好桌子，招呼丈夫和儿子过来吃饭。三个人才坐下，到河坝里去洗衣服的李月明也回来了。一进门，就看到了本该在学校里读书的弟弟，她敏锐地察觉到这个屋子里的气氛不太对劲儿。李月明是一个懂得察言观色的人，她知道最近父亲为了自己读高中的事情满肚子的不高兴，在这个节骨眼儿上她最好还是不要招惹父亲为好。因此，李月明一句话也没说，只是悄悄地坐到饭桌边，端起饭碗，默默地吃了起来。

　　才吃了半碗饭，一直闷不作声的李广耀终于开口了。他这句话不是对脸上泪痕还没干的妻子王菊花说的，也不是对他那个不争气的儿子说的，而是对他那个一直低眉顺眼地坐着的女儿李月明说的。他说："月明，那个高中既然考上了就去念，你老汉儿我没得本事也一定要把你供出来。"

　　听到这句话，李月明一口饭差点儿哽在了喉咙上，她端着碗愣了好一会儿才记得把嘴里的饭吞下去。李月明顿时觉得周围的一切都变得那么不真实，原本以为读高中是一个遥远而又不真实的梦，没想到这个梦现在突然变得真实了起来。李月明被这个突然真实起来的梦搞得有点儿晕头转向，她有些怀疑地问了一句：
"爸爸，你想好了？"

李广耀放下碗，沉沉地叹了一口气，这才抬起头去看饭桌上
的其他几个人，看了一圈后，他点点头说："想好了，你去读吧，
也算是当妈老汉儿的对得起你了。"

宣布这个决定的那天下午，李广耀就挨家挨户地借钱去了。
他一边往亲戚屋里走，一边觉得自己的脚有点儿飘，脑子有些不
清不楚的。他多么希望这笔钱是为儿子李清玉借的啊，可惜那个
被自己从小疼到大的儿子连这么一个借钱的机会都不给他。李广
耀对这个儿子真的是失望极了。

就在李广耀顶着大太阳去借钱的这一天，张翠华和李广达在
屋里也小小地吵了一架。如果要说李家上上下下哪两口子的关系
最好，哪家屋里最安静，那大家一定都会说是李广达屋里。李广
达和张翠华两口子性格比较相似，都是那种做得多说得少的人，
正是因为性格契合，两口子一般很少吵嘴。张翠华虽然有时免不
了妒忌比自己过得好的人，但是有李广达的约束，她一向不敢做
得太过分，只是在背着人的时候抱怨几句解解气。但是这一天，
张翠华觉得自己男人实在做得太过分了。这几年，李广达和张翠
华都没有出门打工，他们主要的收入主要靠圈里养着的那几十只
羊，每年大人孩子的衣服钱、零食钱和药钱，包括李清松读书的
钱，都指着那几十只羊。张翠华和李广达都不是大手大脚的人，
他们的儿子李清松才刚上小学五年级，还没有到大用钱的时候，
因此他们手头也多多少少有一点儿节余。按照张翠华的意思，这
笔钱再存上个几年，自己屋里也就能盖个漂亮亮堂的二层小楼了。

李桃花家的小楼已经盖了好几年，张翠华闲的时候听郭家孝说那栋小楼看上去又体面，又亮堂；北滨村二组这些年也稀稀拉拉地盖起了几栋小楼，有马路边的朱家和李家旁支的几个小辈。张翠华每每从这些小楼旁经过的时候，心里是多么羡慕啊，她是多么希望这样的小楼也能在自家的地基上盖起来啊！心里怀着这样的梦想，张翠华花钱比以往更节省了，能不买的东西尽量不买，能不用的东西尽量不用，她恨不得一块钱掰成两半花。可张翠华没想到的是，就在自己到田里去放个水的工夫，李广达就把这笔钱借了一大半给大哥。张翠华知道李广达是个好人，李家屋里只要谁需要他帮忙，他一般都会支个手；张翠华也知道李广耀屋里需要用钱，这笔钱对李广耀来说更重要。但她还是不能接受丈夫在没有告诉自己的情况下就把这一笔钱随随便便借给了李广耀，她觉得丈夫没把自己放在眼里，也没把这个家放在心上。张翠华这一次真的被激怒了。

张翠华发火的时候和其他女人不一样，她不哭，也不闹，甚至连话也不和别人说，只是一个劲儿地劈柴、码柴。那天下午，张翠华一个人顶着大太阳在院子里劈了半天的柴，随着斧子的起落，铿锵的劈柴声在整个院子里回响。那劈柴声把郭家孝和李享德吵得不得安生，也把李广耀和王菊花弄得心里七上八下的。李广达知道张翠华这次是真的生气了，他有些后悔在没和妻子商量的情况下就把钱借给了大哥，但他心里也清楚即便是商量了，结局也不会有什么不同。他不能眼看着侄女没有学上，也不能眼看着大哥一家人困死在屋里，所以他必须把这笔钱借给他们。李广达明白张翠华不过是一时赌气，等气消了，她总会理解自己的。

所以，当张翠华一个人在院子里闷头劈柴的时候，李广达只是拿着一把扇子，坐在睡房里不紧不慢地扇着，偶尔还哼一两句歌。等太阳快要落下去的时候，王菊花已经有些按捺不住，她无数次地从箱子里拿出那笔钱，又无数次地把钱放回去。王菊花知道自己拿出来的是面子，而放回去的却是女儿的未来。她不能为了虚无缥缈的面子毁了女儿李月明的未来。等到太阳完全落下去，西边的天空射出绯红的霞光的时候，李广达已经做好了饭，他站在灶房门口喊了一声："饭好了！"听到丈夫的呼喊，张翠华放下手里的斧子，擦了擦脸上的汗水，走到灶房屋里吃饭去了。李家院子的人这才松了一口气，他们知道这场风波算是过去了。

在张翠华和李广达置气的那天下午，李广忠正忙着给前山的施工队背石灰。那段时间，北滨村的村委会决定把前山寺庙下面的几排树用石灰刷一下，需要两个人往山上背石灰。李广耀见李广忠每天在屋里闲着没事儿干，心想反正肥水不流外人田，就把这份活儿给了李广忠。和李广忠一起背石灰的是一个外省人，前几年起跟着施工队南奔北走地挣钱。这个外省人姓郑，头发和胡子花白，看上去有些年纪了，施工队的人都叫他老郑。这个老郑年纪大了，去过的地方不少，走南闯北的经历让他还算有些见识，听别人说他还会算命。李广忠本来就比较迷信，他听说老郑会算命，背石灰的时候整天缠着老郑给他算。老郑起先不愿意，后来实在是缠不过李广忠，只好看了看李广忠的手相，又让李广忠把生辰八字报给了他。听完以后，老郑一双眼睛看着天，若有所思。老郑看了多久的天，李广忠就看了多久的老郑。好半天，老郑才神神秘秘地对李广忠说："老弟，你这辈子是个好命啊。我给你看了看，是一个双猪同槽的命，你小的时候享父亲的福，成年以后享老婆的福，等到老了还要享受女儿的福，简直是坐着就可以享受一辈子啊！"

听了这话，李广忠高兴得不得了。他在心里想了想，小的时候父亲李享德刚好走红运，加上父亲一直都很疼爱他，所以小时候李广忠享的福比上面的两个哥哥和一个姐姐都要多些，为了这事，大哥李广耀发了好几年的牢骚。等到结婚以后，李广忠东跑西跑都挣不到钱，没想到程燕妮一出门就把钱给挣了回来，自己一个大男人也能坐在屋里吃闲饭，这在整个北滨村都是少见的。心里这么想着，李广忠觉得这个老郑实在是太灵了，他赶忙把媳妇程燕妮的八字报给了老郑，让老郑给他们夫妻俩算算，看看在一起合不合，有什么需要注意的。

老郑一边靠在大树上歇息，一边伸出右手算了算，对李广忠说："你们夫妻俩这个八字配得不错，你老婆的八字利你，你的八字对她也有些帮助，只是没有她对你的帮助大而已。你们两口子命上有两个孩子，一女一儿。老弟你死的时候是儿女送终，也算是善终了。但是你的老婆和你的女儿不太合，恐怕吵闹多，你女儿多半要向着你。还有，等你过了四十岁、你老婆过了三十五岁的时候，你们需要注意一下，恐怕要出点儿问题。"

李广忠听了忙问："是啥子问题？"

老郑摆摆手，不肯再透露，只对李广忠说："老弟，我今天给你说得太多了。俗话说，天机不可泄露。这以后的事，还是等你活到那天再知道的好，我不便多说了。"

剩下的路程，李广忠一直央求老郑把剩下的话说完，但是老

郑只是笑笑，不再理会。李广忠见老郑死活也不肯说，也不好强
迫他。下山的时候，他一边披着暮色往山下走，一边在心里默默
地咂摸老郑说给他的那几句话。李广忠如此想了一路，等到家的
时候，天已经黑定了。

第二十四章

又一个冬天

这一年的时间过得很快，身在成都的程燕妮觉得一晃眼时间就从火锅的蒸汽和一摞摞的碗盘上流了过去，在新疆摘棉花的王彩凤和张亮觉得时间莫名地就被白色的棉花给吞没了，李广禄在暗无天日的矿洞里面已经分不清白天和黑夜。即便是对于留在剑门镇的人来说，这一年也是一眨眼就过完了。

李广忠回忆起这一年，几乎没有什么特别深刻的印象，没有大的争吵，也没有婚丧嫁娶这类红白喜事，整个北滨村二组，甚至整个剑门镇，安静得连一根针落下的声音都听得见。在程燕妮出门之后的一年多时间里，李家院子难得地安静了下来。王菊花和张翠华一向是吵不起来的，李广耀也没有和李广达吵架的理由。尽管郭家孝还有点儿想要生事的念头，但她眼看着自己头上的白发越来越多，脸上的皱纹越来越深，也不得不承认自己老了。和郭家孝一样认识到自己正在逐渐衰老的还有李享德。在过完六十岁生日之后，李享德越来越不喜欢对李家院子里的事情发表意见，经历这么多年的争吵之后，他觉得自己需要这样安安静静的日子。但是在终于安静下来之后，李享德又觉得少了点儿什么，心里空落落的。为了填补空虚，李享德开始贪恋起杯中物。年轻时的李享德也喝酒，但大多数时候只是为了解解疲劳，消磨时间。老了的李享德喝酒喝得毫无节制，早上起来第一件事就是拿起酒壶喝上一两口，到下午闲来无事的时候，他也喜欢手里抱着酒壶，喝上一口又一口。大多数时候，到了傍晚，李享德就醉了。喝醉了的李享德胆子大了起来。清醒时，他最不敢惹的就是那个比他大几个月的老伴儿郭家孝，但是喝醉之后，他不再畏惧，想骂谁就骂谁，想说什么就说什么。对于清醒时候的李享德，郭家孝是想怎么拿捏就怎么拿捏，但是对于喝醉的李享德，郭家孝毫无办法。李享德抱着酒壶骂起来的时候，她要么边撇嘴边毫无底气地骂两句"死老狗日的"，要么就躲到外面要好的老姐妹家里去说话，等到估计李享德酒醒了，才慢悠悠地往回走。

李家院子里没人敢去招惹喝醉了酒的李享德。李享德抱着酒壶在院子里骂人的时候，李广耀往往和王菊花躲在灶房里一边吃饭一边笑嘻嘻地说话。听李享德骂了一段时间以后，李广耀对王菊花说："我看我老汉儿没真醉，怕是装的。"王菊花笑嘻嘻地问："真的啊？老汉儿装啥子呢？"李广耀故作神秘地说："我看是为了收拾我妈，他一辈子都惹不起我妈，喝醉了就惹得起了。"听了这话，王菊花的嘴都笑歪了。

这话李广耀和王菊花敢说，住在对面的李广达和张翠华却不敢说。李享德骂人的时候，李广达总是唉声叹气地从屋里走进走出，他想劝父亲不要再骂人了，免得别人笑话，但他也知道喝醉酒的人是不听劝的，所以他只好从屋里走出来又走进去，走进去又走出来，好几次话到嘴边就是说不出口。张翠华虽然也讨厌李享德骂人，但是在李享德的骂人声中她获得了一种莫名的满足感。自从嫁过来她几乎没有看到郭家孝吃瘪的时候，她那位精神好、劲头足的婆婆一直骑在李家一院子人的头上作威作福，李家上上下下几乎没有一个人敢对她说不字的。程燕妮嫁进来的时候，郭家孝没有在程燕妮身上捡到便宜，但同样，程燕妮也没有在郭家孝身上讨到好。看着郭家孝和程燕妮斗法，张翠华心里的那口恶气始终没有出来。现在好了，忍了一辈子、让了一辈子的李享德竟然在老了之后靠着酒有了胆量，他不仅出了自己在心里压了几十年的恶气，也顺带着把张翠华心里压了好些年的恶气给出了。因此每每听到李享德骂人，张翠华的嘴边总是会露出一抹克制的微笑。当然，张翠华不敢在李广达面前笑，她的心思也不敢在李广达面前表露。只要能听到那每隔几天传来的骂人声，张翠华就已经觉得心满意足了。

对李享德的这个新习惯，李广忠表现出了发自内心的厌恶。他也是一个喜欢喝酒的人，喝醉了的李广忠喜欢滔滔不绝地谈古论今。在他看来，喝醉了的人就该静悄悄地躺到床上睡觉，再不济也该像自己一样说些有水准的话，而不是像那个英明了一辈子的父亲一样抱着酒壶乱骂。李广忠和李享德的关系一直不错，他在内心深处很钦佩这位有见识的父亲，但是现在李广忠觉得父亲这样实在是太掉价了。所以，每当李享德骂起人来的时候，李广忠就立马把堂屋的大门关了，和女儿躲在灶房里或闲谈，或读书。

　　自从找老郑算完命以后，李广忠对女儿上起了心来。女儿刚出生的时候，他确实感到了由衷的欣喜和感激，但自从程燕妮出门以后，他对女儿的感情不知怎么地就淡了。女儿长得很可爱，但年纪太小，完全说不上话，渐渐地，李广忠觉得和女儿相处变成了一种折磨而不是享受。但是老郑的话完全改变了他的想法。李广忠是一个特别迷信的人，他一辈子都相信命运和鬼神，逢年过节烧香拜佛的事从来不敢少，算命人的话他也一向深信不疑。先前李广忠没事的时候也找尚瞎子算过命，但他总觉得尚瞎子算得不准。老郑和尚瞎子不同，他把李广忠活到现在的命都算得差不离，李广忠觉得自己有理由相信老郑。为了过好自己的老年生活，给自己增加福气，李广忠觉得应该好好培养这个女儿，把她培养成一个博学多闻的人。李芙蕖确实是个聪明的孩子，李广忠教给她的古诗，她读几遍就能背下来，时不时地还会说一些比较老成的话。李广忠渐渐在教育女儿这件事情上找到了愉悦感，父女俩的关系不知不觉地拉近了。

　　新疆的冬天是从棉花地变空开始的。在刚到新疆的张亮看来，这片棉花地是无边无际、不可征服的，可到了十一月底，张亮眼看着这片棉花地一天天地空了，仓库里的棉花包裹一天天地多了。到了十二月上旬，这片棉花地里已经完全看不到棉花了。摘完了地里的棉花以后，张亮喜欢时不时到空旷的棉花地里去转转，她低着头寻找自己在这片棉花地里留下的足迹，寻找她和许监工之间激情的残留印记，但是这些东西仿佛伴随着棉花地的空旷消失不见了。张亮在棉花地里转了一圈又一圈，没有看到什么特别的东西，这片空旷的棉花地就如同女人干瘪了的乳房一样令人索然无味。

张亮和许监工是在十一月末的时候闹翻的，那个时候他们已经在这片棉花地里缠绵了好长一段时间，两个人对对方的身体都熟悉得不能再熟悉，最初的激情也慢慢地燃尽，被风一吹就消失得无影无踪。有好几天，许监工都没到张亮负责的区域里来找她。张亮在地里摘棉花摘得无精打采的。她觉得自己的生活一下子变得空空荡荡的。虽然许监工的身体对她来说不再有那么大的吸引力，但多少还能算那么点儿调味品。为了找回自己的调味品，张亮把装棉花的包袱一扔，跑去找许监工去了。

张亮在上千亩的棉花地里奔跑着，她脸上的焦急吸引了好几个俯下身子摘棉花的人的注意，他们放下手中的活儿，目不转睛地盯着东奔西跑的张亮。张亮不是一个害怕别人看的人，在她看来，只有又老又丑的女人才会没人看，而她还不老，也不丑，巴不得别人盯着她看。

在张亮好不容易找到许监工的时候，这剂"调味品"正光着身子缠在别的女人身上，而那个女人就如同之前的她一样面朝着澄澈的天空，嘴里肆无忌惮地发出勾人的呻吟。看到这个场景，张亮的火气一下子就蹿了上来。她本就是一个性格剽悍的女人，火气上来的时候更是什么都不怕。急火攻心的张亮冲到许监工和那个女人跟前，把一腔怒火都发泄到女人身上。她扬手给了女人两耳光，又用很长一段时间都没修理过的指甲狠狠地在女人身上留下一串串鲜红的印记。女人怕了，她原本做好了和张亮大吵一架的准备，可没想到张亮这么凶猛，什么都不说，直接开打。女人打不过，只好逃命。她逃的时候身上的衣服还没有穿上，白皙硕大的乳房随着她逃跑的脚步在棉花地里上下颤抖着，留下一片晃眼的白。

张亮打完女人之后理了理身上的衣服，面不改色心不跳地回去摘棉花去了。从那天起，地里摘棉花的人都开始议论张亮和许监工的风流韵事和张亮打人的事。王彩凤也听说了，她不好说什么，只是趁着没人的时候劝了张亮几句也就算了。

这件事最终没有闹大。远在异地他乡的农民工几乎完全切断了和家乡的联系，在他们这个小圈子里大家有自己的默契，比如在外面打工的男人可以找别的女人，女人也可以找别的男人，只要不把这种关系带回老家，大家都不觉得这有什么问题。至于女人之间争风吃醋，大家都看惯了，索性也不去理会。对大多数人来说，还是眼前划给自己的棉花地和即将到手的工钱比较重要。

这一年，在过年放假回家之前，火锅店的老板请手底下的员工在店里吃了一顿火锅。火锅店的老板是重庆人，姓张，到成都开火锅店开了快十年了，多年以来生意一直比较顺当，从没出过什么大的问题。每到过年之前，张老板要么给手底下的人送点儿小礼物，要么请他们吃一顿。他知道外出打工的不易，也很体恤手底下这些肯踏踏实实干活的人。

在吃完了张老板的饭以后，龙先凤也在自己屋里请曹成华和程燕妮吃了一顿饭。龙先凤从老家到华阳来了好些年，这么多年来，一直是租房子住，连一个属于自己的窝都没有。程燕妮有时也对曹成华说，别看小龙活得风光，实际上始终还是一个外地人。程燕妮知道龙先凤做梦都想变成一个成都人，但是她也知道龙先凤有自己的底线。在程燕妮和曹成华看来，龙先凤想要嫁一个成都本地人简直是太容易了，这么些年来真心追求龙先凤的成都人不算少，但她只和这些人吃吃饭、唱唱歌、喝喝茶，遇到合得来的就当一段时间的情人，从来没有想过要和丈夫许兴财离婚。就是因为这个原因，程燕妮觉得龙先凤不是一个坏女人，她虽然喜欢风光轻松的日子，但好歹顾着自己的儿子和男人。龙先凤的男人程燕妮见过几次，长得倒是高高大大的，就是不会挣钱，也不会处事，更不会说话，往往是他还没说上几句，原本热热闹闹的场子就冷了下来，和他一起吃饭的人也变得满肚子不自在。龙先凤是一个像水一样的女人，她需要男人的情话和爱意来滋润，而她的丈夫给不了她这些，所以她只好在外边找别的男人来弥补心里的空虚。

到了约好的这一天，龙先凤早早地就到菜市场去买好了菜，等程燕妮她们到的时候，出租屋里已经摆满了一桌子菜。这顿饭没有叫上旁的人，除了她们三个以外，就只有龙先凤的男人许兴财和儿子许浩。当着许兴财的面，三个女人说话都说得不太自在。吃完饭以后，许兴财收拾完碗筷，就带着儿子出去散步了，三个女人这才放松下来，开始随意地说些闲话。

说着说着，不知怎么的，话头就跑到徐歌那里去了。龙先凤有些神秘地说："你们猜这个徐哥最近干了啥子事？"

程燕妮还来不及接话，曹成华急急忙忙地问："啥子事情喔？能让你小龙都好奇的事，肯定是一件出人意料的大事了？"

龙先凤不理会曹成华的揶揄，接着说："给你们说，徐哥在外面找了一个女人，还大大方方地带那个女人去了好几个饭局，搞得大家都晓得了。"

曹成华忙问："那他老婆也晓得了啊？"

龙先凤点点头说："晓得咯。他老婆一开始气得不行，但是她不是理亏嘛，听说闹了一顿也就算了。"

曹成华撇着嘴说："哎呀，自作自受，自作自受，哪个叫她出去找别的男人呢？怪不得徐哥要报复她。"

程燕妮听了半天，这才开口："我觉得徐哥这个样子做不太对。要是他真的喜欢那个女人也就算了，如果是为了报复自己老婆，实在是没得必要，他这个样子自己也不高兴吧。"

听到程燕妮这么说，龙先凤和曹成华都点了点头，心想是这么个道理。她们要说的话还有很多，没过一会儿又说到了别的事情上。在狭小昏暗的出租屋里，三个女人一边喝着啤酒，一边说些闲话，一串接一串的笑声从窗口飘了出去，传到了在外边陪儿子散步的许兴财耳朵里。

在龙先凤那儿吃完饭以后没几天，程燕妮就坐上了回家的火车。说起来，程燕妮已经有一年时间没有回家了，但是现在她并没有一年之前那么兴奋。她不是不爱自己的女儿，只是女儿的面容已经有些模糊了。她也不是嫌弃自己的男人，只是一年时间没见面，李广忠对她来说变得陌生了起来。坐在拥挤的火车上，程燕妮呆呆地看着窗外的风景，突然觉得不知道该怎么面对已经一年没有见面的丈夫和女儿。

当程燕妮坐在火车上想心事的时候，已经回到剑门镇一段时间的王彩凤和张亮终于适应了家乡的环境。在所有外出打工的人中间，摘棉花的钱不是最难挣的，但那儿的伙食是最差的，几乎看不到一点儿油水。好在新疆的老板给钱比较爽快，几乎从来不拖欠，所以每年下半年到新疆去打工的人总是一茬接一茬。刚刚回到剑门镇的王彩凤和张亮终于吃上了一顿久违的荤腥，但是由于她们吃了好几个月没有油水的伙食，这顿荤腥不仅没给他们带来享受，反而让她们闷了油。过了好几天，王彩凤和张亮才慢慢缓过劲儿来，这才有工夫去看看这个离开了好几个月的环境。

王彩凤发现这次从新疆回来以后，她和丈夫李广利之间的矛盾好像没有之前那么多了，两个人还能安安静静地坐在一张桌子上好好吃饭，空闲的时候还能坐在一起说上几句话。王彩凤发觉不知从什么时候起，她变得不那么在意李广利了，对李广利的那些破事儿她也不爱理睬、不想过问。当然，王彩凤没想过和李广利的关系还能再次亲密起来，她早就没了这种打算，也不再做这种美梦。出去了一趟以后，她觉得自己的心胸开阔不少，靠双手赚回的钱也让她变得更有底气，慢慢地她学会了和丈夫不够亲密却和平地相处。

对于李广福而言，张亮的归来无疑是上天给他的最大的馈赠。在过去的几个月里，这个老实木讷的男人无数次以为自己永远失去了妻子，以为自己的女儿永远失去了母亲。但是现在张亮回来了，他们这个家再一次完整了。李广福知道这次张亮出去难保干净，但他对这种事情并不那么在意。在他看来，只要心还在一起，这个家就不会散，只要这个家不散，其余的事情实在是无足轻重的。

当程燕妮再次踏入李家院子的时候，多年以来，她第一次感
到这个院子是这么小，这里的空气是这么闷。回想起往事，程燕
妮不知怎得觉得有点儿可笑，她想起了和郭家孝的明争暗斗，想
起了和李广耀一家人的争吵和打斗，想起了自己和女儿关着堂屋
大门躲在灶房里的那些日子。那些事情是那么的遥远，就好像根
本没有发生过一样。当程燕妮见到丈夫和女儿的时候，她发现这
两个最亲的人变得陌生了起来。她从来不知道李广忠的脸有那么
黑，她甚至看到了李广忠头上的几根白发，这样的李广忠是她所
不认识的。女儿的变化更明显。在过去的这一年里，李芙蕖长高
了，但也更瘦了，眼睛还是那么大那么亮，但皮肤没有之前好。
见到程燕妮的时候，李芙蕖睁着一双大眼睛面无表情地看着眼前
这个穿着时尚、长发披肩的女人。程燕妮有些心酸，走到女儿面
前想要抱抱她。李芙蕖看到这个女人向她走来，转身躲到了堂屋

的大门后面。程燕妮伸出的双手无力地垂了下去，她实在是有些累了，不愿意再重复这种从陌生到熟悉，再从熟悉到陌生的循环。程燕妮没再伸手去抱李芙蕖，转而走进睡房，把买给女儿和丈夫的东西拿了出来。

当天晚上，李广忠想尽一切办法让程燕妮在心灵和身体上对他和女儿熟悉起来。但无论李广忠如何努力，程燕妮始终觉得有些东西改变了，有些地方空缺了，这些空缺是再也填补不回来的了。可是看到李广忠这么努力，程燕妮也觉得于心不忍，她只好勉强笑了笑，表达对丈夫和女儿的亲近。李广忠再聪明也不能了解每个人的内心，在他看来，程燕妮始终还是那个当年陪着自己苦熬，跟自己一起看樱桃花的女人。或许是一直对着剑门镇这块狭小的天空，李广忠觉得这一年以来自己并没有发生什么大的变化，也没有经历什么特别的事情，他以为程燕妮的日子也和他一样。放松下来的李广忠表现出了他作为一个聪明过头的人所特有的愚蠢。等女儿睡着以后，李广忠把找老郑算命的事原原本本地告诉了程燕妮，包括他们夫妻俩的关系，包括女儿和程燕妮的关系，包括他们会有多少个孩子，唯独没说自己以后要依靠妻子的事，他觉得这件事情已经成为事实，说不说都没有什么关系。

和李广忠一样，程燕妮也是一个很信命的人，从小她就经常听自己那个没多大本事的妈曹家华翻来覆去地念叨："这都是命，这都是命。"而曹家华也确实认了一辈子的命，无论遭遇多大的痛苦，她总是拿虚无缥缈的命运来安慰自己。也正是因为相信命运，曹家华才能撑到现在。程燕妮当然不像曹家华一样随随便便地就认命，但是她也相信命运，相信冥冥之中自有天意。

　　程燕妮的父亲程天南在年轻的时候是一个坚决不相信鬼神之说的人，他有本事、胆子也大，不愿意相信那些虚无缥缈的事。在年轻时候的程天南看来，鬼神之说就是编来吓唬胆子小的人的。但是，在经历了一件特别的事情之后，从来不信鬼神的程天南却变成了一个虔诚的神汉。

　　曹家华在四十岁上下得了一场大病，眼看着就要死了。程天南虽然一辈子都瞧不上自己这个没本事、话还多的老伴，但毕竟不忍心看着陪了自己二十几年的女人去死，也不能看着自己面前的几个孩子一夜之间没了妈。走投无路的程天南干了一件年轻时的他绝对不会干的事情。一天深夜，等孩子们都睡了以后，他跪在自家的神龛前祈求天上的神仙，只要这次让曹家华渡过难关，他愿意一辈子信神拜佛。这本来是走投无路之时的无奈之举，没想到第二天曹家华不知怎得就有了好转。这下子，程天南这个从来不信鬼神的人被折服了，他开始意识到这个世界上真的有鬼神，而鬼神真的会听他的祈求。从那以后，程天南该烧香烧香，该拜佛拜佛，还钻研了七占八算的学问，渐渐地开始帮着周围的人化水、打卦和安神龛。

　　受父亲程天南和母亲曹家华的影响，程燕妮打小就信神，更信命。先前倒霉的时候，她也请父亲程天南帮着打了几卦、烧了几炷香，这些年她渐渐走了好运之后就不再特意去算命烧香了。

　　这天听到李广忠这么说，程燕妮的心里可谓五味杂陈。本来她今天回来的时候就发现女儿和自己疏远了，现在听到丈夫说她和女儿犯冲，尽管不愿意相信，心里还是忍不住打起鼓来。那天夜里，李广忠倒是早早地就进入了梦乡，可程燕妮一晚上翻来覆去地睡不着觉。她看着睡在自己旁边的女儿，莫名觉得母女俩之间隔着一条看不见的鸿沟，她在沟的这边，女儿在另一边，无论她怎么努力地伸出手臂，也抓不住女儿了。

临近过年的时候，李家院子里发生了三件新鲜事。第一件事是李广耀屋里买了一台二手彩电。说起来，这台彩电李广耀本来是买不起的，自从李月明到县城读高中以后，他的手头一下子就紧了。彩电是王菊花的娘家哥哥卖给李广耀的，说是卖，实际上是给，怕李广耀面子上过不去，只象征性地要了一点小钱也就算了。彩电搬回来的那天，李广耀笑得眼睛都快要睁不开了。这半年多以来，他一直在为钱的事操心，从来没有舒舒服服地睡过一个好觉，在他身上也没有发生过一件让他脸上有光的事情。但是这天，他搬回了李家屋里的第一台彩电，这在他看来是一份多么大的荣誉啊！彩电放好以后，李广耀一家人赶紧坐在小客厅里打开电视，看起新闻来。彩电发出的声音把李家院子里的人都吸引到了李广耀家门口。李享德爱凑热闹，第一个走进来，一屁股坐在椅子上看起了电视；郭家孝心气儿高，好面子，她不能容忍儿子一家拥有自己所没有的东西，为了表达她的不满和愤怒，尽管心痒难耐，她还是克制住了自己的好奇心，继续坐在门口晒太阳。对于丈夫李享德的行为，她用一贯的方式表达了自己的轻蔑，那就是冲着李享德的影子吐了一大口口水。郭家孝那天喝的水不太多，为了吐出这一大口口水来，她多少费了点劲儿。她首先努力地吸紧腮帮子，再努力地从口腔里挤出口水，最后口水在明媚的阳光下沿着抛物线的路径掉在了地上，在明晃晃的太阳底下熠熠发光。

　　李广达是第二个到李广耀家去的人，他先在门口站了一会儿，李广耀看到以后连忙招呼他进去，李广达踌躇了一下就进去坐着看电视了。张翠华当然不会到李广耀屋里看电视，尽管她知道李广耀一家人会像招呼李广达一样招呼自己，但她就是不愿意去，原因有很多，不过最主要的仍然是嫉妒。当然，张翠华不会承认这是因为嫉妒。为了掩饰这份嫉妒，她又开始劈起柴来。

　　当从李广耀屋里传来的电视声和张翠华劈柴的声音混合在一起传到李广忠屋里的时候，李广忠和程燕妮都表现出了相似的漠然。他们不是对彩电不好奇，只是讨厌李广耀那副得意的嘴脸。为了不看到李广耀那副让人讨厌的嘴脸，他们情愿压抑自己的好奇心。再说，现在的李广忠或许还是先前的那个李广忠，但是程燕妮一定不是先前的程燕妮了。她不再是那个连吃饭的钱都不够的可怜女人，她在自己的银行账户里存了一笔不小的钱，足够买一台彩电。有了底气的程燕妮坐在灶房的火堆面前盘算着过几天到街上去买一台全新的彩电回来。

　　程燕妮和李广忠能够克制自己的好奇心，年纪还小的李芙蕖却有些坐不住，她早就被大爸屋里传来的新奇的声音勾得心痒痒的。趁李广忠和程燕妮不注意，李芙蕖一溜烟跑了出去，跑到了李广耀屋门口。

　　第三个到来的李芙蕖没有受到与前两位相类似的欢迎，相反，李广耀一家人都向她投去了不满与厌恶的目光。李广耀瞪着李芙蕖，想把她吓回去，但李芙蕖根本就不怕他。见瞪了一阵没效果，李广耀只好悻悻地转过头去看电视。王菊花见丈夫吃瘪了，她不去瞪李芙蕖，只是黑着一张脸、撇着一张嘴坐在板凳上。李清玉看电视看得正入迷，没空去管李芙蕖。倒是李月明，在一屋子沉默的人当中，唯独她转过了头来，皱起眉恶狠狠地对李芙蕖吼了两个字："回去！"李月明这一吼，吼到了李广耀和王菊花的心里，他俩几乎同时捂着嘴笑了起来。正在看电视的李清玉也转过了头来，他被姐姐的那一声吼得有些不自在，但又不好当着一屋子人的面去吼自己的姐姐，所以他把一双眼睛一瞪，冲着李芙蕖吼了一声："回去！"这两个吼声里如果有一声是李广耀或者王菊花发出的，那么李芙蕖不仅不会哭，还会立马和这两个人吵起来，但这两声偏偏都不是李广耀和王菊花发出的，李芙蕖立马就哭了起来。她年纪还小，不知道自己做错了什么事情惹恼了这两个大哥哥、大姐姐。她觉得委屈，立马号啕大哭起来。

李芙蕖的哭声传到了李广忠屋里，没多大一会儿，程燕妮就跑出来把李芙蕖抱了回去。程燕妮从走出来到抱起李芙蕖走回屋的整个过程当中，一个人都没看。倒是等她走进自家堂屋的时候，李广耀和王菊花默默地交换了一下眼神。他们都知道，一件计划好、原本有五成把握的事情现在全然没指望了，在那一刻，李广耀却觉得如释重负。

在电视机事件结束以后没多久，李广达屋里发生了一件说大不大、说小也不小的事情。那年头，大家过年之前都喜欢把屋里攒下的鸡蛋做成皮蛋，等到过年的时候拿出来切上几盘，一家大小吃点儿好过年。这年李广达屋里养的鸡少，养到一半还死了一只母鸡，等到过年的时候，攒下的鸡蛋比往年少了好些。做好皮蛋以后，张翠华把装皮蛋的篮子放到了灶房里的柜子上面，打算等到除夕的时候拿几个出来吃。可是，那篮子鸡蛋没有等到过年的时候。

　　腊月二十九这天，李广达和张翠华打算出去背柴。本来他们屋里的柴已经够烧了，可他俩都是闲不住的人，两人一合计，与其在屋里闲着没事干，不如去背柴。一大早，两口子就背着背篓出门去了。李广达和张翠华走了之后，一个人在家的李清松觉得无聊，他先到院子里玩了一会儿，后来又跑到自家灶房里去玩。李清松发现了张翠华放皮蛋的篮子，他把篮子拿下来一看，才发现原来是皮蛋。李清松长到十岁了，在母亲张翠华的娇惯下，他长得壮壮实实的，甚至可以说有点儿胖。他从小就喜欢吃零嘴，除了一天三顿饭以外，最喜欢吃花生、瓜子之类的零食，至于像皮蛋这种一年吃不了几回的东西，更是让他垂涎不已的美食。见屋里没人，李清松取下篮子，掰开皮蛋吃了起来。他不喜欢吃皮蛋的蛋黄，只喜欢吃蛋清，所以他把所有的蛋黄都拿出来放到一边，只挑蛋清来吃。等到篮子里的蛋少了一大半，他也终于吃饱了，这才发现手边剩下了一堆蛋黄。为了不被母亲发现，李清松突发奇想，把所有的蛋黄都装进一个碗里，悄悄地倒在了屋子背后的水沟里。干完这一切之后，李清松就出去玩儿了。

　　张翠华和李广达到家的时候，并没有发现篮子里的皮蛋少了，还是从水沟边路过的曾家院子里的大儿媳发现了蛋黄，告诉了张翠华。张翠华这才赶忙去看自己装鸡蛋的篮子。她把篮子拿下来一看，心都凉了半截儿。这个时候，出去玩儿的李清松也回来了，正好撞见张翠华在检查篮子。

　　看到张翠华这副模样，李清松害怕了，赶忙往外跑。张翠华也明白这是怎么回事，她的火气一下子就上来了，随手抓了一个扫把就跑去追李清松。李清松年纪小，动作灵敏，张翠华哪里追得上，但是她又不想随随便便地就放过这个不懂事的儿子。那天中午，李家院子里出现了一个平时很少能够看得到的场景：当妈的气得满脸通红地拿着扫把在后面追，胖乎乎的儿子在前面气喘吁吁地跑，娘俩围着李家院子跑了好几个来回都没有要停下来的意思。到了最后，还是张翠华累得受不住了，只好停下来，进屋去了。不久，满脸通红的李清松才怯生生地蹭了回去。当然，那天中午李清松还是没有逃脱被狠揍一顿的命运，而李家院子里的人因为这件事痛痛快快地笑了好几天。

就在李家院子里的人还没有笑够的时候，将近一年没有回家的李桃花却哭着回来了。过去的这一年，李桃花过得比前一年要顺些了。沉水有几家人手头有了些钱，都找徐家田给他们修新房子。徐家田有技术，人品他们也信得过，趁着这个机会徐家田在沉水本地找了几个会码砖、会修房子的人组成了一个施工队，开始在沉水和附近的几个村子里包起修房子的活来。李桃花见徐家田的施工队需要人手，便辞了水泥厂的工作，跑回去给徐家田帮忙。沉水本地修房子分为两种方式，第一种是天工，也就是做多少天给多少天的钱，这样结算虽然简单方便，但是包工的人一般赚不了几个钱；另外一种方式是包工，也就是和主人家商量每平方米多少钱，商量好以后整个房子都包给这个施工队，这样一来，包工的人虽然需要给手底下的人垫付工钱，但是赚的钱更多。李桃花为了让徐家田站稳脚跟，也为了多赚点儿钱还债，便劝说徐家田按照第二种方式来包工。徐家田一开始并不愿意，但是在李桃花的劝说下，他还是同意了。

　　等快到年关的时候，房子还没有修好，但是跟着徐家田一起修房子的工人都等着他发工钱好过年。这也是白马镇和剑门镇一带的规矩，每逢年关，不管工程做没做完，过年钱都必须要多多少少发一点儿到工人的手里。徐家田和李桃花手头没钱，他们拿不出钱来垫付给工人，为了这笔钱，徐家田愁得直上火，李桃花愁得睡不着觉。后来，两口子为了一点儿小事争嘴，吵着吵着就吵到了包工这件事上。李桃花知道徐家田为了这件事憋了一肚子的火，但是她觉得自己没做错，只要过了这个难关，把这栋房子修完以后，他们俩的债不仅全部都结清了，还能剩下一笔不小的钱。

　　两口子都到了气头上，又都觉得自己没有做错，本来就年轻气盛，为了这件事情立马吵了起来，吵着吵着又加了些别的事情进去，越吵火气越大，到了最后甚至把屋里的锅都给砸了。看到这件事情闹大了以后，徐家屋里的人都来劝和，可哪里还劝得下来？第二天一大早李桃花就带着儿子红着一双眼睛回了李家院子。郭家孝在过去的几个月里盼星星盼月亮，好容易把女儿给盼了回来，可是她没想到女儿竟然是红着一双眼睛回来的。看着女儿通红的眼睛和外孙魏围畏畏缩缩的模样，郭家孝一下子就炸了。

　　愤怒的郭家孝顿时觉得自己恢复了青春，她全身上下再次充满了力量。勉强安置女儿和外孙吃完午饭以后，她立马换了一套衣服，带着女儿和外孙气冲冲地杀回了沉水。后面发生的事情，李家院子里的人没有亲眼看到，但是听人说，郭家孝凭借一己之力摆平了徐家屋里一院子的人，在李桃花面前火气大得不得了的徐家田在干妈郭家孝面前连大气也不敢出，而平时那些总是喜欢

223

说闲话的邻居连热闹都不敢来看。摆平了徐家一院子的人以后，郭家孝立马拉着女儿和外孙回了李家院子。经过这一战，郭家孝在沉水这个小地方出了名，直到几年以后，每家每户的女人说起她，仍然面有惧色。李桃花和魏围在李家院子里没待几天，徐家田就耷拉着脑袋来接她们娘俩回去了。这正是郭家孝想要的：让徐家田亲自来接李桃花和魏围，给她们娘俩儿一个体面。这件事情解决了之后，给工人的工钱还是郭家孝和徐家田的父母帮他们凑的。

往年李家院子里的新年都过得淡而无味，但这一年因为发生了这三件事情，在李家院子里的人看来，这个新年实在是过得太精彩了，简直可以和唱戏相媲美。

开学

程燕妮是在一个有风的天气回成都的。这个新年并没有给她留下什么温情的记忆，虽然李家院子里比往年热闹了许多，但是她觉得自己和这个院子里的人渐渐地疏远了。

李家屋里的人常年坐在院子里，抬起头只能看到四角的天空，这么些年来，程燕妮觉得这些人似乎一点儿也没变。他们关注的事情，他们心里的想法，他们对未来的期许，都是那么的相似和无趣。程燕妮觉得她和这些人已经脱节了，她不再理解这些人心里的想法，而这些人也不再理解她。程燕妮冥冥地感觉到自己走到了这些人的前头，而这些人还在原地踏步。当然，她不理解这种状况的含义，只是觉得这个院子比以前更加无趣，而她和女儿的关系看起来也不能修复到以前的样子了。程燕妮没办法去责怪女儿不懂事，因为她知道这和还不到五岁的李芙蕖没有多大的关系；同样，她也不能去责怪李广忠，毕竟他也没做什么不对的事情。程燕妮不知道该去责怪谁，她觉得或许这就是命吧，是他们这一代人的宿命，注定要过这种有家不能回、骨肉分离的日子。程燕妮不喜欢认命，但她也知道有些事情是自己无法左右的。面对自己无法左右的事，只有一小部分的人会想着去改变，这种努力也差不多会以失败告终；而大部分的人只能选择接受，最好的选择当然是笑着去接受。想通了以后，程燕妮也不再纠结，这一次她很快就把丈夫和女儿给忘记了，把一家人欢聚的时光给忘记了。在逐渐遗忘的过程当中，程燕妮好像有点儿理解曹成华了。以前她以为曹成华是心硬，现在她想，或许曹成华也是无可奈何吧。

等程燕妮离开了以后，李广忠的心再一次空了起来。但是和前两次相比，他的空虚当中还夹杂了一些说不清道不明的恐惧。这份恐惧把李广忠逼得饭也吃不下，觉也睡不好。为了缓解这种情绪，他经常跑到父亲的睡房里去找父亲说话。

和李广忠一样，李享德也感应到了一种变化的迹象，他也被这种迹象弄得心惊胆战。李享德这一辈子经历过无数的变化，他到东北当过兵，当过酒厂厂长和大队书记，做过生意，还打过工。但是除了当兵以外，其余的变化都没有把他和脚下这块熟悉的土地分开。在李享德看来，只要自己还脚踩这片熟悉的土地，再大的变化也不能把他给打倒，所有的事情都仿佛处在他的掌控之中。但是，这种稳定和安全的感觉在程燕妮外出打工的那一天就渐渐地碎裂了，那天躺在床上的李享德敏锐地察觉到了某种变化，他感到李家院子里的平衡被打破了，更让他感到沮丧的是，对于这种变化和失衡，他什么都做不了。李享德眼看着王彩凤和张亮接连走出大房的院子，他知道这两个女人最终会回来，但是他更知道自从她们的双脚踏出李家大房的那一刻，有些事情就永远地改变了。他不知道大哥李享名是怎么看待这件事情的，不过他知道自己接受不了这种变化。但是李享德清楚地知道自己老了，他或许还管得住儿子，但是绝对管不住儿媳妇，尤其是像程燕妮这种胆子大、敢拼敢闯的儿媳妇。李享德确实对程燕妮无计可施，他也知道程燕妮能干、顾家，但是他不希望处在弱势地位的儿子吃亏。为了帮儿子守住这个家，李享德给李广忠出了一个他认为最有效也最不地道的主意。

那天晚上，父子俩坐在昏黄的灯光底下，李享德披着衣服坐在床上，李广忠坐在李享德面前的椅子上，谈了半晚上的话。李享德给李广忠出的主意是：让李广忠把程燕妮赚的钱攥在自己手里，要么把存折上的名字换成他的，要么哄程燕妮拿钱出来修一栋新房子。李享德的算盘打得很妙，他想房子只要一修好就再也搬不动、移不走了，就算以后程燕妮要耍什么花样，这栋房子始终还是李广忠的财产，他们程家人总不敢跑到北滨村二组来和李广忠抢房子住。

当天夜里，李广忠回到屋里，躺在床上想了半晚上，他觉得父亲这个主意出得很好，也一下子说到了点上。但是在李广忠看来，哄程燕妮拿钱出来修房子的事要慢慢计划，不能操之过急。当务之急是如何从程燕妮的手里多要一点儿钱放在自己手边。李广忠其实并不想失去程燕妮，但是如果留不住她，能留一点儿钱在自己手边也是一个不错的选择。

打定主意以后，李广忠在接下来的一段时间里想出了各种花样向程燕妮要钱。一开始，程燕妮还愿意给他。过了一段时间，程燕妮发现事情不对劲，她觉得李广忠要么是有什么事情瞒着她，要么就是又染上了什么不良嗜好。和刚结婚的时候相比，李广忠已经染上了抽烟、喝酒、打牌这三种恶习，程燕妮不愿意把自己辛辛苦苦赚来的钱砸在这些没名堂的事情上，面对李广忠后来几次要钱的举动，程燕妮选择了拒绝。

程燕妮的拒绝加深了李广忠的怀疑，他经常在心里东想西想，觉得程燕妮一定是在外面有人了，要不然就是故意防着他。李广忠本来就是一个疑心病很重的男人，现在他更是认为自己发现了程燕妮的秘密，便越发肆无忌惮地要起钱来。他在电话里和程燕妮为了钱的事情吵了好几次。在最后一次吵完架之后，李广忠怒了，他越发笃定程燕妮不信任自己，她的心并没有向着这个家。

面对这种状况，李广忠其实可以有很多选择，他却做出了一个最为愚蠢的选择。急火攻心的李广忠第二天就叫来了猪贩子，把猪圈里的两头小猪给卖了。这两头小猪是过年的时候程燕妮买的，她本来计划冬天多熏点儿腊肉，过年的时候大人孩子吃点儿好的。没想到，她原本好好的计划两三下就被李广忠给破坏了。

当李广忠通过剑门镇邮局的电话把这个消息传递给程燕妮之后，程燕妮一下子就火了，在公用电话亭里把李广忠劈头盖脸地给臭骂了一顿。挨完了骂，李广忠并没有得到自己想要的钱，反而成了李家屋里上上下下的笑柄。

遭到嘲笑的李广忠很长一段时间都不敢出去见人，在心里的某个角落里，他生发出了对程燕妮的怨恨。猜疑和怨恨啮食着李广忠的心，在一段时间里，他的话越发少了，脸上的笑容也变得无影无踪。

经过这件事情以后，程燕妮第一次发现李广忠原来是一个如此不成熟、没担当的男人。她再也不想理会李广忠，再也不想听到和李广忠相关的任何事情。

春天才到没多久，寒假就放完了，在屋里耍了二十几天的孩子也都要返校去读书了。这时李月明正在县里读高一，一个月才能回来一次。李月明知道自己读书的机会来之不易，如果不是弟弟让爸妈那么失望，他们也不会转而来供自己。李月明从小在屋里就不受重视，但她毕竟是李家三房里的长孙女，年龄和李家屋里最大的孙女李清清差不多，所以在底下的兄弟姐妹们面前还有些威严。从李月明出生起，爱攀比的李享名就时常拿李月明同自己的两个孙女李清清和李子彤比。李月明当然没有李清清那样受父母宠爱，她小的时候屋里的条件也远远比不上李子彤家。面对这两个和她年龄相近的姐妹，李月明经常感到自卑。但是自从她考上高中以后，一切都改变了。李家屋里的人向来钦佩有文化的人，这个家族的最高目标就是把子女培养成读书人。考上高中的李月明当然算是一个读书人，而落榜之后只能去读技校的李清清和李子彤就要逊色得多。这一次，李月明终于感到自己扬眉吐气了，但她在内心深处还是很羡慕李清清和李子彤，因为她知道如果自己没考上高中，爹妈肯定不会让她去读技校，那么她的命运恐怕将和队里其他外出打工的女孩子一样了。

李月明的愉悦没有持续多久，首先压在他们一家子身上的就是昂贵的学费。为了凑齐这笔钱，李广耀和王菊花没少花心思。等到终于进了高中，李月明这才发现，原来高中的日子没有那么好过。课业负担重是一方面，人际关系才是压在她心头的一块沉重的大石头。和高中同学相比，李月明算得上是最寒酸的一个了，她每个月的生活费都不多，只能勉强吃饱肚子。她的衣服也不太多，到了冬天，换洗的棉袄不超过三件。每到吃饭的时候，她都只能一个人孤零零地走到卖素菜的窗口去打一两个菜，而她的同学却总是能够吃上荤腥。到了周末，同学们三五成群地出去吃小吃，李月明只好一个人待在狭小的八人间宿舍里，面前摆着一本书，一个人默默地读。李月明算是班上较为用功的学生了，尽管她的成绩整体上只能算中等，但在个别学科上她却总是名列前茅。贫穷、独来独往而又成绩优异的女生最容易受他人的欺负和排挤，李月明在进入高中的这半年来没少受女孩子们的冷嘲热讽，她们有时甚至明着欺负她。

李月明很珍惜来之不易的读书机会，她不愿意把时间浪费到和女孩子们的矛盾上，所以一般都是能躲则躲，能少一事就少一事。李月明找不到人吐苦水，更不能把这些话说给父母听。慢慢地，她养成了记日记的习惯，每当功课不那么忙的时候，她总是愿意把心事说给日记本听。放寒假的时候，李月明在屋里待了二十几天，她从来没有觉得家里的日子是这么轻松自在，到了开学的时候，她几乎不愿意回去了。但是她知道自己必须得回去，不管有多艰难，她一定要撑过去。

和饱受欺负的李月明不同，李清玉在学校里可是大哥大，有名的混世魔王。李清玉是一个很聪明的孩子，读小学的时候一直是班里的第一名，进入初中之后的第一个学期他的成绩和表现也都很好。但是渐渐地，他被住在同一个宿舍里的男孩子们给带坏了，渐渐地迷上了打游戏、逃课。

2002年的时候，电子游戏在剑门镇还是一个新鲜物件，整个剑门镇就只有一家网吧，这家网吧里也只有两台电脑和五台老虎机。李清玉第一次翻墙出去上网只是出于赌气，他和舍友打赌自己一定敢翻墙到网吧里去打游戏。李清玉本来没把这件事放在心上；他低估了电子游戏的诱惑力，也高估了自己的自制力。那一晚，李清玉坐在电脑面前打了一个通宵的游戏，第二天上课的时候他昏睡了一整天。从那以后，他在学习上再也集中不了注意力了。熬夜、翻墙、打游戏渐渐成了他生命中最重要的事情，其余的一切他都看不到了。

一开始，李清玉还怕被教导主任贾林给抓住，等被逮住几次以后，他渐渐不怕了，他发现即便被抓住，也不过是站站办公室，再不济就挨一顿打，最严重的不过是请家长和被送回家罢了。对李清玉来说，这些事比起不能打游戏的痛苦，实在是小菜一碟。他不怕丢人，也不怕挨打，即便被送回家，也不过是在屋里蒙着被子睡上几觉再被送回学校罢了。

李清玉长得并不壮实，他个子很高，瘦瘦的，打架也不特别在行，按理说他不应该成为剑门初中里的大哥大。但是和那些会打架的学生比起来，李清玉胜在胆子大、脸皮厚。他敢在挨完了老师的打之后，当天夜里又翻墙出去上网；全校的所有学生当中也只有他敢把学校的围墙敲出一个大洞来。

说起来，这个大洞还有些来历。有一天，李清玉刚挨完了教导主任贾林的训斥，他觉得贾林骂得太过分了，扫了自己的面子，便决定给贾林找点儿麻烦。当天夜里，他就带着几个好兄弟把学校的围墙给敲了一个大洞。有人说，那个大洞是他拿脚踹出来的；还有人说，那儿本来就有个洞，只是不太大，被李清玉一敲就变成了一个大洞。为了这个大洞，贾林第二天召集全体学生到操场，声明要严厉处分这个带头搞破坏的反动分子。当然，李清玉为了这事儿没少吃苦头，不过从那以后，他就成了剑门初中里的大哥大，人人闻风丧胆的混世魔王。

成为大哥大以后，李清玉不管到什么地方去，身后总是跟着几个小弟。但李清玉并不在乎别人怎么看他，他的眼里、心里都只有电子游戏。

不久之前，李清玉发现了一件让他有些苦闷的事情。在打电子游戏的过程中，他在网络上看到了一些让他血脉偾张的东西。在游戏界面的右下角，总会有一些违规网站弹出一些穿着裸露的女性，这些女性摆出撩人的姿势，旁边一般还会跟着弹出一些让人脸红心跳的话。最开始，李清玉并没有把这些东西放在心上，后来有一天李清玉打游戏打累了，鬼使神差地点开了网页的链接。从那以后，李清玉的心里又多了一件让他心痒难耐的事。在他浏览色情网站的同时，他的身体也莫名地发生了某种变化。他并不清楚这是怎么回事，但是觉得自己很喜欢这种变化。从那天起，李清玉逐渐分了一点儿心思到身边的女同学身上。他开始和他的跟班们讨论班里哪个女孩子身材好，哪个女孩子长得漂亮。到了夏天，他也喜欢盯着女孩子们高耸的胸脯和光滑修长的大腿看。不过李清玉看归看，倒是从来不去欺负这些女孩子。他毕竟只有十四岁，女孩子哪儿有游戏和小说好啊，他才不愿意浪费那个时间和精力呢。

等到过完了这一年的暑假，李芙蕖也到了读书的年纪。她还没到读一年级的年龄，但是已经可以去上学前班了。读书对李芙蕖来说是一件全新的事，她在更小一点儿的时候经常看到院子里的几个哥哥和姐姐每天早上背着书包去上学。等到哥哥和姐姐升初中以后，她最喜欢蹲在大路边，看后面曾家院子里的几个孩子说说笑笑地走路去上学。北滨村村小离李芙蕖的家有一段距离，每天走路到学校也要四十多分钟。这些孩子往往是一大早就起床吃早饭，再一群人走路去上课。春夏季节天气暖和还好，等到冬天，去上学的路途才真正变成了一种酷刑。当然，李芙蕖才五岁，她还没有本事自己走路去上学，接送李芙蕖上下学的任务就落在了李广忠的肩膀上。

开学的第一天，李芙蕖被李广忠放在自行车的后座上驮到了学校。走进学校大门，李芙蕖发现学校里的孩子可真多。报名这天，大人孩子挤满了学校里不大的操场。李广忠放好了自行车以后就拉着李芙蕖进教室报名去了。报名处的老师是一个看上去还很年轻的女老师，姓郭，是北滨村六组人。李广忠和这位郭老师以前还是同学，只不过李广忠比她高两级。看到李广忠和李芙蕖，老师显得很热情，她很快就为李广忠办好了手续。等到领完新书走出教室的时候，李芙蕖一眼就看到了迎面走来的郭莎莎。两个女孩子有好长一段时间没见面了，好不容易见了面，拉着手叽叽喳喳地说个不停。正当李芙蕖说得开心的时候，一阵哭声突然从教室里传了出来，一个梳着羊角辫的女孩子拉着她奶奶的衣服角不肯丢，哭得一脸鼻涕眼泪的，一边哭还一边说："我不念书，不念书，我要回去。"这个女孩子哭闹了好一会儿才停下来。这个时候也快中午了，李广忠便带着李芙蕖回家去了。

李芙蕖坐在自行车的后座上，绿油油的田野在她眼前缓缓地后退。今天这一上午，她可见识了太多的新鲜事，想到从今以后就要到学校里来和这么多小朋友一起玩，她可开心了。

第二十七章

坠洞

　　等到秋天打谷子的时候，北滨村出了一件人人都在关注和谈论的大事。事情发生的那天是一个雨刚停的日子，缭绕的雾气还盘旋在半山腰上，吃过午饭以后田里打谷子的人渐渐多了起来。这天，已经当了好几年村支书的赵仕田穿着迷彩服一个人上了山。他上山是为了去看栽在半山腰上的信号塔，这段时间有不少人反映电视的信号不好，镇上的通信处便让赵仕田上山去看看，有问题再向镇上反映。赵仕田是北滨村六组人，他对信号塔所在的北滨村二组的山路并不太熟悉，这一天，村长李广耀还有别的事情要忙，没有陪赵仕田上山。赵仕田是在中午以后独自上山的。中午，他刚在李广耀家吃了一顿不太丰盛的午饭，吃完饭以后，他看雨停了，就抓紧时间上了山。

　　赵仕田并没有很快就下山。等到夜幕渐渐地笼罩下来，天色渐渐地黑了，忙完了手头事情的李广耀左等右等也没等到赵仕田。

他猜想赵仕田如果早就下山回家了，也至少要给他说一声，不可能一句话没有就走了。这些年，李广耀自认为和村支书赵仕田相处得不错，在工作上配合得也还算好。赵仕田这个人虽然有些时候比较霸道，但是遇到了拿不准的事情也会和村长李广耀商量商量。当然，李广耀也知道赵仕田这些年做了些不好的事。随着剑门镇的发展，镇政府在各个乡都搞了些修水渠、栽信号塔的小工程，村支书赵仕田没少从这些工程中捞油水。这些事情李广耀虽然知道，但也不好说什么，他能做的就是不跟着赵仕田一起捞油水。虽然这些年李广耀的日子不太好过，总是手头缺钱，但他曾亲眼见证二爸李享财是如何倒霉的，他可不愿意毁了自己的前程和家庭。

李广耀左等右等等不来赵仕田，慌了起来，赶忙叫上李广达和李广忠两个人打着手电筒到山上去找赵仕田。他们三个人在山上绕了半天，好容易才绕到信号塔附近，却根本看不到赵仕田的影子。这下，李广耀更慌了，他扯着嗓子喊赵仕田，附近的鸟儿都被他的吼叫声给惊飞了。可惜，李广耀吼了半天也没听到赵仕田答应。他心里暗暗地觉得恐怕是有什么不好的事情发生了，赶忙叫两个弟弟到附近的树丛里去找，看看赵仕田是不是晕倒了，或是被野生动物给攻击了。北滨村的树林自从封山育林以后变得越发茂盛，上山砍柴的人少了，野生动物慢慢多了起来，后来深山老林里的豹子和狗熊也跑到了前山，不注意的话还真容易碰上。

李广耀三兄弟打着电筒在树林里找了好半天，终于找到了赵仕田。可惜被找到的赵仕田再也不会说话、不会动弹了。

赵仕田是在距离信号塔不远处的一个风洞里被找到的，那个风洞有十几米深，赵仕田应该是一脚踩空了落到风洞里去的。找到赵仕田的时候已经是深夜了，李广耀看他们三兄弟一样工具都没带，恐怕没办法把赵仕田的尸体从洞里拉出来，只好让李广忠下山去报信，等到天亮了再找几个人拿着绳子上山来找他们。

好容易挨到了天亮，李广耀和李广达守在风洞跟前，一晚上都没合眼。天刚亮不久，李广忠带着赵仕田的儿子赵四娃和李广利、王胖子一起上山来了。赵四娃是赵仕田唯一的儿子，他没想到父亲上了一趟山就莫名其妙地死在了山上，才走到风洞跟前，这个二十多岁的男人就哭了起来。李广耀见赵四娃哭得伤心，自己心里也不好受，只好勉强安慰了几句。

人都上山了，绳子也带来了，现在的问题是谁下洞去把赵仕田拉出来。一群男人你看着我，我看着你，没人主动说自己下去。磨蹭了半天，最后还是王胖子把绳子往腰上一系，沿着洞壁慢慢爬到了洞里。剩下的几个男人一起使劲儿，把王胖子和赵仕田拉了出来。

赵仕田的尸体不太好看，甚至有些让人头皮发麻。他的一双眼睛大大地睁着，几乎有些往外鼓，头上的血已经干了，在脸上留下了一大团黏糊糊的红色。看到赵仕田这副模样，赵四娃哭不出来了，在场的几个男人都在心里默默地想：或许这就是死不瞑目吧。死去的赵仕田那一双还大睁着的眼睛实在有些骇人，李广耀看不下去了，他走到赵仕田跟前伸出手把那一双眼睛给合上了。等快到中午的时候，赵仕田的尸体被运到了山下。

赵仕田死时，赵家屋里正在拆老房子，准备在地基上建一栋楼房。在处理完赵仕田的丧事以后，赵四娃不再伤心，他继续干先前干了一半的事情。推倒土墙房的那天是一个阳光明媚的日子，一堆在地基上伫立了好几十年的土墙被推倒了，灰尘在阳光中升腾起来，等到尘埃落定的时候，一片晃眼的光吸引了帮赵家拆房子的人的注意。赵四娃从还没开始拆的墙上跳下来，走到土堆里一看，眼睛一下就直了——土堆里躺着两个黄灿灿的金元宝！发现金元宝之后的很长一段时间，赵家的工程停了下来，赵四娃也躲在屋里不肯出门。每天都有好事者到赵家的地基上佯装随意地走走，往土堆里看两眼，甚至还有人拿脚在土堆里划拉几下。

赵仕田的死和赵家地基上发现的金元宝让北滨村所有的人都沸腾了！对于前一件事情，有不少人觉得大快人心。在赵仕田当村支书的这些年，他没少欺负和打压那些他看不顺眼的人，虽然他不明着收礼，但是跟他关系不好的人找他办事往往会受尽他的刁难，所以有不少人对他揣着一肚子怨恨。除此之外，这些年，大家一天天地看着赵家屋里的日子好过起来，先是赵四娃年前买了一辆摩托车，紧接着赵家就要盖房子了。北滨村的人不是傻子，他们知道就凭赵仕田当村支书的那几个死工资是过不上这么好的日子的。北滨村有不少人猜测赵仕田贪污，但他们没有证据，也没人有胆子到镇上去告赵仕田。这些对村支书不满的人没有什么可以做的，只能在气极了的时候冲着赵仕田的影子吐几口唾沫，悄悄地骂上几句。但是这些人没想到，赵仕田竟然不到六十岁就死了，还死得这么难看。从那以后，就有不少人说赵仕田坏事做多了，这是他们一家人的报应。但是这些人没有痛快多久，赵四娃在老房子里发现金元宝的事又传了出来。这下，这些人不仅怨恨赵家人，还开始嫉妒起他们来。他们说这两块金元宝会毁了赵四娃，就像村支书的位子毁了他那个不得好死的父亲一样。

对于赵四娃在老屋里发现金元宝的事，李广耀也暗暗地觉得这不是一件好事。如果赵仕田现在还活着，这两块金元宝就是赵家祖先对赵家人的庇佑。但现在赵仕田死了，只剩下了他那个软弱的老婆和不务正业的儿子，所以这两块金元宝迟早会让赵四娃走上歪路。不过，这段时间李广耀的事情很多，他可没那么多工夫去管赵家屋里的事。赵仕田死后，李广耀接手了赵仕田的位子，镇上要求北滨村尽快选出新一任村长来接任李广耀原来的位子。先前李广耀是跟着老支书赵仕田干，现在是要他带着新一任村长干，李广耀觉得自己肩上的担子一下子就重了起来。

经过新一轮选举，北滨村五队的许大贵成为新一届村长。李广耀对许大贵这个人不太熟悉，不过他并不喜欢这个话不太多、还有点儿轴的新搭档。许大贵的学历比李广耀要高许多，是北滨村少有的正儿八经的高中生。他是屋里的独儿，他的父亲一直想把这个唯一的儿子培养成一个地地道道的读书人。许大贵倒是没有辜负父亲的指望，从剑门初中毕业以后，考上了二郎镇的高中，拿到了高中毕业证。

许大贵毕业的时候，高中生还很吃香。他没有继续读书，而是选择回到北滨村小学当一名民办教师。自从许大贵当上了老师，他的父亲得意了好长一段时间，这表示儿子已经脱掉了"农皮"，端上了"铁饭碗"。

但是这碗饭许大贵并没有端好，也没有端多久。当上老师以后不久，许大贵不知怎么地就迷上了打麻将。一开始，他还只是在课余时间打，后来瘾越来越大，甚至在该上课的时候也丢下学生跑去打牌。有很长一段时间，许大贵应付学生的手段被北滨村的人传为笑谈：每当许大贵手痒起来的时候，他总是告诉学生，翻到语文书后面的生词表，从头到尾抄一遍，抄完以后再抄一遍，直到下课为止。

没过多久，北滨村小学的校长曾敬和发现了许大贵的把戏，他口头警告了许大贵好几次。不过，许大贵死性不改，仍然一边敷衍学生和校长，一边偷偷地跑去打牌。许大贵的恶行被许多家长知道了，有不少人跑到学校里去找他理论。为了平息家长的怒火，在向镇上报告了以后，学校就把许大贵给开除了。

被学校开除以后，许大贵倒是老实了好些年，大家也渐渐地把他的那些陈年往事给忘记了。这次选举的候选人当中许大贵的学历最高，他的模样看上去也比较老实，就被选成了村长。

一开始，李广耀实在是理解不了，像许大贵这种人为什么会被选上来。他十分害怕许大贵以后会把所有的事情都推到他的头上，让他一个人干两个人的事儿。好在和许大贵搭档了一段时间以后，李广耀发现这个人还算认真负责，既然事情已成定局，他也不好再说什么了。

因为赵仕田坠洞、赵家地基上发现金子和许大贵被选成村长这三件事，北滨村着实热闹了好长一段时间。有了茶余饭后的谈资的北滨村村民觉得这日子是越过越有味道了，每天吃完了饭以后，或是在田间地头碰上了，几个人总要凑到一起谈论这几件事情。尽管北滨村的村民都很兴奋，但处在风暴中心的赵四娃却在屋里躲了好几个月没现身。在这段时间里，没有人知道他在做些什么。有人说听到赵四娃在哭自己死去的父亲，也有人说赵四娃整天抱着金子傻笑，还有人说赵四娃被这一喜一忧两件大事搞得精神失常，在屋里躺了好几个月都下不了地。不过这些话大家都只是随便说说罢了，至于这几个月里赵四娃在干些什么，又在想些什么，确实没有一个人知道。

赵四娃是在初冬的时候现身的。终于愿意出来见人的赵四娃比之前白了许多，他的一双眼睛里燃烧着熊熊的火焰，看上去有些吓人。蛰伏了好几个月的赵四娃没有理会别人的闲言碎语，只是继续干之前没有干完的事情。等到十二月底的时候，他家的老房子已经拆完了，火砖、水泥、沙子等建筑材料也运到了光秃秃的地基上。

等到天冷下来的时候，李芙蕖已经在北滨村村小读了好几个月的书。每天早上，李广忠一大早就要起来给李芙蕖煮饭，穿衣服，等收拾完以后，他就骑着自行车送女儿去上学。李芙蕖很喜欢上学，她在学校里认识了好些小孩子，也交了两三个要好的朋友。李芙蕖是个很聪明的学生，老师教给她的东西她往往要不了多长时间就学会了，每天老师布置的作业对她来说也是小菜一碟。李芙蕖的班主任郭老师每次碰上李广忠都要夸奖李芙蕖几句。北滨村小学一共有六个年级，六个年级的学生加起来将近两百人，但只有七个老师，除了校长曾敬和之外，其余每个老师负责一个年级学生的所有课业。学校没有课程表，老师想教什么就教什么，想上什么课就上什么课。郭老师本来负责一年级的教学，但由于她比较认真负责，学生和家长都喜欢她，校长便决定让她顺便管理学前班的学生。

在李芙蕖看来，学校可真是个好地方。郭老师人长得好看，对她也很温柔；课本很有趣，上面总是画着花花绿绿的图案；学校里的小孩子很多，她每天都可以和喜欢的小朋友一起跳绳、躲猫猫、抓子儿和吃饭。李芙蕖没读书时没有多少玩伴，院子里的哥哥姐姐都不愿意带着她玩儿，百无聊赖的她常常只能自己和自己玩儿；现在有这么多人和她一起上课、吃饭、玩耍，她高兴都高兴不过来，每天一起床就等着上学，一到学校就不想回家。在学校里，李芙蕖除了和郭莎莎要好之外，还认识了一个新朋友，就是那个在报名那天拽着奶奶的衣角哭得满脸鼻涕眼泪的女孩子。那个女孩子叫张玉萍。一开始，李芙蕖还以为张玉萍的家离学校很远，她一定是害怕走路来上学才哭的，后来李芙蕖才知道，原来张玉萍的家就住在学校附近，她每天只需要走几分钟的路就到学校了。知道这个情况以后，李芙蕖真是想不明白张玉萍为什么会哭得那么伤心。后来她才发现张玉萍实在是一个很喜欢哭的女孩子，每次碰到一点儿小事情她都要哭个不停。尽管张玉萍爱哭鼻子，李芙蕖还是很喜欢和她一起玩，毕竟她的性格温柔文静，和她在一起玩儿还是挺开心的。

　　等到天冷起来以后，上学就变得不那么愉快了。每天一大早，李芙蕖都要一路顶着寒风往学校里赶，到了学校，手和脚都快冻成冰了。北滨村小学的桌子和板凳都是木头做的，已经不知道用了多久，每张桌子上都留下了无数学生用铅笔和削笔刀划刻的痕迹，坑坑洼洼的，有好几次李芙蕖写字的时候纸都被戳烂了。教室里的窗户也没有几扇是好的，夏天还无所谓，一到了冬天，寒冷的风顺着破烂的窗户吹进来，李芙蕖觉得自己的手冷得连笔都要握不住了。每天吃饭的事情也给她带来了不小的困扰。由于学校离家很远，李芙蕖每天都是带着饭到学校里去吃的。到了中午，放在保温盒里的饭菜早就冷了，饿着肚子的李芙蕖却只能拿这些冷饭冷菜来充饥。不过，尽管有这么多困扰，李芙蕖还是喜欢到学校里去读书，学校里可热闹了，她喜欢这种热闹，不愿意一个人孤孤单单地待在屋里。

第二十八章

非典

　　非典暴发的时候剑门镇的人已经慢慢脱掉了过冬的厚衣服，穿上了稍微薄一些的外套。春天是剑门镇一年中最好的时节，镇子里的樱桃树都开了花，田地里的野花也都绽放了，蝴蝶和蜜蜂在花丛中来回飞舞，牛群哞哞地叫着在草地上走过。正当剑门镇的人沉醉在春天温暖的太阳和盛开的花朵里的时候，非典的消息传了过来。

　　最早，这个消息是李广耀在屋里的那台彩电上看到的。在李广耀四十几年的人生当中，从来没有遇见过瘟疫。1976 年，剑门镇发生了一场不大的地震，那场地震并没有带来伤亡和多大的财产损失。李广耀和剑门镇的大部分人都持有相同的看法：瘟疫和大灾不会降临这个川北小镇。这个镇子被包围在崇山峻岭之中，镇子里的人抬眼望去只能看到两列并排的高山，外边的天空被挡在了高山之后。每当看到这两列不知道伫立了多久的高山，剑门

244

镇的人都会感到由衷的畅快，他们觉得高山可以阻隔一切，而处在高山之间的他们是绝对安全的。因此，当李广耀看到有关非典的消息时，他并没有当回事儿。看完了新闻，他端起茶杯喝了一大口茶水，在沙发上坐了一会儿，这才往院子里走。李光耀走出来的时候，李享德正坐在院子里晒太阳。看到惬意万分的李享德，李广耀莫名地觉得父亲不该坐得那么稳当、晒得那么舒服，他想把非典的消息告诉李享德。

李广耀端起杯子喝了一口水，抬起头看了一眼天空，又低声叹了一口气，这才说："听说发生啥子瘟疫了。"

李享德本来眯着眼睛在晒太阳，听了这话，心不甘情不愿地睁开眼睛，不满地扫了李广耀一眼，说："啥子瘟疫？"

李广耀心里顿时充满了一种说不出的舒畅，他接着说："不晓得啥子瘟疫，听说是肺炎，晓得又要死好多人喔。"

李享德最厌烦别人说死说怕，他一听这话就来气，粗着声音对李广耀说："老子活了大半辈子，啥子没见过，跑兵、打枪，都没把老子整死，我才不相信一个肺炎就把我收了。"

这时，李广耀的心里充满了目的达成的愉悦，他知道父亲再也不能坐得那么舒服、那么安稳了，因此他只是低声说了句"你老人家哪个敢比，哪个跟得上"，就走到灶房里去了。

李广耀走进灶房的时候，王菊花正在煮猪食，她抬起头看了李广耀一眼，有些好奇地问："啥子事？把你老汉气得。"

李广耀笑着摆了摆头，说："哪有啥子事？电视上说发生了啥子肺炎，我给老汉说了，他气得不行。"王菊花又看了李广耀一眼。她和李广耀做了好些年夫妻，李广耀的脾气她知道得最清楚，所以她一句话也没说，只是抿着嘴笑了起来。

李广耀的离开并没有消除李享德的怒火，他无法再恢复先前舒适惬意的心情，只好坐在院子里扯着嗓子骂。李享德和李广耀在院子里说的话，郭家孝一字不落地听到了耳朵里，她知道这又是那个没安好心的大儿子给那个没得脑壳的老头子下的套，等着他来钻。还没等李享德骂上几句，郭家孝就从屋里冲了出来，对着李享德吼："你要死就安安静静地死，莫扯起嗓子号丧。"这天，李享德还没有喝醉，清醒时的李享德是不敢得罪郭家孝的，他立马就收了声，跑到屋子里灌了几大口酒。

听到院子里的吵闹声，闷在睡房里看书的李广忠也跑了出来。才刚到屋檐底下，他就看到郭家孝一脸不高兴地站在睡房门口，李广忠的第一个反应是妈老汉儿又吵架了。他走到郭家孝身前，问黑着脸的郭家孝："妈，你又和老汉儿吵架了？你们两个一把年纪了，一人少说一句嘛。"

郭家孝正在气头上，她没有好脸色给李广忠，瞪了一眼幺儿子，甩下一句"你去问你老汉儿"，就往灶房里去了。李广忠拿郭家孝没办法，只好走到屋里去劝李享德。李享德正在往肚子里灌酒，李广忠等他灌完了以后才敢发问。李享德也被气得不轻，不愿意和李广忠说话，袖子一甩就走了。李广忠见自己两头不讨好，索性不管了，又回屋里看书去了。

本来非典在李广耀看来只不过是一句拿来气父亲的话罢了，没想到这件事情突然就变得严重起来，甚至波及剑门镇这个小地方。首先引起李广耀警觉的是刚出去打工不久的人都一批批回来了，这些人回来的时候背上扛着行李，神情紧张。起初，李广耀还以为是今年的工不好打，大家做不下去这才回来的。但是随着回来的人越来越多，李广耀逐渐意识到不对劲，一定有什么不好的大事发生了。

程燕妮就是在这个时候回到李家院子的。她踏进李家院子的时候没给任何人打招呼，只是悄无声息地把行李提到屋里，从那以后就再也没有走出过家门。程燕妮的归来着实把李广忠给吓了一大跳。往年程燕妮都是在过年的时候回来，待不了几天就又要走，从来没有中途回来过。一开始，李广忠还以为程燕妮把工作丢了，不过他看程燕妮的脸色不太像。到了晚上吃饭的时候，程燕妮才把事情原原本本地告诉了李广忠。

非典暴发之后，程燕妮打工的"鸿运当头"火锅店决定暂时关门，手底下的员工也回家的回家，休假的休假。火锅店通知放假的时候，程燕妮还以为是老板小题大做。她提着行李到了火车北站，被眼前的景象给吓了一大跳。车站里的安检员都戴上了洁白的口罩，进站的时候每位旅客都要排队测体温服。到了候车室，平日里挤得满满当当的候车室里只有零星的几个人。程燕妮这才意识到非典的严重性。在江油下了火车以后，她赶忙跑到药店里去买了口罩戴上。

回家之前，程燕妮想到白马镇去看一眼大姐程官明。程燕妮到的时候，程官明的茶铺子里只稀稀拉拉地坐着几个人。程官明一眼就看到了戴着口罩的妹妹，赶忙冲上前来让妹妹把口罩摘了。看到大姐那副紧张的模样，程燕妮也慌了，赶紧把口罩摘了下来放在口袋里。原来，白马镇早就戒严了，每位外来人员和返乡人员都要登记，如果出现发热、咳嗽等症状就要立马被送进医院。

在那段时间里，只要大街上有一个戴口罩的人，周围的人都会自觉地离他半米远，生怕被传染。

程燕妮回来之后没多久，李广耀就和村长许大贵一起被叫到剑门镇人民政府开会去了。在这次会议上，镇长向四个乡的乡长和各个村的村长、村支书介绍了这次疫情的严峻形势，把上级的精神传达给了每个村和乡的负责人，并安排和部署了疫情防控工作。直到这个时候，李广耀才意识到疫情的严重性。等回到北滨村以后，他着手登记和排查每一位返乡人员，所有近期才回来的人都被叫到村卫生室进行检查。到了检查的那一天，很多人不愿意出门，他们生怕自己被查出什么问题来，总是想方设法地能拖就拖。李广耀向来是一个说话不留情面的人，面对这些推三阻四的返乡人员，他表现出了极大的胆量和极强的说服力。在李广耀接连奔走了几天之后，所有的外出务工人员都到村卫生室测了体温，做好了登记。

一开始，程燕妮并不愿意到卫生室去检查，她害怕自己有什么问题。隔离在她看来是一个那么恐怖的词语，在她的想象当中，所谓的隔离就是一个人孤零零地被抓到黑屋子里去关起来，自生自灭。在检查的前一天，程燕妮翻来覆去地一晚上都没睡好。李广忠心疼程燕妮，悄悄披上衣服到了李广耀屋里。李广耀本已经睡着一会儿了，连日来的疲惫和担忧让他的脾气更坏了。打开门看到李广忠，一团火在他的嗓子眼儿里烧了起来，他没好气地对李广忠说："大半夜的，有啥子事？"

李广忠当然察觉到了李广耀脸上的怒火和话音里的不耐烦，放在平时，他一定不会把想说的话说出来，但是今天他觉得自己不能不说。在清冷的月光底下，李广忠有些局促地搓了搓手，说："这次的检查燕妮可以不去吗？"

听了这话，李广耀的火气更大了，他粗着嗓子说："大家都要去，凭啥子就她不去？要是有问题这是哪个的责任？又要影响多少人？你想过这些人没有？"

这些问题李广忠当然想过，但他根本不关心其他人，他的心里只有自己的小家，现在他只想保护自己的女人程燕妮。听了李广耀这一连串的责问，李广忠知道再怎么给李广耀说好话都没用，只好垂着手站了一会儿就走了。李广耀的火气还没消，他骂骂咧咧地爬上了床，过了好一会儿才睡着。

第二天一大早，李广忠骑着自行车送程燕妮去做了检查。他们到的时候，狭小的卫生室里挤满了人，一屋子人不是在抽烟，就是在扯闲篇。程燕妮在屋里待不住，只好拉着李广忠到外面站了站，等到人少了才重新回到屋子里。检查的结果很好，程燕妮并没有什么问题，可以回家了。坐在自行车的后座上，程燕妮悬了好久的心这才落下。她靠在丈夫的背上，看着田野里盛开的一丛丛野花，心里轻快了起来。她觉得自己仿佛又回到了不谙世事的青春时期，没有生活和家庭的重担，每天轻轻松松、快快乐乐的，什么也不想，什么也不用管。同时，程燕妮觉得她和李广忠之间的关系莫名地又被拉近了。此刻，她靠在丈夫的后背上，觉得又安心、又愉快。

非典暴发以后，二队里出去打工的人几乎都回来了。看着一个个扛着行李往屋里走的人，李广利的心里急得不得了。过完年以后，王彩凤就一个人到新疆打工去了。这是王彩凤第三年到新疆去，她熟门熟路，过完了年就一个人走了。自从前年在新疆吃了好几个月的苦以后，张亮就不愿意出门了。以前的她，总是认为外面的世界更大、更精彩，自从到新疆走了一趟以后，她才真正意识到还是屋里的日子好过。从那以后，张亮再也不说出去打工的话，对自己的男人李广福也比以前好了些。张亮的归来让李广福感到由衷的幸福，对于张亮不愿意出去打工的决定，他也十分支持。李广福是一个传统的男人，在他看来，养家糊口是男人的事，女人只需要在屋里把家照顾好就行了。张亮上一次出去打工的事给李广福带来了极大的恐慌，在那几个月里，他一直以为自己已经失去了张亮，他们的家也散了。现在，李广福觉得自己的家又回来了。为了更好地守住这个家，他变得更勤快，也学着说一些好听的话，他们两口子的关系渐渐好了起来。

在张亮和李广福的关系大有改观的时候，隔壁的李广利和王彩凤还是默契地保持着不冷不热的夫妻关系。这些年来，李广利还是改不了花心的习气，女儿李清清自从知道了父亲的丑事以后也不再愿意和他亲近，父女俩的关系一时间陷入了绝境。与此同时，李广利和王彩凤之间却再也没有爆发激烈的冲突。李广利知道这不是因为王彩凤已经原谅了他，而是因为王彩凤对这件事，甚至对自己这个人，都没有什么感情和留恋了。王彩凤觉得还是劳动和凭双手挣回来的钱能够带来实打实的幸福和愉悦，所以刚一过完年，她就背着行李出了门。王彩凤这一走就是好几个月，一点儿消息也没有。

非典暴发以后，同村的人几乎都回来了，李广利却始终没有等回王彩凤。每天早上，他总是早早地起了床，收拾好屋子，站在家门口的大路上等；每天下午，等忙完了手头的事情，李广利还是坐在家门口等。他等了一天又一天，始终没有等到王彩凤，也没有收到王彩凤的一点儿消息，李广利渐渐有些泄气了，他的心里总是有一些不好的念头冒出来，怎么压也压不下去。直到这个时候，李广利才明白自己还是很在意王彩凤的，这种在意也许不是出于爱情，但至少是出于家人之间的温情。

李广利没有等到王彩凤，却不知不觉地打动了女儿李清清的心。她先前一直恨自己的父亲，但是现在她才意识到，也许父亲并没有她所想象的那么坏，他只是被别的东西蒙住了眼睛，犯了错误而已。

第二十九章

修新房

　　非典的消息着实让剑门镇的人紧张了好长一段时间。在紧张的气氛当中，夏天渐渐地到来了，一起病例都没有在剑门镇找到，听说隔壁的几个镇子也都没事儿，剑门镇的人这才放松了警惕，又慢慢地从屋里走了出来，三五成群地围在一起说说话，偶尔太阳不大的时候到田地里去看看。这一场瘟疫反而成为剑门镇的人和家乡、亲人亲近的好时机。如果没有发生非典，那么他们仍然奔波在他乡，每天起早贪黑地做工，忍受骨肉分离的痛苦。但是现在，他们能够心安理得地待在家里，什么都不用做，这实在是一件可遇而不可求的事。

　　当然，剑门镇的人也没有因此就指望这场瘟疫继续蔓延下去，将心比心，他们默默地期盼着他人的平安和健康，但是处在病毒的魔爪够不到的地方，他们自然是有些庆幸，有些愉快的。

　　在家里待了两个多月的程燕妮觉得心里充满了轻松和愉悦的

情感。她已经有好几年没在家里待这么长时间了，在这一段时间里她再次体会到了家庭生活的愉悦和幸福，感受到了丈夫对她的温柔与体贴。她陪伴着女儿一天天地长大，心里对丈夫和女儿的片片柔情也再一次被唤醒。在和睦的家庭氛围里，李广忠含蓄地向程燕妮提出了盖新房的建议。这个建议刚被提出来的时候，程燕妮是反对的。在她看来，盖房子是一项大工程，需要充足的资金、时间和人力，在外面打了几年工的她手头只有一万多块钱，大概是不够盖起一幢二层小楼的。程燕妮觉得这个主意风险太大，尽管她自己也非常想要搬出这个院子，一家人独门独户地过日子。面对程燕妮的拒绝，李广忠并没有生气，更没有气馁。这一次，他有足够的时间来慢慢说服程燕妮。

在李广忠和李享德接连不断的劝说下，程燕妮的心慢慢地松动了，她也想试试看能不能拿手头的钱盖一幢房子。在程燕妮松口以后，李享德立马联系李桃花和徐家田，让他们赶紧回一趟北滨村。在过去的一年多时间里，李桃花和徐家田承包了好几幢房子的工程，慢慢地上了路，在沉水这个小地方渐渐打出了名气。肥水不流外人田，自家人的钱还是要拿给自家人去赚，所以李享德在程燕妮和李广忠面前做了硬保，一定要让程燕妮把房子承包给李桃花两口子。

接到电话以后，李桃花和徐家田抓紧时间回了一趟北滨村。徐家田修房子的收益不错，他也想趁着这几年多赚一些钱，该还债的还债，该存的存。所以，尽管程燕妮顾虑重重，李桃花还是一个劲儿地劝她修新房，还信誓旦旦地说她手头的钱一定够。看到李桃花和徐家田这么说，程燕妮终于打定主意修新房。对此，她也有诸多的看法和打算。首先，她实在是忍受不了和李家其他人一起住在这个狭小的院子里，继续过这种低头不见抬头见的日子了。除此之外，盖一幢新房子能极大地满足她的虚荣心，她不仅将成为李家屋里第一个盖新房的人，还会成为北滨村二组第七家盖新房的人，这在程燕妮看来几乎可以算作到目前为止自己最大的成就了。因此，尽管心里还有些犹豫，程燕妮还是点了头，同意了这件事情。

在程燕妮点头以后，李桃花和徐家田赶忙开了一个清单，跑到白马镇订了水泥、火砖和钢筋，又让程燕妮和李广忠尽快到预制板厂去订一批预制板。说干就干，几个人忙了好几天，把材料的问题解决了。订好了材料，接着就是到新地基去挖基脚。挖基脚的那天，徐家田工程队里的其他人也来了个七七八八。工程队里除了李桃花两口子之外还有六个人，大部分是沉水本地人，其中有一个是徐家田的表弟。按照剑门镇和白马镇一带的规矩，修房子的主人家要包吃包住，房子修多久饭就要煮多久。安排伙食的事情自然只有程燕妮来负责，从工程队到的那天起，程燕妮就开始了在田间地头和街上两处奔忙的日子。每天一大早，她都要到地里去割新鲜的菜，还要到街上去买新鲜的猪肉。程燕妮不是一个吝啬的人，也不好意思亏待这些做工的人，所以每一顿都有荤有素，工程队里的人总体上比较满意。

新房子的地基选在李享财家院子下面的田里，这块田是李广忠的股子，是结婚以后父母分给他的，一共只有三分田，不太大也不太小，但修一幢新房子还是绰绰有余的。

打基脚进行得很顺利，没有发生什么大问题，也没有遇到特别的困难。每天天黑收工的时候，工程队的人都要围在李家院子里吃饭、闲聊。

工程队里有一个叫"齐娃子"的年轻人，家里不太宽裕，二十四岁了还没娶媳妇，但是他性格活泼、爱说笑话，人也比较上进，所以李家院子和工程队里的人都很喜欢他。每天晚上吃饭的时候往往是齐娃子一个人的表演时间，他说笑话说得眉飞色舞的，把李家院子里的人逗得哈哈大笑。这个齐娃子特别喜欢逗李芙蕖，但李芙蕖不是一个任由别人随便逗的人，她脾气火爆，一般人都不敢招惹。齐娃子却从来不怕李芙蕖冲他发火，往往是头一天晚上他刚被李芙蕖给骂了一顿，第二天还要接着说笑话逗她。这么一来，每天晚上看齐娃子和李芙蕖吵架就变成了一道必不可少的下饭菜。

基脚很快就挖好了，没过多久就要开始码墙。这个时候，一件出人意料的事情发生了。

对于程燕妮两口子修新房这件事情，李家三房里的人心态比较复杂。在李享德和郭家孝看来，这自然是一件好事，不仅可以给李家人挣面子，还能让女儿李桃花得到好处，可以说是一举两得，所以李享德和郭家孝一直积极地支持修房子。每天，郭家孝都要帮着程燕妮准备饭食，而一把年纪的李享德也在自己身体承受范围之内帮着干点活儿。但是对于剩下的两家人来说，这件事情就不是一件单纯的好事了。他们虽然也觉得这事说出去脸上有光，但落在弟弟一家人的后头，对于自尊心很强的李广耀和张翠华来说这可不是一件能置之不理的事。

在程燕妮一家人落难的时候，张翠华对身为弱者的他们表现出了适度的同情和关切，但这一切都是建立在程燕妮不如她的基础上的。等程燕妮在成都挣到了钱，张翠华和程燕妮之间的关系就慢慢地疏远了，她面对程燕妮的时候那种挥之不去的自卑感再一次爬满了她的心。现在，程燕妮两口子作为李家三房里最小的一家，竟然率先盖起了房子，这对张翠华施加的压力是空前绝后的。张翠华发现不知道从哪一天开始自己突然睡不着觉了。每天晚上，她闭着眼睛躺在床上，紧张、压力和羞愧让她的身体变得僵硬，也让她的睡眠成了求不来的梦。

张翠华的态度和行为也给李广达带来了极大的压力。李广达是一个不喜欢和别人攀比的人，但他也怕自己一家人落后太远。对李广忠家修新房子的事，他承认这是一件好事，也由衷地为弟弟一家人感到高兴，但同时他也知道自己落后了。这么些年，他一直不愿意出去打工，和妻子张翠华两个人在屋里守着田地和羊。先前在他看来，这种日子远远好过背井离乡，他宁愿过这种清贫的日子，也不愿意到外地去挣大钱。但是现在李广达的心里也犯起了嘀咕，他不知道自己是不是真的做错了。

和李广达两口子相比，李广耀和王菊花的嫉妒与不满是直接而赤裸裸的。从开始挖基脚的那天起，李广耀的脸就黑了起来，他不再笑了，也选择性地无视了李广忠脸上的愉悦；他在李家院子里待的时间越来越短，在村委会里待的时间却越来越长。王菊花的心里自然也是不痛快的，她是一个眼皮子浅的女人，也是一个报复心极强的女人，不能容忍对手的胜利。但是她也知道，现在李享德、郭家孝和李桃花两口子都站到了李广忠一家人那边，她不能像之前一样随便拿一点事就来找碴，无论有多么不快，她只能忍着。不过，她能忍得住，却始终有人忍不住。

最先忍不住的是李广忠的二爸李享财。自从几年前和李广忠一家人发生了矛盾以后，李享财心中的那口气始终没有出出来，一晃几年，李享财和李广忠没有再发生正面冲突，李广忠对这位二爸也算是礼敬有加。但是这一次，在李享财看来，李广忠两口子简直是没把自己放在眼里，他们不仅胆敢抢先盖新房，还明目张胆地把新房盖在自家院子下面。李享财这一次是真的被激怒了。为了发泄自己的怒火，在开始码砖的那一天，李享财以坏了自家风水和挡了自家太阳的名义，和李广忠结结实实地大吵了一架。

事情发生的时候，程燕妮恰巧到街上买肉去了。事后大家都认为，如果程燕妮在家的话，事情恐怕不会闹得这么大。李享财刚开始骂的时候，李广忠觉得多一事不如少一事，索性装聋作哑，当没听到。但是李享财并没有因为李广忠的沉默而停止谩骂，他反而骂得更加起劲，更加不留情面。李广忠本来就不是一个脾气特别好的人，他虽然软弱，却不能忍受别人指名道姓地辱骂。而且他心里也清楚，二爸这一次就是故意来找碴的，是存心不想让自己好过。李广忠想起了当年莫名挨的那一巴掌，想起了尚德福拖欠工资的事，他越想越气，越想越觉得这日子没法过了。绝望和屈辱把李广忠彻底点燃了，他不愿意再继续沉默下去，他的胸中一刹那烧起了熊熊的怒火，那是屈辱的火焰，是仇恨的火焰，是不顾一切的火焰。

愤怒烧红了李广忠的眼睛，他睁着一双发红的眼睛冲到李享财跟前，冲着李享财就是几拳头。李享财哪里经得起他这样打，立马就倒在了地上。李广忠并没有因为李享财的倒下而停手，怒火已经烧光了他所有的理智，他按着李享财一顿乱打。这时，工程队里的人和李广禄、徐良英都跑过来拉李广忠。李广忠仿佛变成了另外一个人，他的耳朵里再也听不到别的声音，他的眼睛里再也看不到别的东西，他只想把满腔的怒火发泄在这个处处挑事儿的二爸身上。李广忠最终还是被拉开了，但他并没有因此而冷静下来。他冲到放工具的地方，抄起一把斧子就要去砍李享财。所有人都吓坏了，几个男人费了死力才把他给按住。趁着这个空当，李广禄和徐良英赶紧把头破血流的李享财扶到了屋子里。这时，按着李广忠的人才放开了他。

出事的时候，李芙蕖还在学校里读书。她背着书包回家，看到了她这一辈子都不能忘记的一幕。在老房子的后院子里，她的父亲跪在曾祖的坟墓面前痛哭流涕，一边哭还一边不停地在坟前的石板上磕着头，哭诉道："爷爷，你的后代没得出息，处处受人欺负，受人欺负……"李芙蕖从来没有看到过这个样子的父亲。在她的眼里，父亲是有知识、有文采的，是脾气温和、爱说爱笑的，无论如何都绝对不是眼前的这副模样。李芙蕖被眼前这一幕给镇住了，她说不出话来，僵硬地站在原地，一动不动地看着不远处的父亲。那天，是李芙蕖这一辈子第一次感受到让人喘不过气来的愤怒。

李芙蕖在原地没有站多久，程燕妮就过来找她了。书包从她背上被慢慢地拿了下来，李芙蕖觉得背上好像没有那么重了，这才回过神来，看到了站在身后的母亲。她看到母亲的一双眼睛也是通红的，好像哭了很久。这一看，李芙蕖的怒气被彻底激发了出来，她不知道发生了什么事，但是她知道一定是有人欺负她爸爸妈妈。

对于受欺负这件事，李芙蕖有很深的体会，从她出生的那一刻起她的大爸和大妈就一直在想方设法地欺负她，她那个不学无术的哥哥李清玉自然也是帮凶。尽管如此，李芙蕖却不是一个任人欺负而绝不还手的人，面对所有的恶意，她都会用叫喊和怒骂来予以还击。她虽然还小，却知道语言是有力量的，因为每一个被她骂的人都会表现出更大的怒气，在这种愤怒当中，李芙蕖体会到了报复的快感。

这一天，当看到母亲流泪的眼睛时，她被激怒了。愤怒的李芙蕖没有一个人敢招惹，即便是她的父母和长辈也只有默默地等待她那如同火山爆发一般的愤怒慢慢地消逝。愤怒的李芙蕖什么都看不见了，她只能看到白晃晃的怒气从她眼前喷薄而出。在被怒火晃花了双眼的同时，她鼓足了全身的力气冲着不知名的地方喊道："我要杀了他们，我要杀了他们！我要让他们付出代价！"

李芙蕖的声音是那么高，那么尖，那么恐怖，她的声音让院子里的所有人都安静了下来。他们不敢说话，不敢走动，甚至不敢大声出气。她的声音仿佛把所有的恶意、欺凌和不公正都压了下去，在这种声音里，大家感到了令人恐怖的力量，也同时感到了由衷的无力。

第三十章

乔迁新居

　　这次冲突在李广忠和程燕妮的心头蒙上了一层阴影，他们再一次切实感受到了他们在李家屋里处境的艰难。这次事件之后，徐家田的脑袋也耷拉了好几天，他修了好几幢房子，可是从来没有遇到过这样的事情，在李广忠和二爸李享财打架的时候，徐家田感到了一种沉重的无力感。如果这件事情发生在沉水，那么他不仅要跳出来说话，说不定还会帮着主持公道。但是这件事情发生在李桃花的娘家，虽然他和李桃花结婚几年了，但是在李家院子里他始终是一个外人。平时没发生什么事的时候，这种感觉还不太强烈，等到真的有什么事情发生，这种感觉一下子清晰了起来。当然，徐家田还害怕这件事情会打击到李广忠和程燕妮两口子，让他们暂停修房子的计划。可是，出乎他的意料，李广忠虽然被这件事情给击倒了，程燕妮却表现出了十足的勇气和决断力。吵架的那天工程停了，当天晚上李家院子里的欢声笑语也消失不见，但是第二天一大早程燕妮早早地就做好早饭招呼工程队的人来吃，吃完了以后还是让大家照常开工。徐家田没有在程燕妮的脸上看到一点儿颓丧、失望和难过，尽管她的眼睛还有点儿红，但是自信和愉悦的神情已经在她的脸上闪耀。先前徐家田认为程燕妮不过是有点儿本事，直到这时他才意识到，程燕妮是一个不简单的女人。

因为这件事，李广忠在屋里躲了好几天，李享财也有好长一段时间没出门。这次事件改变了李家院子里的空气。虽然每天晚上大家还是照常吃饭、喝酒、说话，但毕竟是有什么东西改变了。至于到底是什么东西，大家也说不上来。大家看得到的是齐娃子再也不说笑话了，也不敢再像之前那样招惹李芙蕖；王菊花和李广耀的脸不像之前那样黑，说话也没有先前冲，李广耀没事儿的时候还会帮着李广忠家做点活儿。

时间过去得很快，几个月以后，李广忠家的新房子就盖了起来。在铺完新房子的瓦以后，就该拆掉李广忠家的老房子了。拆房子的那天，除了工程队的人之外，还有李家三房里大部分的人参与。这座在这块土地上仡立了几十年的老房子没有坚持多久，在一群人一整天的努力下，房梁和椽子都被拆了下来，睡房的墙也倒下了。倒下的土墙打起了一层厚厚的灰，尘埃落定之后，曾经的老房子永远地消失了。面对老房子的消失，郭家孝的心情是复杂的。当年，为了修这套房子，她和李享德不知道吃了多少苦，受了多少罪，等房子修好之后，她终于能在欺负人的李享名面前抬起头做人了。在这栋老房子里，她生养了五个孩子，其中有一个女儿没有养活；这栋房子里有她太多的记忆，太多的往事。这一天，随着老房子的倒下，所有的往事仿佛都被尘封了。郭家孝觉得无法面对这样的事实，所以在灰尘升腾的时候，她一个人默默地走到睡房里，悄悄地把门给关上了。

等拆掉房子以后，李广耀和李广达顿时觉得这个院子空了。这么些年来，他们三兄弟一起住在这个狭小的院子里，每天低头不见抬头见，虽然矛盾很多，但生活总是充实的、有趣味的。等到李广忠家的老房子被拆掉，李广忠一家人搬出院子的时候，他们这才发觉自己有多么怀念之前的日子。这种怀念没有持续多久，房子之间空出的一个大缺口很快就让他们觉得无法忍受。每一天，他们都要面对房子当中空缺的地方；每一天，他们都要饱受这种空缺的折磨。李广耀不能忍受这种日子，他无法面对这种空缺，每一天晚上他都饱受噩梦的折磨。没过多久，忍无可忍的他也做出了修新房子的决定。

这对李广耀来说是一个危险的决定。他的儿子李清玉已经没有上学了，整天在屋里游手好闲、东游西逛，但是他的大女儿还在读高中，正是用钱的时候。不过，在他看来，如果现在读高中的是自己的儿子，那么修房子的事情可以再缓个几年；但是现在读高中的偏偏是女儿，对这个女儿他已经是仁至义尽了，没有必要再为她的将来做什么打算，还是先把房子修好才是正事。在做出这个决定的那个晚上，李广耀就到对面找李广达商量去了。

面对大哥的提议，李广达比较赞同，其实在看到弟弟一家修新房子的时候，他也时不时地生发出这样的想法，只是没人和他商量，一时半会儿也下不了决心。现在，大哥亲自来和他商量这件事情，他当然觉得可以做。李广达知道这些年大哥屋里的日子不好过，手头很紧，如果连大哥都敢下决心修房子，他又有什么不敢的呢？

两兄弟商量好以后，李广耀就去找徐家田说这个事。从徐家田的角度来说，承包的工程当然是越多越好，但这一次他有些犹豫。李广忠和李享财的争吵让他看到了李家屋里的内斗有多么厉害，他实在是害怕这样的事情再来一次，再说他也知道李广耀和李广达手头没有多少钱，他害怕房子修到一半就要停工。上面这两件事只要发生一件，对他来说都是极大的打击，所以这一次徐家田犹豫了起来。

面对徐家田的犹豫，李广耀心里很不是滋味，他这才意识到徐家田打从心底里就没觉得自己是他的大哥。想不过的李广耀又去找李桃花——妹夫不是亲的，妹妹总是亲的吧，即便妹夫有外心，妹妹也总该是向着自己的。李桃花的心里其实也很担忧，但李广耀毕竟是自己的亲大哥，她不能只顾赚钱，不帮着承担风险，所以李桃花还是答应下来。在得到李桃花的应承之后，王菊花和张翠华也高兴了起来，她们没有过多地去想修房子的艰辛和手头的钱，她们只是愿意拿修房子的这件喜事来让自己高兴一段时间。

程燕妮和李广忠刚搬进新房子没多久，王彩凤就背着行李回了家。过去的这几个月，王彩凤一直待在新疆摘棉花。棉花地里没有电视和广播，摘棉花的人也没有谁提起外面的事情，所以过去的几个月对王彩凤来说和平常的日子没有什么区别，她根本就不知道非典的事，也不知道肆虐了好长一段时间的非典是怎样停下来的。王彩凤踏进李家大房院子的时候，李广利还是像往常一样站在堂屋的大门口等她回来。看到王彩凤的第一眼，李广利不知道自己心里是什么滋味，他只知道这种滋味他再也不想体会第二次。王彩凤黑了好多，也瘦了一大圈儿，但是她的眼睛还是那么的有神采，还是那么的熟悉。

这几年，李广利突然觉得自己老了，精神不像之前那样好了，对外面的女人也渐渐不那么感兴趣了。李广利一直都知道外面的女人是毒品，屋里的女人是白饭。毒品的威力虽然大，但毕竟不是必需品，等毒瘾过了一切也就算完了；而白饭是每天都要吃的，离开了白饭命都要保不住。在等待王彩凤的这段日子里，李广利慢慢地意识到，他的毒瘾已经过去了一大半，而他对白饭的愧疚却日益变得深厚和沉重。这一天，李广利看到王彩凤，他想冲王彩凤笑笑，可是还没等他笑出来，眼泪就先一步跑了出来，滴在了堂屋的门槛上。丈夫的眼泪让王彩凤感到震惊，结婚这么多年了，她见过李广利的不屑、冷淡、无视和愧疚，却从来没有见过李广利的眼泪。这几滴眼泪软化了王彩凤，她本来不想有那么多的期望，但她确实觉得这一次丈夫说不定要回心转意了。

王彩凤回来之后不久就是新年。这一个新年对于李广忠和程燕妮来说是特别的。这一年，他们一家人是在一起度过的，没有像往年一样天南地北地分隔两地。这一年，程燕妮在心中重新燃起了对丈夫和女儿的深沉的爱，她不再觉得丈夫和女儿是陌生的了，她陪伴着女儿长大，也和丈夫齐心协力地做完了一件大事，这种独特的经历让她和李广忠之间的感情变得越发深厚。这一年，他们三个人成功地从李家院子里逃了出来，过起了自己的小日子。总而言之，这一年实在是有太多的惊喜和变化，李广忠一家人都喜气洋洋的，他们觉得自己终于摆脱了之前那种任人欺负的日子，从今以后就可以抬头挺胸地做人了。

到了大年初三，程官明带着沈娟和沈晴两个女儿来庆贺妹妹一家人的乔迁之喜。在程燕妮家修房子的时候，程官明和二妹程官玉就带着东西来看过一次，还留在李家院子里帮了几天忙。等到过年的时候，程官明也闲了下来，她让沈福在屋里看着茶铺子，自己带着两个女儿来看看妹妹一家人。沈娟、沈晴和李芙蕖的关系一直很好，三个孩子从小就喜欢在一起玩儿。这一次三个孩子终于又见了面，凑到一起叽叽喳喳地说个不停，连大人招呼她们都听不到。这个新年对李广忠屋里的每个人来说都是一个愉快而又幸福的新年，屋里的每个人都不愿意破坏这种氛围，所以面对孩子们的吵闹，大人们表现出了前所未有的耐心和宽容。三个女孩子晚上挤在一张床上睡觉，吃饭的时候恨不得端一个碗，每天从起床闹到天黑，即便是躺在床上也要说笑个不停。沈娟是个大小姐脾气，但是面对李芙蕖她却表现出了少有的耐心和包容；沈晴是个脾气温和的小姑娘，作为李芙蕖的姐姐，她一直对李芙蕖照顾有加，两姐妹的关系一向很不错。每年沈家的两个孩子只有一两次和李芙蕖见面的机会，但是她们的关系并没有因此而疏远，对于三个孩子来说，每年相聚的那一段短暂的时光是最为温馨和愉快的。但是愉快的时间总是过去得很快，没过多久，程官明就带着两个孩子回家了。这几年，程官明一个人在屋里守着茶铺子，丈夫沈福去广西打工，一般都是初六、初七就要出门。程官明不好在妹妹家多待，看了一圈新房子，住了几天，也就回去了。沈娟和沈晴离开以后，失去玩伴的李芙蕖觉得孤独且无聊，一连几天都闷闷不乐。

　　在程官明走了之后没多久，程燕妮也在心里盘算着新一年的打算。房子是修起来了，但是存款也用得一干二净，倒欠着农业银行好几千块钱。还过着春节，程燕妮就觉得焦虑的情绪慢慢地啃咬着她的心。火锅店的活儿应该是做不成了，必须要重新找一份工。这半年多来，程燕妮和成都的两个好姐妹几乎失去了联系，她不知道龙先凤和曹成华过得怎么样，也不知道火锅店的情况。在焦虑情绪的左右下，欢快和轻松慢慢地从程燕妮的心中消失了，她在屋里坐不住，第二天就到街上的邮局给龙先凤的茶铺子打了一个电话。

　　发生非典以后，龙先凤合伙的茶铺子关了一段时间，她和丈夫许兴田也带着儿子许浩回了好几年都没有回过的宜宾，在老家待了好长一段时间，将近年关才又到华阳。非典以后，龙先凤就没见过曹成华，她听人说曹成华也回了宜宾，和丈夫的关系不知怎么地就好了起来，估计这一年是不会再出来打工了。

　　龙先凤之前听程燕妮说过她家修房子的事，猜到程燕妮大概是缺钱了，便对程燕妮说等过了大年十五再到成都来，火锅店的工作如果黄了，就到自家的茶楼来打工。听到好姐妹这么说，程燕妮觉得心里很是安慰，也非常感激这位好姐妹。

　　打完了电话之后，程燕妮安心地回到家待到了大年十五，过了大年的第二天，她就收拾起行李回到了成都。这一次分别，对于李广忠一家人来说是一种莫大的折磨，程燕妮体会到了第一次离开家时的心酸与难过，李芙蕖也再一次抱着程燕妮的大腿哭喊着不让妈妈离开。与程燕妮和李芙蕖不同，李广忠虽然难过，但是他没有哭出来，甚至没有叹气。他已经意识到了，这就是他这一代人的宿命，面对宿命，哭喊是毫无意义的。他轻轻地拉开李芙蕖，让程燕妮安心地走了。

从江油到成都的距离并没有改变，但是程燕妮觉得这段路是那么长，时间过得是那么慢，而自己心里的刺痛却一直都不能平息。好容易到了成都北站，程燕妮发现这个自己待了好几年的地方突然之间变得这么陌生。站在来来往往的人流当中，程燕妮觉得孤苦无依，她多么希望这样的日子能够结束，但是她知道这样的日子很可能是不会结束的，反而会永不停息地继续下去，直到她消失为止。

这一次，程燕妮没有直接到火锅店去，她还不知道火锅店要不要人，只好暂时先住在龙先凤家里。龙先凤对程燕妮很好，两姐妹见了面也有好多的话要说。在两人的欢声笑语中，程燕妮心里的悲苦消散了许多，她渐渐地觉得心里不那么痛了，但她还是想丈夫、想女儿，发疯一般地想。

第二天，一夜没睡好的程燕妮到"鸿运当头"火锅店去了一趟，不出她所料，火锅店里的人手已经够了，而曹成华自从回去以后就再没来过。从那以后，程燕妮就开始在龙先凤的茶楼里打工，当一名清洁工。

第
三
十
一
章

传销

过完大年之后没多久，李广耀和李广达也着手准备起了修房子的事。虽然李广耀把李桃花给说动了，徐家田也连带着被说动了，但是他始终觉得两个哥哥这件事情办得太过仓促，他生怕修到一半就要停工。承包房子的人最怕干到一半停工，这不仅会影响他们的信誉，还会影响给手底下的人发工钱。徐家田的这份事业发展得不容易，从修灶房这样的小工程到承包一整栋房子，从一个人拿着砖刀东奔西走到组建起一个八人的小工程队，其中的艰辛恐怕只有他和李桃花两个人知道。徐家田实在不愿意拿自己的事业来冒险，这几年他才刚刚做上了路，屋里的两个儿子眼看着一天天大起来，很快就要到用钱的时候了，他这个当爹的不能不计划着、盘算着。因此，在李广耀和李广达两家人开始筹备材料的时候，待在屋里没有事情干的徐家田却迟迟不愿意到李家院子里来。李广耀知道这一次是自己赶鸭子上架，做得不太厚道，但已经到了这个地步，他没有回头路，也实在管不了这么多了。

为了筹够修房子的钱，李广达和张翠华夫妻俩赶着屋里的一群羊到街上卖了。这一群羊陪了他们夫妻俩好几年，在这几年里他们一家人的吃穿都是从羊身上得来的。李广达和张翠华对这群羊有着非常深的感情，到了卖羊的这一天，他们夫妻俩拿着细木棍，赶着羊群，脸上虽然笑着，心里却不知道是什么滋味。这群羊最后卖了八千多块钱，虽然是急着卖，买羊的人却也没有坑他们。拿着带着膻味的八千多块钱，张翠华这才高兴起来，她知道手上的这笔钱可以换回一大批材料，支付好几个月的人工费。羊已经要不回来了，新房子的影子却在她的脑海里渐渐地清晰了起来。

张翠华并没有高兴多久。卖完羊的那天晚上，李广达就不舒服起来。一开始还只是有些头昏脑热，张翠华以为他是这些天累着了，就让他早点儿去睡觉。结果到了第二天早上，李广达就起不来床了，说话也变得气若游丝的。李广达的身体一向很好，爬山、背柴、耕田都是一把好手，张翠华很少听到他叫疼叫累。可是这一次，李广达眼看着就衰弱了下去，张翠华是真的被吓着了。

被吓得六神无主的张翠华赶忙跑去叫李广耀。这些天，李广耀一直很忙，但他还是赶忙跑过去看了李广达。一看到躺在床上的李广达，李广耀就知道事情不对，他赶忙让张翠华照顾着，自己骑着自行车跑到村卫生室去叫刘医生来。刘医生是卫生室里唯一的医生，这些年没少受书记李广耀的照顾。看到李广耀来找他，他二话不说拿起医药箱就跟着李广耀走了。到了李广达家里，刘医生又是拿脉，又是测体温，又是摸额头，折腾了好半天也没找出病因。后来，刘医生只好给李广达开了点儿退烧药，让张翠华给他喂下去，如果情况有好转了就继续吃两次，如果没有好转，就再让人来找他。

张翠华立马给李广达喂了一次药，吃完药以后李广达的情况好转了些，慢慢地能从床上坐起来了，李广耀和张翠华这才放下心来。

经过刘医生的诊治，李广达慢慢地好了起来，一开始他还只能下地到处走走，没过多久就能像之前一样干重活儿了。看到李广达一天天地好起来，李广耀的心里也感到宽慰，他终于可以把全部精神投入到修新房子当中。

李广达好了没多久，在屋里躲了好长一段时间的徐家田扛不住李桃花的压力，最终还是带着工程队到了李家院子。这次的工程比之前李广忠家的要大些。李广耀和李广达决定还是在原来的地基上修新房。料理完材料之后就该拆旧房子了。拆房子的那天，李广耀十分高兴，他用尽了全力拿锤子和铁棒把墙弄倒，在墙倒下的那一瞬间，他感到一种说不出的畅快。李广耀觉得，这下子自己再也不是住在爹妈分给自己的房子里了，从此以后，他远远地超过了爹妈。那一天，高兴过头的李广耀特意找到郭家孝，说："妈，你看你和老汉儿吃苦受罪修出来的房子我两三下就拆掉了。"说完以后，他还不识相地发出一长串笑声。

郭家孝当然知道大儿子的话是什么意思，自然也知道大儿子是想激怒她以获得一种变态的心理满足。郭家孝不愿意满足大儿子的卑劣心愿，所以她没有做出生气的样子，甚至连话也没有说一句，只是继续干着手上的活儿。但是，郭家孝确实恨毒了这句话，她和李享德这一辈子没给子孙后代留下多少财产，倒在跟每个儿子分家的时候分了一大笔的债务给他们。这几套房子、这个小院子可以说是郭家孝这一辈子最大的成就，她不愿意也不允许别人践踏她的成就。从那一天起，郭家孝就在心里恨透了这个嘴巴不饶人的儿子。

郭家孝的恨意，李广耀完全没放在心上，他有太多的活儿要去干，有太多的事情要去关心。自从工程队到了以后，修房子的事也渐渐地步入了正轨。五月，第一层楼建起来了。可等修到第二层楼的时候，李广耀发现自己手头没钱了。缺钱这事给李广耀和王菊花带来了巨大的精神和心理压力，李广耀这才开始为自己的冲动和莽撞感到后悔。但是已经走到了这一步，要是停下来，他一定会成为北滨村的笑话。不服输的李广耀决定到银行去贷款。按理说，办理贷款需要很长一段时间，但由于李广耀是村支书，他和镇政府、银行的关系都比较好，所以没几下就把贷款拿到了手。

和李广耀一家人相比，李广达手头更为宽松一些，但是他家的钱也只能勉强维持到盖第二层楼的预制板，楼顶的房梁、椽子和瓦都还没有着落。为了解决这个问题，张翠华厚着一张脸跑回娘家去借了一千块钱。张翠华知道李家屋里的钱不好借，与其无功而返，还不如一开始就不开那个口。

到了快上梁的时候，李广耀和李广达商量，都觉得还是买旧椽子好，虽然说出去不太好听，但毕竟实惠。他们都不愿意把手头的钱一分不剩地拿出来，毕竟修完了房子以后还要过日子，还要吃饭，他们不能不为以后着想。

椽子是李广耀和李广达一起去买的，等到椽子买回来的时候，徐家田的脸上就有些不好看，他修了这么多房子，从来没有哪家是用旧椽子盖新房的，这可不是一个好兆头。但是没办法，毕竟这两个人是哥哥，有李桃花撑着，徐家田也不好再说什么。

十月，房子终于盖好了。同徐家田的猜测一样，李广耀和李广达没有足够的钱来付人工费，徐家田只好先拿出钱来垫付。搬进新房的那天，李广耀和李广达两家人都喜气洋洋的，他们终于住进了宽敞明亮的新房子，再也不觉得自己落到弟弟一家人后头了。可惜，他们的愉悦并没有持续多久，许多现实问题再一次摆在了他们面前：欠的人工费需要尽快交给徐家田；银行的贷款每一年都是要给利息的，不能够借得太久；欠亲戚的钱也必须要尽快还给人家，要不然以后借钱就没有那么好借了。

为了钱的事，李广耀和李广达都愁得睡不着觉。每天晚上躺在新房子的床上，他们都在心里默默地盘算着钱该从哪儿来。想着想着，他们的瞌睡就不知道跑到什么地方去了。想了好几天，李广耀也没想出一个好办法来。他已经当了好些年的村支书，这么多年来他喜欢干、能够干的事情也只是当大队干部，别的事情他都没有做过。而且他已经快不算年轻了，到了这个年纪，他实在是不愿意再另换一份工作。当然，李广耀心里很清楚，他是指望不上老婆王菊花的。和王菊花结婚这么些年，她除了带孩子、煮饭、养猪、种田，就没有干过别的事，她不能像王彩凤一样出去打工，也没有程燕妮那种养活一家人的本事。每当李广耀在脑袋里盘算这些事情的时候，都觉得自己陷入了泥淖，他在泥淖之中挣扎个不停，却根本没有办法逃离。

就在李广耀陷入焦灼的时候，隔壁的李广达却想到了出路。之前因为养羊，他和老婆张翠华一直都没有出去打过工。现在，时候到了，他不能再像之前一样窝在老家种田，为了还清家里的债，他决定明年一开年就和张翠华一起到山西去挖煤。这些年来，李广达虽然没出去打过工，但还是知道打工的行情的。新疆的钱虽然多，但每年只能挣几个月，其余的时候要么找别的事情做，要么等着，这样的活儿适合像王彩凤那样的女人来做，她们的经济压力不大，时间却很多，可以慢慢等，慢慢磨。但李广达等不起了，他必须找到能够持续挣钱的地方，而山西就是这样一个地方。这几年去山西的人不少，在山西挣到钱的人也不少，挖煤虽然危险，但毕竟工资高，来钱快，李广达现在需要的就是这么一份工作。

在李广达做出这个决定的时候，他的儿子李清松已经在读初中一年级了。李清松从小就是一个斯斯文文的孩子，和李清玉比起来不知道要乖多少倍。李清玉在学校里当大哥大，李清松却端端正正地坐在教室里专心地读书。李清松在剑门初中读书的时候成绩一直不错，经常考到班上的第一或者第二名。但是，优异的成绩并没有为他带来好人缘。由于他的性子比较温吞，长得又有些胖，住在同一个宿舍里的男生经常有事没事地欺负他。面对同学们的欺负，李清松一般都是能躲则躲，他不想和别人发生正面冲突。可惜他的退让和容忍并没有让那些淘气的男孩子不再欺负他。宿舍里的男生甚至开始往他的暖水壶里撒尿。

那一天晚上，李清松像往常一样把水倒进暖水壶盖里准备喝的时候，闻到了一股怪异的气味。他知道发生了什么事，不过并没有张扬，而是默默地把暖水壶盖里的液体倒了出去，闷不吭声地把暖水壶拿到水槽里洗干净了。周末回家，李清松把这件事告诉了母亲张翠华和父亲李广达。李广达一听到这件事就火了。他不是一个喜欢发火的人，面对纠纷和争吵他信奉的是忍一时风平浪静，退一步海阔天空。但是面对这件事，李广达觉得自己不能再忍下去。就在那个周末，李广达带着李清松去找了班主任徐老师。徐老师一直都很喜欢李清松这个孩子，他也意识到了问题的严重性，当天晚自习的时候他就严肃处理了那几个犯事的男生。

不过李广达没有想到的是，李清松在学校里的日子却因此而越来越难过，那些孩子知道不能明摆着欺负李清松，就在暗地里损坏他的东西，不和他说话。李清松这下知道即便是给父母告状也是于事无补，索性不说了，只是他越来越期盼周末的到来，越来越不喜欢到学校里去读书。好在他的成绩总体来说并没有受到特别大的影响，还是经常考班上的前几名。

时间过得很快，没过多久，春节已经近在眼前。这一年在程燕妮看来没有发生什么特别的事，她在龙先凤的茶铺子里打了一年的工，小龙对她还算不错，工作也不算特别辛苦，只不过比起火锅店的工作，现在的工资可少了不止一星半点儿。临近年关，程燕妮发现自己这一年并没有攒下多少钱，把债还完以后，留给过年的钱就不多了。

尽管手头不太宽裕，程燕妮还是像往常一样带着丈夫和女儿，买了几大包东西跑到程家坡去看父母。在程家坡，程燕妮碰到了大姐程官明一家人。和去年相比，程燕妮发现大姐夫有了些微的变化，他的脸上似乎闪耀着独属成功者的光芒。到了吃饭的时候，平时寡言少语的大姐夫沈福一改往日的沉默，在饭桌上侃侃而谈。沈福从几年前开始一直在广西打工，按照他的说法是找了一个又轻松、又赚钱的行当。但是这个行当具体是做什么的，他却始终闭口不谈。本来程燕妮就在为找一份新工作的事情发愁，等听到大姐夫这么说，她哪里还忍得住，立马就让大姐夫明年带着自己一起到广西去。沈福对程燕妮的印象一直不错，当即就满口答应了下来。

新年一眨眼就过完了，大年初六，程燕妮、李广达和张翠华都先后收拾好行李准备出门。李芙蕖又长大了一岁，她比以前懂事多了，不再抱着妈妈的大腿哭着喊着不让妈妈离开。他们三人先后出门，刚修好的新房子一下子就空了。这种空旷和之前的空旷还不太相同。之前的空好歹是大家凑到一起的空，现在的空却是分散开来的空。自从李广忠一家人搬出了李家院子，李家老房子被拆掉以后，分散开来住的人都觉得屋里不像之前那么热闹了，无论走到哪儿都觉得空落落的。一开始，大家还把这种空旷归结为房子太大，后来大家才意识到，原来一大家子挤在一个小院子里住是一种如此温馨的回忆。可惜，老房子已经拆掉了，李家院子早已消失得无影无踪，大家想回也回不去了。

跟着李广禄一起到山西打工的李广达和张翠华上手得很快，他们两口子都是吃苦耐劳的人，加上有债务压在心头，变得更加勤快。每当傍晚从矿洞里出来的时候，李广达都会抬起头去看看周围灰蒙蒙的群山和天空。看着眼前这些景物，他不由自主地想到老家的一切，想到一个人在家里的儿子。

修了新房子以后，李广达主动提出分一间屋子给爹妈住。面对这个提议，其余的两兄弟不可能会有什么异议，因此过年的时候郭家孝和李享德就住到了李广达屋里。看到李广达这么孝顺，李广耀也坐不住了，他立马把爹妈之前的旧灶房修缮了一下，交给爹妈做饭用。从那以后，郭家孝和李享德就过上了在李广达家住，在李广耀家培修的灶房里做饭的日子。

当然，照看周末回家的李清松的任务也落在了郭家孝和李享德的身上。李清松本来就是一个话不太多的孩子，再加上他和爷爷奶奶本来就没有多深的感情，这么一来，他在家里说的话就更少了。每逢周末，除了吃饭，李清松大部分时间都一个人待在屋里。自从爹妈出门以后，李清松觉得日子过得越发的孤单和苦闷，他找不到人说心里话，也没有办法和爷爷奶奶沟通，索性什么也不说。

就在李广达两口子逐渐熟悉山西的工作的时候，跟着姐夫沈福到广西打工的程燕妮却莫名觉得什么地方不太对劲。才一到广西，就有公司里的人到火车站去接他们。他们住的地方有些奇怪，一套三居室里面住了十几个人，大家都在客厅、卧室里打地铺，彼此之间的关系倒是很好，都以兄弟姐妹相称。吃饭的时候，除了刚来的第一顿有肉，其余的时间都是炒两大盆素菜放在客厅的地上，一屋子人围在一起吃。来了好一段时间，程燕妮什么工作都没有做过。最开始是一整天一整天地在屋里睡大觉，后来沈福开始带着程燕妮去听讲座，去参加一些莫名其妙的会。程燕妮听不太懂那些讲座在说些什么，只知道主讲人一直在一个劲儿地鼓励他们拿钱出来投资。程燕妮对金钱特别谨慎，要想把钱从她的口袋里掏出来可不是一件容易的事。在听了一个月的讲座之后，程燕妮并没有要拿钱出来投资的意思，相反她意识到事情不太对劲。趁着一次外出买东西的机会，程燕妮背着人给李广忠打了一个电话。听完程燕妮的描述，李广忠觉得这件事情大有问题。他立马告诉程燕妮一分钱都不要往外掏，还让程燕妮马上给大姐程官明打电话。程燕妮一听也吓着了，立马给大姐打了一个电话。

电话打来的时候，程官明正躺在茶铺里的藤椅上晒太阳。听完妹妹的话，程官明一下子就急了，当天夜里孤身踏上了前往广西的火车。几天之后，程官明到了广西。沈福一看到程官明就傻眼了，他不知道妻子是怎么找到这儿来的。来广西好几年了，沈福当然模模糊糊地知道这份工作的性质，但是他的心里已经被发大财的梦给迷住了，为了发财，这个原本老实沉默的男人也变得疯狂起来。程官明的劝说根本不能让沈福回头。当天晚上，等屋里的人都睡了以后，程官明站到窗户跟前，她抓着窗框，回过头来对沈福说："你要是继续待在这儿，不肯回头，我立马就从这儿跳下去。"沈福知道程官明是一个说到做到的人，和虚无缥缈的发财梦相比，还是活生生地站在眼前的妻子比较重要。第二天，沈福就带着程官明和程燕妮偷偷地跑了。

回到北滨村以后，程燕妮把自己的遭遇一字不落地讲给了李广忠听。李广忠本来就对这位出尽风头的大姐夫怀怨已久，这回他不仅在背地里把沈福给骂了个痛快，还打算跑到程家坡去向岳父告状。可惜，李广忠还是晚了一步，等他和程燕妮赶到程家坡的时候，沈福和程官明早就先告了他们一状。按程官明的说法，这次的事情全都是程燕妮的不是，本来沈福好心好意地让程燕妮跟着他一起到广西去开茶馆，没想到程燕妮耍性子跑了，还连累沈福也挣不了钱。直到这个时候，程燕妮才知道原来大姐也有这种颠倒黑白的本事，看来她必须要重新认识一下这位和自己从同一个娘胎里出来、在同一个屋檐下长大的大姐了。李广忠告状的计划落了空。程天南在听了程官明的挑拨以后，不仅觉得程燕妮不懂事，还越发瞧不起这个没本事的幺女婿。

第三十二章

举家进成都

　　从广西回来以后，程燕妮屋里的日子变得不好过起来。

　　本来去年程燕妮就没挣到多少钱，今年跑到广西去，不仅一毛钱没有挣回来，还倒贴了来回路费。李广忠知道不能找程官明要这笔钱，经历了在程家坡的事情以后，他更加清晰地认识到程官明是个什么样的人。以前，李广忠认为大姐始终是向着自己的，在自己结婚、生女儿和修房子这样的大事上，大姐都为他们一家人提供了力所能及的支持和帮助。现在李广忠知道了程官明的底线——那就是不能损害他们一家人的利益，如果影响了他们一家的名誉和利益，程官明一定会使出各种手段来的。这样的程官明是可怕的，李广忠却反而松了一口气，因为他终于知道大姐的底线在哪里了，也就知道以后要怎样相处才不致引发矛盾了。

　　对于这次的事情，李广忠想得很清楚，但是对程燕妮他一个字都没说。李广忠知道程燕妮和大姐的关系最好，这么些年来程

279

燕妮一直敬佩甚至依赖这位处处帮着她的大姐，即便这一次程官明着摆了他们一道，程燕妮大概也不会放在心上。李广忠再次发挥了一个聪明人特有的心机，他知道什么话该说，什么话不该说，保持了得体的沉默。李广忠的沉默是程燕妮所没有想到的，她在心里默默地感谢丈夫的沉默。程燕妮是一个护短的人，无论她对姐姐有什么看法，别人都不能在她面前抹黑她的娘家人。先前李广忠的抱怨已经让她有些气恼，没想到现在李广忠什么都不说了，这实在是大大地超出了她的意料。

李广忠一家人的日子过得垂头丧气，李广耀一家人的日子也相当不好过。去年修房子的时候，恰好碰上了李广耀的大女儿李月明高考。本来李广耀心里盘算着来个双喜临门，这边自己的楼房修好了，那边大女儿考上大学，给自己挣挣面子。可是，让李广耀没有想到的是，成绩一向不错的女儿竟然落榜了。李广耀的愿望落了空，有好长一段时间他都觉得抬不起头来。但是没过多久，李广耀想明白了：这反而是一件好事，自己屋里才刚刚盖好了房子，本来就欠了一屁股的债，要是这个时候女儿再考上大学，那才真的是雪上加霜。心里这么想着，李光耀渐渐地不怄了，他的脚步也逐渐轻快起来。

就在李广耀想开了的时候，李享德坐不住了。在一个傍晚，他像往常一样喝了几口冷酒，但是这一天他喝得很少，也没有喝得很醉，尽管从他的嘴里还是喷出了浓重的酒气。满口酒气的李享德踩着夕阳走进了李广耀家还没修整好的厨房，在一群人中找到李广耀，把他叫到一边，低声问："老大，李月明的事情你打算咋办？"

李享德才一开口，李广耀就闻到了父亲嘴巴里浓重的酒气，这酒气让他皱起了眉头，他有些厌恶地扬起了声音，不满地说："啥子要咋办？你老人家管好自己的事情就行了，管我们干啥子？"听了这话，李享德的火气一下子就上来了，他的声音也高了起来："啥子事情我管不得？我给你说，李月明的书已经读到了这一步，只能进不能退。要是不去复读一年，考个大学，她一个高中文凭有啥子用？你钱都出了这么多年了，还舍不得剩下的这几年？"李享德走的时候，李广耀正忙得不得了，没工夫去理会一个喝醉酒的人说的话。等到天黑了，他躺在床上，这才有时间来好好地思考一下父亲说的话。这么一想，李广耀也觉得父亲这话说得没错。女儿读书已经读到了这个地步，要是真的不继续读下去，那不就半途而废了吗？这事说出去也不好听。想了一夜，第二天，李广耀便决定去问一下李月明的意思。自从落榜以后，李月明每天都不知道该怎么出去面对别人。这次失败给她的心笼上了一层浓重的阴影，她不知道下一步该怎么办，也不知道未来会是什么样子。等到李广耀找到她，拐弯抹角地问她愿不愿意去复读的时候，一道明亮的光线突然照进了她的心灵，阴影一下子就被驱散了。李月明当然是愿意的，只是作为一个失败者，她不知道该怎么提出这个请求。没想到一向严厉的父亲竟然主动提出了这个建议，李月明一下子就答应了。在女儿答应之后，李广耀不知道心里是个什么滋味，他只是发现自己走路的脚步越发沉重。

李月明没有浪费这个复读的机会，她越发努力地读书，起早贪黑地学习，下一年高考，她考上了河北唐山的一所理工大学。在看到女儿的录取通知书的时候，李广耀对着天空大笑了一阵，他的女儿是李家屋里到目前为止唯一的大学生，这在他看来实在是一件扬眉吐气的事情。但是，笑着笑着，李广耀就笑不出来了，他感到一股沉重的压力落在了自己的肩膀上，觉得自己就要站不稳了。

那年的八月份是李广耀这一辈子过得最痛苦的一个月，每天早上一睁开眼睛，他想到的第一件事情就是该到哪家亲戚屋里去借钱，每天晚上闭上眼睛的时候，他想到的最后一件事情就是女儿的学费还差多少。终于，在蝉儿叫得最聒噪的时候，李广耀费尽千辛万苦凑够了女儿的学费。

这一次，李广耀拉下了脸来向李广忠一家人借钱，但是李广忠这一年手头也很紧，没有办法借钱给大哥，尽管他也很想帮侄女一把。可是李广耀不相信李广忠手里没钱，他认为程燕妮这些年挣了不少钱，修房子的债也早就还完了，弟弟一家人不愿意借钱，唯一理由就是他们还在记仇。从那一天起，李广耀就在心里默默地把这笔账给记了下来，他想着总有一天要让李广忠一家人连本带利地还回来。

九月初，李广耀怀里揣着借来的几千块钱，手上提着两大包行李，带着李月明踏上了前往唐山的火车。这不是李广耀第一次出省，却是他第一次主动出去。第一次出省，李广耀五岁，那时候他的父亲李享德已经在东北当了好些年的兵，甚至在寄给家里的信上表现出了想长期留在部队的想法。这个想法把当时只有二十几岁的郭家孝给吓坏了，她怕的不是李享德不回剑门镇，而是李享德要把自己踹了重新找一个女人。郭家孝不能容忍这样的事发生在自己头上，她也不是一个坐以待毙的女人。没过几天，她抱着只有五岁的李广耀坐着火车跑到了冰天雪地的东北。郭家孝的到来让李享德大吃一惊，当看到妻子那一双锐利的眼睛的时候，他知道自己想要留在部队上的梦碎了。没过多久，李享德退伍回到了剑门镇。第一次出省的经历没有在李广耀的脑袋里留下多少记忆，但是这一次陪着女儿到唐山去的经历，他在回家之后却说了一遍又一遍。

　　九月份正是各个高校开学的时间，各式各样的交通工具上都挤满了人。李广耀在火车站只买到一张硬座票和一张站票，他只好和女儿轮流坐在火车又冷又硬的座位上。他们一共在火车上待了三天两夜，到的时候父女俩的腿都肿了。下火车第一件事情就是赶紧找一个小馆子吃饭，这几天在火车上，父女俩不敢要盒饭，也舍不得吃方便面，只好啃王菊花做给他们的馒头。啃了几天冷馒头的李广耀和李月明实在是扛不住了，他们迫切地想要吃点热乎的东西。吃完饭，父女俩抓紧时间到学校里报到。报完到以后，李广耀这才有时间带着女儿在理工大学的校园里走上一圈，看着穿得光鲜靓丽的大学生和绿草如茵的校园，李广耀觉得这笔钱花得值。他希望女儿能够在学校里好好念书，珍惜来之不易的机会。也就是从那一刻起，李广耀清楚地知道，女儿一定会过上和自己甚至是和她同村的同龄人完全不同的生活，她将会生活在漂亮干净的屋子里，做着一份体面的工作。为了把女儿送进梦想中的生活，他愿意牺牲自己。

　　把女儿安顿好以后，李广耀就要走了。虽然他也想要再陪陪女儿，但是他知道在大城市里待一天就要花一大笔钱，吃和住都要花钱。交完学费以后，他的手头已经没有多少钱了，而他手上

剩的钱是他们家里所有的钱。当天晚上，李广耀找了一间一晚上
二十块钱的旅馆住了一夜，天一亮他就买了回家的火车票。当李
月明站在一片树荫下望着父亲远去的背影之时，一阵酸楚袭上了
她的鼻子，她觉得父亲老了些，走路的动作也没有先前那么利落
了。她当然知道，父亲的肩膀上扛着他们整个家庭的重担，而自
己是所有担子当中最重的那一个。

　　一晃半年的时间就过去了，自从送女儿到唐山读书以后，回
到家的李广耀多次向别人谈起自己这一路上的经历。临近年关，
李广达和张翠华两口子扛着行李回来了，他们开始讲起自己在山
西的故事。这一年，对于李广达和张翠华来说确实是最辛苦、最
累的一年，活了三十几年的他们从来没有感到这么疲惫过。每天
天不亮就要下矿井，直到天都黑了才能从矿井里爬出来。这一年
来，他们没有几天是看到太阳的，最多在每晚洗脸的时候，有机
会抬起头看看天边的月亮。但是这一年同样是收获颇丰的一年，
夫妻俩没日没夜地干，终于挣够了钱还债。还完了债之后，手头
还剩下了不多不少的一笔钱。尝到了甜头的李广达和张翠华决定
明年继续到山西去挖煤。虽然欠的债还清了，但他们的儿子也一
天天地大了，读书、结婚、生孩子都要用钱。为了让儿子以后好
过一点儿，李广达和张翠华必须得狠下心来，虽然他们发现儿子
的话变得越来越少，躲在屋里的时间也越来越长，但是他们没有
更好的选择。

　　回来以后没多久，李广达趁着夜色到李广耀屋里去了一趟。
他是来给李广耀送钱的。自从侄女李月明去读大学以后，李广达
知道李广耀屋里的日子是越来越难过，一家人饭桌上已经很少能

见到荤腥，倒是有吃不完的腌菜和泡菜。李广达见不得大哥一家人受苦，他手头有了点儿闲钱，自己拿着这笔钱一时也没有什么用，索性拿过来借给大哥一家人。李广达送钱的时候没有多说什么，甚至没有在大哥家的新灶房里待多久，他把钱送到大哥手里就走了。李广达是一个自尊心很强的人，当然也知道该如何去保护别人的自尊心。他借钱给大哥是不想大哥一家人吃苦受罪，而不是为了显示自己多有本事、多能干。当李广耀拿着李广达塞到他手里的那一笔钱的时候，这个强硬了一辈子的男人差点儿掉了眼泪，但是他告诉自己不能哭出来。为了不哭出来，他端起碗，吃了一大口面。面到了嘴里，李广耀就哭不出来了，他只是默默地下定决心：一定要富裕起来，一定不能再过这种四处向别人借钱的日子！

李广达两口子的归来给程燕妮带来了巨大的精神压力，她眼看着他们一天天地把债还完了，自己却还没找到出路。李广忠倒是觉得没什么，程燕妮却有些坐不住。这几年来，她一步步地从这个屋里的弱者变成强者，她不能容忍别人超过她，即便这个人是一向对她还不错的二哥和二嫂。这个新年，程燕妮过得不知道有多糟心，她在心里不知道埋怨了大姐和大姐夫多少次。好容易到了大年初六，程燕妮下定决心继续到成都去打工，不过这一次她不要一个人去，而是要像龙先凤一样，带着丈夫和女儿一起去。程燕妮算了个账，现在要找一份包吃包住的工作很难，自己一个人到成都去打工还要租一间房子，实在是太不划算了，但如果是丈夫和自己一起到成都去打工，那就是挣两份工资，同样也只需要租一间房子。更重要的是，程燕妮不愿意继续再过这种夫妻分

285

离的日子，她想和丈夫、女儿待在一起，一家人每天在一张桌子上吃饭，在一个屋子里睡觉。

大年初八那天，李广达和张翠华背起行李离开了北滨村二组，没过多久李广忠一家人也离开了。随着这两家人的离开，李广耀和王菊花觉得似乎整个北滨村都变空了，世界从来没有这么安静过，在这种安静的氛围里他们甚至开始怀念起以前的小院子和兄弟妯娌之间的争吵。和留在老家的人不一样，离开的李广忠一家人觉得日子从来没有过得这么有滋有味过。初八的那天下午，李广忠一家人到了江油县城。李广忠天生是个浪漫主义者，即便是在等火车的间隙，他也要拉着妻子和女儿去逛太白公园。江油是诗仙李白出川之前住过的地方，这个小县城打着李白这张文化名片开发了许多旅游资源，比如太白公园、太白碑林和太白纪念馆等，太白公园是其中最有名气的一个。太白公园里每天都有很多游人，公园里经常挤得满满当当的。李芙蕖从来没有见过这么多人，她一手拉着父亲，一手拉着母亲，欢欢喜喜地在公园里跑了起来。那天下午，他们一家人把太白公园给逛了个遍，还在动物园里和孔雀一起拍了张照片。逛完太白公园之后已经是傍晚了，李广忠和程燕妮带着女儿到大桥上走了一圈。那个晚上，李芙蕖发现原来江油的灯是莲花形状的，原来城里的夜晚是这么明亮、这么光彩照人，李芙蕖禁不住开始想象成都的路灯和成都的夜晚。

第二天一大早，李广忠一家人坐上了前往成都的火车。到了成都以后，李广忠和程燕妮才发现自己穿得太厚了，难得一见的太阳像一团熊熊烈火烤灼着他们穿着棉衣的身体。上了公交车，李芙蕖发现公交车上的人都穿着很薄的衣服，没有一个像自己这样穿得这么厚实的。李芙蕖还发现自从他们坐上公交车以后，车上的人都好奇地打量着他们。看到别人对自己这么好奇，李芙蕖也开始对他们产生了兴趣，她睁着一双漂亮的眼睛来回看着车里的每一个人。那个时候李芙蕖还小，她不知道那种目光是送给外乡人的，在那种好奇的目光中，他们一家人已经被定义为这个城市里的漂泊者。几十分钟以后，李广忠一家人又换了另外一辆公交车。这是一辆双层巴士，李芙蕖从来没有见过这么漂亮的公交车，她吵着要到第二层去。李广忠和程燕妮拗不过女儿，只好扛着行李陪女儿到第二层去坐着。公交车路过一个大门的时候，李广忠有些激动地指给李芙蕖看："快看，快看，四川大学！"李芙蕖顺着父亲的手指看过去，却没看清楚那是什么。公交驶过，她又被其他的东西给吸引住了。程燕妮看爷俩这么高兴，也笑了起来，边笑边说："要是以后我们芙蕖能考上四川大学就好咯，那可是四川最好的大学啊！"不过，李芙蕖对四川大学没有什么兴趣，她只是觉得这个城市里的人穿得好好看啊，他们的衣服和鞋子都是她以前没有见过的，她必须要多看两眼。

第三十三章

借读

在到了成都之后的很长一段时间，程燕妮一家人都借住在龙先凤的出租屋里。

龙先凤家在华阳伏龙小区里租了顶楼的两个房间，其中一间她的丈夫和儿子住着，另外一间多数时候都是空着的。程燕妮一家人到了以后，龙先凤让程燕妮先不要忙着租房子，等工作和孩子的学校落实以后再租也不迟。程燕妮觉得有道理，就暂时先安安心心地住到了龙先凤家里。没过多久，程燕妮就在一家火锅店里找到了服务员的工作，这份工作的工资还不错，包吃不包住，倒是很适合程燕妮。可是李广忠的工作却迟迟没有着落。这么些年来李广忠都在屋里带孩子，没有正儿八经打过工，他也没有什么技术，只能干一些下力气的活儿。在周围的几家厂子里找了一圈，厂子里不是人够了，就是招聘的岗位李广忠干不下来。找工作失败给李广忠带来了沉重的精神压力，他的眼角眉梢开始出现了怯意。程燕妮看不下去，说了他几句，他还不高兴了。为了这事儿，夫妻俩没少吵嘴。最后还是龙先凤的一个朋友给李广忠介绍了一份在酒厂里搬酒的活儿，这份活儿没有什么技术要求，每个月工资八百块，很适合李广忠。李广忠一听，立马就跑去应聘，厂子里的人让他第二天就去上班。

在搞定了夫妻俩的工作以后，程燕妮下一个要担心的就是女儿读书的事情。龙先凤的儿子从几年前开始一直在华阳的一所小学里读书，每年要交一笔不小的借读费。程燕妮不知道借读费的具体数目，但是她想这笔钱自己应该能够承受，等到快要开学的时候她便和龙先凤带着女儿一起到"协和完小"去报到。这所学校坐落距离伏龙小区几公里远的地方，到这里来就读的大部分都是伏龙小区和附近农村里的孩子。学校不太大，加上教师宿舍一共有四栋楼，但是和北滨村小学比起来，这所学校的条件已经算是很好了。到了教师办公室一问，现在的借读费已经涨到了每年三千块钱。这个价钱把程燕妮和龙先凤都吓了一大跳，这笔钱对于当时每一个在外打工的家庭来说都是一笔不小的开支。龙先凤有些疑惑地询问招生老师为什么她家孩子的借读费没有涨，招生老师告诉她们这是今年的新政策，每一个新报到的借读生都要按照新的规定交借读费，而之前在学校就读的学生仍然按照之前的规定交钱。听了这番话，程燕妮的心都凉了，她没想到事情会变成这个样子，现在她真有些后悔一个冲动就把女儿给带了出来。

三个人沉默着走到校门口，龙先凤见程燕妮这么沮丧，自己心里也有些过不去，毕竟是她劝程燕妮把孩子给带出来的。站在校门口浑浊的臭水沟旁，龙先凤想了一会儿，拿出手机打了一个电话。她的这个电话是打给一个叫作冯小华的好姐妹的，她和这个姐妹刚认识没多久，前段时间冯小华有事让龙先凤帮了个忙，龙先凤知道冯小华在附近的街道办事处有认识的人，她想看看冯小华有没有法子帮助程燕妮。

电话才打出去没多久，冯小华的儿子罗兰就骑着电瓶车带着冯小华过来了。程燕妮发现冯小华是一个慈眉善目的女人，才见她第一眼，程燕妮就对冯小华产生了好感，亲热地叫了一声："冯姐。"冯小华是成都本地人，前几年还住在华阳的农村里，随着城市扩建，她家的房子和地都被征用，赔给了她家两套房子。这几年她的两个孩子——大女儿罗曼和小儿子罗兰也渐渐地大了，她的日子慢慢地好过了起来。说起冯小华的这两个孩子可还真有些意思，两个孩子是龙凤胎，女儿先出来几分钟，是姐姐，儿子出来晚了，就只好当弟弟；冯小华的丈夫姓罗，他家一个肚子里有点儿墨水的亲戚就让他们拿作家罗曼·罗兰的名字来分别给两个孩子取名，所以女儿就叫罗曼，儿子就叫罗兰。罗兰已经是一个十七岁的大小伙子了，长得眉清目秀、高高瘦瘦的，对李芙蕖倒是很好，一见面就摸了摸李芙蕖的额头，让她叫哥哥。李芙蕖也很喜欢这个大哥哥，她笑了笑，甜甜地叫了一声哥哥。

等到了街道办事处，冯小华找到了她相识的熟人，说了程燕妮的情况。借读费这个新规定才出来没有多久，各个地方的学校执行得也没那么认真，办事处的工作人员知道这是协和完小要坑新来的外乡人，他的心里也有些过不去。在冯小华说明了情况以后，他二话没说，给开了一个条子，让按照原先的规定收取借读费，总共是每年一千五百元。冯小华见问题解决了，也就没有多留。她第一眼看到李芙蕖，就喜欢上了这个长得漂漂亮亮的小姑娘，因此她没让程燕妮把李芙蕖给带回去，而是执意让李芙蕖跟她回家去玩儿。程燕妮知道冯小华是好意，也不好意思拒绝，再说她还有一堆事情要处理，就同意了，临走嘱咐李芙蕖要听冯嬢嬢的话，还拜托罗兰晚上五六点的时候把李芙蕖送回来。

罗兰骑着电瓶车把李芙蕖带走了，程燕妮的烦恼却没有因此而减少。她拿着手里那张轻飘飘的条子，觉得这简直比一座山还要重。程燕妮的手头没有这么多钱，她没有想到城里的借读费这么贵。之前龙先凤给她说过借读费的事，但她以为不过是每年交个几百块也就算了，没想到要整整一千五百元。回到屋里，程燕妮把事情给李广忠说了，李广忠听完也愁了起来。那个下午，他们夫妻俩坐在狭小的出租屋里，一根接一根地抽着烟。

李广忠早就是一个不折不扣的老烟枪，可程燕妮学会抽烟还没有多久，她一般不在外人面前抽，只是在烦闷的时候躲在没人的地方抽上一两支。抽了一下午的烟，他们两人也没有得出一个结论。让女儿回老家吧，首先是女儿回去了没人照顾，再说了前几天他们两口子才风风火火地把女儿给带出来，现在又不清不楚地把女儿给送回去，说出去不好听；让女儿留在这儿读书吧，可借读费实在是一笔不小的数目，他们是真狠不下心拿那笔钱出来。

决定还是龙先凤帮他们做的。当天晚上龙先凤悄悄地拿了一千块钱给程燕妮，让她先给孩子报名，等发了工资再还给她。看到小龙这么为自己着想，送女儿回去的话程燕妮说不出口了，她只好收下了钱，准备第二天到学校里去报到。

父母亲的这些担忧李芙蕖可一点儿也不知道，她在冯嬢嬢的屋里开开心心、舒舒服服地玩了一下午。冯小华家住红瓦小区 3 单元 12 楼，上下楼都需要坐电梯。这还是李芙蕖第一次坐电梯，当电梯启动的那一刻她感到了一阵失重的眩晕，差一点儿叫出声来。不过，她是个敏感细腻的孩子，看到冯嬢嬢和罗兰哥哥镇定自若的表情，她推测应该不会有什么大问题，那没叫出来的一声也被她吞到了肚子里。

一走进冯嬢嬢的家，李芙蕖就吃了一惊，她从来没有到过这么漂亮、这么明亮的屋子。她原本以为她家新修的房子已经够漂亮了，但是和眼前的这套公寓比起来，自家的那栋房子根本算不了什么。进屋的时候，冯小华递给李芙蕖一双拖鞋——原来进屋是要换鞋子的，李芙蕖觉得这一切都有意思极了。

才到了冯小华家一会儿，罗兰有事出门去了，只留下了冯小华和李芙蕖两个人在家里。李芙蕖觉得这个嬢嬢对自己真的不错，又是拿好吃的，又是陪她玩儿。

在冯小华家的阳台上，李芙蕖看到了几只粉嫩嫩的小兔子，她可喜欢这些小兔子了，围着兔子东看西看，不愿意离开。李芙蕖在老家也见过小兔子，可是那些兔子大都是脏兮兮、臭烘烘的。李芙蕖是第一次看到这么干净的小兔子。快乐的时间总是过得很快，在冯小华家吃完晚饭以后，夜幕降临了，李芙蕖也被罗兰送回了伏龙小区。

这一次，程燕妮没有再犹豫，她快刀斩乱麻地带女儿到学校里报了到，李芙蕖正式成了四年级二班的插班生。第一天上学的时候，程燕妮亲自把女儿送到了学校里，还陪着女儿在学校的食堂里吃了第一顿午饭。这所有的一切对李芙蕖来说可真是太有趣了，她还是第一次听说一个年级里有这么多个班，到了中午还不用吃自己带的冷饭，而是可以在学校里花上三块钱吃上一碗热气腾腾的饭，而且学校里竟然还有教师公寓。李芙蕖第一次知道原来老师也是住在学校里的，之前她还以为所有老师都和她在北滨村小学里的老师一样，每天早上骑着自行车到学校里去上课呢。而且，李芙蕖发现学校里的学生都穿得干干净净、漂漂亮亮的，和她在北滨村小学里的同学完全不一样。当然，李芙蕖自己也穿得漂漂亮亮的。自从到了成都以后，妈妈就带着她去买了好几件漂亮衣服。李芙蕖很喜欢自己的漂亮衣服，也喜欢和那些穿着漂亮衣服的同学玩儿。

　　但是李芙蕖慢慢地发现，班上的同学都不太喜欢她，也没有人主动和她玩儿，除了一个叫作方平的小姑娘。方平在整个四年级二班是被所有同学轻视和欺负的学生，她的个子高高的，脸上长满了雀斑。听别人说她的成绩不好，反应也慢，但整个班级只有这个看起来有些呆的高个子女生理会李芙蕖。在一堂体育课上，等做完了常规的跑步、做操等运动以后，体育老师就让学生们自由活动。在解散的哨声吹响以后，李芙蕖呆呆地站在原地——她还不认识同班同学，而班上的那些女孩子也没人想要主动找她玩儿。第一个来找李芙蕖的是方平，她邀请李芙蕖加入她每逢体育课都要进行的活动——找"小猪猪"。方平带着李芙蕖在一堆野草里找了半天，她告诉李芙蕖，有一种植物的果子长得像小猪猪一样，特别可爱，她想要李芙蕖陪着她一起找这种果子。李芙蕖蹲在地上陪着方平找了半天也没有找到，她觉得这个活动实在是挺愚蠢的，但同时她也很珍惜有人陪伴的感觉，这么一想，她觉得方平真是可爱极了。

　　不过，李芙蕖和方平的友谊并没有持续多久。一开始，李芙蕖在班里的成绩并不太好，第一次月考数学只考了七十多分。李芙蕖永远都不会忘记数学老师把试卷递给她的时候脸上那轻蔑的表情，这个表情激怒了李芙蕖，她决定要让数学老师看看她的本事。第二次月考，李芙蕖考了八十多分，她逐渐被视为班里成绩不错的学生。到了第三次月考，李芙蕖的数学竟然考了九十九分，只比班里成绩最好的同学少了一分。从那以后，班上的大部分同学都开始敬佩起李芙蕖来，他们爱围着李芙蕖问问题，玩的时候也爱带着李芙蕖一起了。

　　一次放学的时候，班里成绩最好的学生把李芙蕖堵在校门口，询问她的语文成绩。李芙蕖当然知道她是什么意思，这个一直以来都是第一名的女生害怕了，她害怕有人超过她，李芙蕖当然知道，就算被别人超越，这个人也希望超过自己的是过去的第二名，而不是李芙蕖这个插班生。但现在李芙蕖已经远远地把第二名甩在了后头，成了班里新晋的第二名。

　　包括老师在内的所有人都结结实实地吃了一惊。这个班里的插班生不算少，但这些插班生要么性格内向、不善言辞，要么成绩差、不让人省心，像李芙蕖这样才进来没多久就能够成为全班第二的学生可以说是绝无仅有的。他们在感到吃惊的同时深深地钦佩起这个从大山里走出来的孩子。

　　自然，随着李芙蕖成绩的提高，班里有些女生开始认为方平这个朋友拉低了李芙蕖的档次。她们有的暗示，有的正大光明地告诉李芙蕖不要再和方平这样的人交往。在周围人不断的施压下，李芙蕖也只好莫名其妙地断绝了和方平的往来。但是，李芙蕖并没有像其余的孩子一样欺负方平，甚至在方平受欺负的时候她还会帮方平说几句话。可是她和方平都知道，她们不再是朋友了。

除了成绩之外，李芙蕖还做了一些让班里的人吃惊的事情。在开学的第一天，班主任让学生们上台竞选班干部。班主任的话说完之后，整个班里保持了好几分钟的安静，静得连一根针掉在地上的声音都能听到。班主任希望班上的第一名能够出面来打破这份寂静，但平时耀武扬威的第一名却只是紧张地搓着自己的手。她当然想上台去竞选班干部，只是不知道为什么在那一刻她感到了莫名的紧张。平静是被李芙蕖打破的。就在大家大眼瞪小眼的时候，李芙蕖不紧不慢地走上了讲台，坦然地说了一段竞选词。她上台的时候，有不少人等着看她的笑话，但是等她走下台的时候，所有人都开始敬佩起她的勇气来。

也就是从那一天开始，第一名开始记恨起李芙蕖来。这个女孩子一直是班里的第一名，她不说的话没有人敢说，她不做的事情也没有人敢做，在李芙蕖到来之前，这个班级几乎就是她一个人的天下。但是李芙蕖的到来改变了这一切，这一个无依无靠的插班生竟然凭借一己之力打破了班上的平衡。第一名忍受不了这种变动，她决定要给李芙蕖一点儿颜色看看。当然，李芙蕖是不会知道这些小心思的，即便知道了也不会放在心上。她毕竟只有九岁，在这个年纪，只要有得吃、有得玩、有几个朋友，其余的事情就一点儿也不重要了。

没过多久，李芙蕖交到了一堆好朋友。每天早上，她和这些好朋友一起从小区出发去上学，下午放学的时候她们又一起走路回家。放学的路上，往往是这些孩子最欢快的时候，她们一边吃着零食，一边说说笑笑地慢慢往回走。虽然回家的路上没有花，也没有草，只有一沟肮脏浊臭的水和黄土路上升腾而起的灰尘，但是她们觉得这样的日子实在是太美好了。很多年以后，李芙蕖才知道这种快乐的名字叫"童年"。

他乡

　　成都，距离江油只有两百多公里，从成都北站坐火车只需要两个多小时就可以到江油。这段距离并不特别长，成都是四川省的省会，在成都打工的四川人不会觉得自己过着背井离乡的生活。

　　到成都这么多年了，程燕妮早就习惯了这个城市的生活和气息，她喜欢这个城市的美食和美景，喜欢这个城市的惬意和安闲，有些时候她甚至觉得成都比自己的老家要好得多。在成都打工的这几年，程燕妮偶尔也在想，如果自己能够在成都安家落户就好了。可是，她知道这不过是自己的胡思乱想罢了。成都的房价在她看来是那么的令人生畏，凭着她的那一点儿工资，不知道什么时候才能凑够一套房子钱。

　　和程燕妮不同，李广忠并不喜欢这个城市，他更加不喜欢这片一年里没几天挂着太阳的天空。到成都之后没多久，李广忠就开始想念起剑门镇的山山水水，每天下班以后，他总是一个人站在屋顶上，呆呆地望着远方，想着自己的心事。李广忠这才意识到他与妻子最大的不同：程燕妮喜欢城市，她的适应能力很强，无论是绵阳、成都，还是之前的广西，她都能够在很短的时间内适应，并且乐在其中；但他李广忠不行，他希望住在一个满眼都是绿水青山的地方，而不是像现在这样，即便站在屋顶上，一眼望去也只能看到冰冷的大楼。程燕妮不懂李广忠的惆怅，她只知道自己现在总算是过上了想要的生活，既有工作，又能一家人团聚在一起；她不理解为什么丈夫脸上的笑容越来越少，唉声叹气的时候却越来越多。

　　尽管程燕妮和李广忠彼此不理解，他们在成都的这一段日子里却没有发生什么大的摩擦。自然，摩擦是有的，但并没有发生在这对夫妻之间。大家首先注意到的是李芙蕖和许浩之间的矛盾。许浩比李芙蕖大一岁，在周末大人出去上班的时候，只有他们两个孩子待在家里玩。许浩并不喜欢这个比他小一岁、乖巧懂事的妹妹。这一两年来，虽然说许浩是和爸爸许兴财住在一起，但实际上大部分的时间出租屋里只有他一个人。他的爸爸许兴财除了上班，还要经常到妈妈的茶铺里去帮忙。两个大人忙起来，许浩就被一个人扔在家里。运气好的时候，许兴财隔三岔五地还会过来看儿子一眼；运气不好的时候，他一个人被扔在出租屋一个礼拜也没有人管。程燕妮虽然有空的时候也帮着照顾，可她毕竟不是许浩的亲人，始终比不过他的爸妈。和许浩比起来，李芙蕖就幸运多了。到成都以来，她几乎从来没有一个人在出租屋里过夜，即便是碰到父母加班的时候，屋子里也总有一个人陪着她。

　　许浩很嫉妒有人陪伴的李芙蕖，慢慢地，这种嫉妒变成了怨恨和不满，他不知不觉地开始排挤起李芙蕖来。有些时候他故意不理会李芙蕖，有些时候当着程燕妮的面他也敢说一些难听的话。不过，大家都没把他的这些举动放在心上，在程燕妮看来他不过是一个不懂事甚至有些可怜的十岁小男孩罢了，而在过得开开心心的李芙蕖看来他的这些排挤和为难根本无足轻重。

　　除了李芙蕖和许浩的矛盾以外，李广忠和许兴财之间也产生了不大不小的摩擦。许兴财这个人一向不太会说话，平时龙先凤在的时候他还知道什么该说，什么不该说，心里和嘴里都还有所顾忌。龙先凤不在的时候，他的嘴上就没有把门了，想说什么就说什么。偏偏李广忠一向多心，许兴财的话说得多了，李广忠的心里就有了猜忌。慢慢地，这种猜忌变成了怨恨，最后发展到了李广忠经常背着许兴财说他坏话的地步。程燕妮认识龙先凤两口子很久了，她一直觉得小龙对自己很好，这么些年来只要自己开口，小龙能帮的忙一般都会帮。她受不了丈夫背着小龙两口子说人家的坏话，为了这事，他们夫妻俩也偶尔吵两句嘴。

　　为了别人家的事情吵嘴，李广忠并不怎么放在心上，但徐歌的到来却让他不得不介意。徐歌是龙先凤请过来喝酒吃饭的，那时候徐歌和他在外面找的女朋友闹掰了，心情正低落。徐歌对这个女朋友并没有什么特别深厚的感情，但比起出轨的老婆，他对这个女朋友还多少有些留恋。徐歌经常需要交际应酬，他被女朋友甩了的这件事很快就被他的那些酒肉朋友们给知道了，这些人虽然当着他的面没说什么，背地里却免不了要取笑他。

　　龙先凤看徐歌没精打采的，就在一个生意不太忙的星期天把他叫到出租屋里吃了顿饭。为了人多热闹，程燕妮一家人自然也被请了来。徐歌事先并不知道程燕妮住在龙先凤家的隔壁，在饭桌上看到程燕妮的时候，他的眼睛一下子就亮了。徐歌眼睛里的光亮程燕妮没有看到，坐在旁边的李广忠却看了个一清二楚。当着一桌子的人，李广忠不好说什么，也不好意思表现出来，但是在整顿饭期间，他一直默默地注视着这个眼睛发亮的男人。徐歌当然也发现了李广忠的异常，他心想，自己又没有做什么，李广忠这样防着是不是太过了。他一边喝着杯子里的酒，一边暗暗地嫌恶起李广忠来。其实徐歌心里清楚，他不仅仅是因为李广忠对自己的防备心而嫌恶他，在这份没来由的嫌恶当中多少掺杂了嫉妒。徐歌想不通，为什么像李广忠这样没本事的男人能有这样好的老婆，而像自己这样的男人反而娶了一个不守妇道的女人。徐歌想了一顿饭的时间也没想清楚，索性不再想了，只是一杯接一杯地喝酒，没喝几杯就醉了。徐歌知道自己是酒不醉人人自醉，李广忠当然也知道徐歌是醉翁之意不在酒，但是程燕妮对这两个男人的心理变化却一点儿也没察觉到。

喝醉酒的徐歌变得肆无忌惮起来，他的一双眼睛只知道跟着程燕妮的身影，程燕妮走到哪儿，他的眼睛就跟到哪儿。没喝醉的李广忠当然知道徐歌的那点儿小心思，徐歌盯着程燕妮的时候，李广忠的一双眼睛也一直盯着徐歌。徐歌盯了半天，觉得有些累了，就收回了追逐的目光，这时，他才意识到，一双带着浓重恨意的眼睛一直盯在自己身上。他在这双眼睛里看到了仇恨、怒火和疯狂，徐歌意识到这双眼睛的主人是一个偏激的人，是一个发怒以后不顾一切的人。徐歌被这双眼睛给吓着了，他不敢再看下去，也不敢再待下去，坐了一会儿，就找个借口走了。

　　徐歌的离开并没有带走李广忠的恨意和怒气，当天晚上，他一句话也没和程燕妮说，自己赌气先睡了。程燕妮并不知道李广忠发火的原因，她只是觉得丈夫有些时候像个小孩子，每当遇到这种情况，她都选择不去理会。这一次，程燕妮也没有去理会怄气的李广忠。

　　虽然李广忠也不喜欢过骨肉分离的日子，但是他并没有在伏龙小区里待多久。秋天的时候，他觉得自己实在是不能再待在这个暗无天日的地方了。在成都这个被称为"天府之国"的地方，李广忠抬头看不到一座山，低头看不到一条河，每天从他眼前经过的只有喷着黑色气体的汽车和路上升腾而起的灰尘。李广忠意识到自己对城市有多么的厌恶。他待在自己最不愿意待的地方，逐渐变得焦灼且痛苦，每天一睁开眼睛就希望这一天能快点儿过去，而到了晚上睡觉的时候又希望这一夜能够过得慢些、再慢些。

　　那一年秋天，李广忠经常对李芙蕖说："我们住在一个上无片瓦、下无寸土的地方，就好像被吊在半空里一样。"年纪还小的李芙蕖不太懂这话的意思，但是她能体会到父亲的焦灼和痛苦，也莫名地感觉到父亲不会在成都继续待下去了。果然，刚过了十一长假，李广忠就收拾好东西准备到山西去找二哥和二嫂。对着程燕妮，李广忠说不出自己不喜欢成都的话，他知道程燕妮很喜欢这个地方。他找了一个很巧妙的借口：成都酒厂里的工资太低了，他决定到山西去挣大钱。程燕妮是一个很爱钱的人，或者说她对金钱有着非同一般的执着和热忱，李广忠的这个借口轻而易举就把她给说服了，当天夜里夫妻俩就着手收拾起行李来。

　　李广忠走后，程燕妮觉得日子慢了下来。她的心里牵挂着丈夫，不过幸好还有女儿陪在身边，这么一想，她心里又宽慰了。

快过年的时候，远在山西的李广忠给程燕妮打了一个电话，这时，程燕妮正在出租屋外面的露天厨房里煮饭。李广忠在电话里和程燕妮商量了一件事，这件事是程燕妮所没有想到的，也是她乐于接受的。李广忠告诉妻子，一直漂在外面打工不是长久之计，趁现在孩子还小，没到大用钱的时候，他们夫妻俩不如回剑门镇做个小生意，这样一来不用背井离乡，二来也不用骨肉分离。程燕妮很喜欢李广忠的这个提议，这一年他们夫妻俩手头上有了一万多块钱，这笔钱刚好够一个小生意的本钱。这个提议让程燕妮高兴了很久，等女儿的学校放假以后，程燕妮立马跑到火锅店里去把工作给辞了，打算带着女儿回老家去。

年初到成都来的时候，程燕妮以为自己一家人少说也要在成都待上两三年，所以她买了不少家居用品，这才一年就要走，她舍不得把这些东西都给扔掉。恰好，程燕妮在火锅店上班的时候认识了一个开小车跑生意的男人，可以让他帮忙把家当拉回去。

这个男人叫赵一，是成都本地人，经常在火锅店转角的街道上摆生意，偶尔也到程燕妮上班的火锅店里吃饭，一来二去，两个人就认识了。

赵一矮矮瘦瘦的，脸色黝黑，长得并不好看。程燕妮对赵一这个人没有多大兴趣，赵一却对程燕妮很有好感。赵一的婚姻生活并不幸福，在拆迁的时候，他妈为了留住两个嫁到外地的女儿，把屋里的房子和地分给了她们，赵一可以说是一点儿财产都没捞着。为了给儿子找个出路，母亲王丽便让儿子入赘廖家。入赘的男人一般都是没有什么地位的，更何况赵一这种长得不太好看又没有多少财产的男人。老婆廖凤一向对赵一爱搭不理的，不过赵一赚回来的每一分钱却都紧紧地攥在她的手里。慢慢地，赵一越来越肯定廖凤只是把他当作一个挣钱的工具罢了。

遇到程燕妮的时候，赵一对自己的婚姻已经彻底失望了，他开始把注意力和感情寄托在程燕妮身上。为了讨好程燕妮，赵一请她吃了好几顿饭，还变着花样地给她送礼物。一开始，程燕妮并不愿意搭理赵一，但是在李广忠离开之后，程燕妮慢慢地品尝到了孤独和寂寞的滋味，就时不时跟赵一出去吃饭、喝茶。

程燕妮开口让赵一帮她拉行李回家，赵一当然一口就答应了下来。事后，程燕妮回想，如果赵一知道她这一去就是好几年，还会不会这么爽快呢？

从成都到江油开车一般不会超过五个小时，但是这段路程赵一开了整整一个晚上。一开始，程燕妮还以为赵一是不熟悉路，后来她才意识到赵一是故意的。赵一其实也不知道自己想要干什么，他只是不希望这一段路这么快就走完，他想要和程燕妮在一起多待一会儿，再多待一会儿。李芙蕖渐渐觉察到这个叔叔有点儿不安好心，她不仅一路没话找话，还偶尔拿眼睛瞟一眼妈妈。李芙蕖不知道妈妈在想些什么，更不知道为什么妈妈会找这么个人送她们娘俩回家。她只感到对那个男人的恨意和对这整件事情的厌恶。

第三十五章
拉帮结派

2007 年的冬天下了一场大雪。长到这么大，李芙蕖还是第一次见到雪。其实不仅是李芙蕖，李广忠和程燕妮也对大雪感到稀罕。程燕妮还记得她和李广忠结婚的那一年下的那场小雪，那场雪没有持续多久，只下了一天。程燕妮记得的不仅是那场雪，她还记得自己当新娘时的那件水红色的衣服。自从和李广忠结婚以来，程燕妮自认为没有过过几天好日子，但是她的心里一直记着之前的点滴美好，正是因为这些美好的记忆，程燕妮才觉得这日子是有意思、有奔头的。

可是 2007 年的这场大雪并没有带来什么好消息。每一天，李广忠和程燕妮都在电视上看到哪儿哪儿又受了雪灾，哪儿哪儿的人连饭也吃不上了。看着看着，程燕妮开始忧虑起来。非典还历历在目，她希望能够安安稳稳地过几年日子，不要再发生什么大的灾难了。

　　这一场雪下了一整个春节，李广忠家的院子里铺起了厚厚的一层雪。长到这么大，李广忠还是第一次见到这么大的雪，他没有程燕妮的担心和忧虑，相反，这场雪把他的文人气质给召唤了出来。初一一大早，李广忠搬了一张小桌子、一把靠背椅子到院子里，又端了一个火盆出去。面对着纷纷扬扬的雪花，李广忠一边温着酒，一边诗兴大发。他想起了《水浒传》里林冲守草料场时下的那一场大雪，还想起了《红楼梦》中贾家的少爷小姐们在大雪天气里烤鹿肉的情节，他一边想着，一边吟诵起了记忆里的几句诗："一夜北风紧，开门雪尚飘""晚来天欲雪，能饮一杯无？""北国风光，千里冰封，万里雪飘"……

　　程燕妮一向不懂这些东西，但是她也不去损害丈夫的快乐，在李广忠吟诗的时候，她只是坐在新灶房里静静地烤着火。在程燕妮看来，在这样冷的天气里，正常人都知道要躲在屋子里取暖，只有那些精神不正常的人才会在大雪里去吟诗作对。她讲求实干，认为嘴里的饭和手里的钱才是最重要的，她才不想去凑这个热闹。不过，李芙蕖爱凑这个热闹，她喜欢看父亲一边喝酒一边吟诗的样子。在这样一个寒冷无比的日子里，她没有和妈妈一起躲在屋里烤火，而是穿着粉红色的棉袄，站在父亲身边看着他一边喝酒一边吟诗。

　　这场雪并没有像大家估计的那样在大年十五之前停下来，但也没有给剑门镇的人带来任何损失。剑门镇的地皮很热，雪花落在地上要么立马化成水，要么就是在第二天融化，再不济过上几天也就消失无踪了。大雪并没有像电视里一样堆积起来，给人们的日常生活带来影响。但是这场雪确实给了大家一个躲在屋子里的借口。这一年的春节比哪一年的都要安静，打牌的人少了，围在一起说闲话的人也少了，大家都巴不得裹在被子里，关在屋子里，一整天不出门。

到了正月十五，打工的人还没有出门，他们难得地在家里待到了春节的最后一天。这一天，走街串巷给人照相的人到了北滨村二组。2007 年的时候，相机在北滨村这个地方还是一个稀罕物，人们要么是到街上的照相馆里去拍照，要么就是等着拍照的手艺人来。

这一年，李广忠很想拍几张照片，他把照相的人叫到了家里，他们一家人坐在院子里，背对着白雪皑皑的山脉，拍了一张全家福。拍完了这张照片以后，李广忠走到大哥和二哥的新房子里，叫他们一起来照相。李广耀和李广达自然不愿意去，但又不想辜负李广忠的好意，就把自家屋里的孩子喊去拍照。

李月明穿着一件棕色的棉袄率先走了出来，这是她读大学之后第一次回家。放寒暑假和平时周末她都要到处去打工筹学费，为了省下那笔不算少的路费，她一直也不愿回家。李月明在狭小昏暗的宿舍里看着四季在理工大学的校园里走过，她等了一天又一天，想了一夜又一夜，终于回到了北滨村。

在李月明出来之后不久，李清玉也跟着走了出来。好几年前李清玉就辍了学。才回到家的时候，他仍然趁爸妈不注意偷偷跑到网吧去上网，后来被李广耀下死手打了一顿，就再也不敢去了。现在，他用李广耀的话来说就是"彻头彻尾的闲人一个"，家里的农活儿他从来不帮忙，吃饭他却一顿也不少。李广耀打也打了，骂也骂了，可是无论是打还是骂，这个孩子都不怎么还嘴，更不会还手。面对一个沉默寡言的孩子，任何家长都会觉得无力。李广耀很长一段时间都不再打，也不再骂了，他想着只要这个儿子不杀人不犯法，其余的事情就随他去吧。这么一想，李广耀的心里轻松了，他每天看到了儿子也当没看到，心里已经完全被村上的事儿和屋里的农活给装满了。

李清松是最后出来的，他之前一直躲在屋里吃鸡腿，外面的人喊了一遍又一遍，他才不紧不慢地走了出来。

郭家孝和李享德也被请去拍照，他们坐在李广忠屋里的两把藤椅上，其余的人站在他们身后，随着照相师傅喊"一、二、三"，所有人都屏住了呼吸。他们在2007年大年十五这一天的模样被永远地印在了照片上。

过完年以后，下了半个月的大雪终于停了，大家开始筹划起生计来。和往年一样，李广禄和李广达、张翠华往山西走，王彩凤往新疆走，李广利还是看着自己的猪饲料店，李广福两口子和李广耀两口子留在剑门镇老家。和往年不一样的是，李广忠两口子今年也不出门了，他们打算在老家做点儿生意。过年的时候，李广忠翻来覆去地想过这个问题，他最终决定还是做鱼生意。剑门镇街上有好几家卖猪肉的，却只有一个卖鱼的，大家都叫这个人"鱼三娃"。这么些年来，鱼三娃一个人霸占着剑门镇四乡一镇的生意，除了剑门镇之外，六合乡、枫顺乡、白原乡和太平乡所有人饭桌上的鱼都是从鱼三娃那里买来的。李广忠觉得剑门镇需要有另外一家卖鱼的人出来和鱼三娃平分这个市场，他和程燕妮有这个本事。

说干就干，开春以后，程燕妮就和李广忠到白马镇去找了批发鱼的商户，这个商户叫"鱼杆子"，年纪快五十了。他这一辈子都在做鱼生意，以至于上了年纪以后大家都忘记了他的真实姓名。鱼杆子和其他卖鱼的商户不一样，他不仅零卖，还批发。鱼杆子的鱼大部分都是从江油县城里进回来的，价格比县城里的要贵一些，但是从他那儿拿鱼的人可以免去来回奔波的麻烦。李广忠听说鱼三娃和鱼杆子几年前吵了一架，两个人不太对付，所以鱼三娃是不会从鱼杆子那儿进货的。鱼杆子为了打压鱼三娃，就用更低的价格给李广忠两口子批发鱼。

找好货源以后，就该买三轮车和养鱼的工具了。李广忠的家距离剑门镇街道还有十几分钟的车程，剑门镇的市场里不给商户提供过夜的摊位。剑门镇市场里卖菜、卖肉和卖鱼的商户收摊的时候都得把东西拿回家，第二天天刚亮的时候又把东西从屋里运到市场上去。李广忠的三轮车是从白马镇一个叫"武疯子"的人那儿买的。这个人本来姓文，但脾气暴躁，动不动就要给别人点儿颜色看看，所以认识他的人都叫他武疯子。武疯子脾气虽然大，但为人还算仗义，前几年徐家田在他这里买摩托车，钱不够，要赊一千多块钱，武疯子一口就答应了。第二年春天工程款结算下来，李桃花第一时间就催着徐家田把这笔账还给了武疯子。武疯子做了这么多年生意，很少碰到这么讲诚信的人，从那以后，他对李桃花两口子就有了好印象。李广忠买三轮车是李桃花给介绍的，武疯子看在李桃花的面子上，帮着李广忠挑了一辆好车。

买好了三轮车和养鱼的工具以后，李广忠和程燕妮两口子开始正式做起生意来。总的来说，李广忠两口子的生意不错。一方面，他们两口子都比较会说话、会办事，这么些年来也没有得罪过谁，大家愿意来买他们的东西；另一方面，李家和程家屋里的亲戚多，这些亲戚走到市场里也不好意思转头去买鱼三娃的鱼，只有来照顾李广忠两口子的生意。这么一来二去的，李广忠两口子倒是赚了些钱。

看到对面李广忠两口子的生意日益兴旺，鱼三娃不乐意了，每一天他的脸都拉得老长。之前也不是没有出现过竞争对手，但是那些人从来没有李广忠两口子这样厉害。鱼三娃坐不住了，他使出了自己的绝招——杀价。李广忠两口子也不是任人拿捏的软柿子，他们看到鱼三娃降价，也欣然奉陪。没过几天，鱼三娃自己先扛不住了。在一个快要收摊的傍晚，他有些不好意思地走到李广忠两口子的摊位跟前，委婉地表达了休战的想法。李广忠也想早点休战，毕竟出来做生意想的都是挣钱，没有谁会和钱过不去。从那以后，剑门镇的鱼价就稳定了，明面上鱼三娃和李广忠两口子和谐相处，至于他们的心里怎么想，那就没人知道了。

虽然李广忠两口子的生意做得不错，但李芙蕖在学校里的日子却别提有多难过了。在李芙蕖回来的半年之前，北滨村村小的高年级被解散了，四到六年级的学生都要到剑门镇中心小学去读书并且要住校。这是李芙蕖第一次住校。本来她就是一个插班生，班里一大半同学她都不认识，而她在北滨村小学里的玩伴和她又生疏了。在进入新班级之后没多久，李芙蕖因为成绩优异被任命为班长和中队长。从此，班上微妙的平衡被打破了。宿舍里的女孩子是李芙蕖之前从来没有遇到过的类型，她们之中有谈恋爱的、化妆的、喜欢打架的，和她们比起来，李芙蕖确实还是一个孩子。她突然被扔到一个如此陌生，甚至有些恐怖的环境里，一下子变得无比孤独。每天早上，她都想要尽快离开宿舍，而到了晚自习结束的时候，她宁愿在教室里多待一会儿，也不想回宿舍去。李芙蕖的畏缩和孤僻被很多人理解为骄傲和自以为是，在这些人当中，李芙蕖曾经的好姐妹郭莎莎做得最为过分。

隔了一年之后再次见面的郭莎莎和李芙蕖已经变得陌生了，在李芙蕖眼里，郭莎莎长得更高了，变得更好看了，而郭莎莎也确实以自己的美貌和身材为傲。在李芙蕖转学回来之前，郭莎莎可以说是班上的焦点，所有同学都要围着她转。李芙蕖回来以后，那些经常围着郭莎莎转的男生渐渐跑到了李芙蕖跟前，而女生则越发紧密地和郭莎莎结成一派。这些女生背着李芙蕖没少说她的坏话，甚至有人故意损坏李芙蕖的东西，还到班主任何老师面前告黑状。面对这一系列冲击，李芙蕖有些慌张，但是她的慌张是沉静的慌张，周围的人从她的脸上和动作里看不出一点儿异样，这么一来，这些女生反而以为她们把李芙蕖刺得还不够痛，伤得还不够深，便开始向高年级的女生寻求帮助。

那个时候，剑门镇中心小学有一个不好的风气，低年级的学生往往会认高年级的学生做哥哥姐姐，这些哥哥姐姐就得罩着自己的弟弟妹妹。郭莎莎认了六年级最厉害的女生赵云做姐姐。赵云听说妹妹受了委屈，当天夜里熄灯以后就带着宿舍里的姐妹冲进了五年级的女生宿舍。这些高年级的女生没有辱骂，更没有殴打李芙蕖，她们只是在关上了宿舍的门以后，拿床单把窗户遮住，在五年级的女生宿舍里又闹又笑，折腾了半晚上。等到天快亮的时候，宿管老师发现了五年级女生宿舍里的异常，拿着竹棍跑到了宿舍里来。那一天，五年级和六年级的女生都被罚站了两节课。

这是李芙蕖第一次被老师罚站，面对着斑驳的白墙，她忍不住掉了眼泪。不过，这眼泪并没有化解郭莎莎和赵云对李芙蕖的仇恨，她们不断以"李芙蕖打小报告"之类的话造谣生事。

面对这些女生一波又一波的恶意，李芙蕖始终保持沉默，她没有把这些事情告诉爸妈，因为她实在是不知道该怎么开口。自那以后，她从心里最深最深的地方开始恨起郭莎莎来，她决定永远也不原谅这个人。

第
三
十
六
章

大地震

2008 年 5 月 12 日本来应该是平淡无奇的一天。这是五月中旬一个普通得不能再普通的日子，在这个日子里，剑门镇的人一边享受着暖洋洋的太阳，一边干着日常的小事。

吃完午饭，李享德就到睡房里睡觉去了，郭家孝闲来无事，一个人搬了一把椅子坐到灶房门口晒太阳。李广耀两口子收拾完屋里，下地除草去了，李清玉还是像往常一样在屋里东游西逛的，什么事也不想做，什么话也不想说。李广忠一个人在市场里守着摊位，这天一大早程燕妮就到白马镇去探望大姐一家去了。五月份的剑门镇中心小学已经开始执行夏季作息时间，中午 1 点，全校所有的住校生都在宿舍里睡午觉。

下午 2 点 28 分，剑门镇这片土地震动了起来。这不是一般的震动，这是让所有人都心惊胆寒的震动。剑门镇里的所有人都在那一瞬间感受到了一阵往上涌的力量，这股力量仿佛要把他们送到半空中。这股力量并没有持续多久，却让所有人都惊慌失措。在剑门镇人的心目中，脚下的土地和周围环绕着的山脉是最为稳固、最值得依赖的，但是这一天他们意识到，即便是脚下的土地也会有被撕裂的那一天。李芙蕖宿舍里所有人都醒了过来，这些女孩子从床上坐直了身子，睁着一双双惊恐的眼睛四处张望。她们从来没有听说过这样的事情，从来没有感受过这样的力量，现在发生的一切都远远超出了她们的理解和认知。不过，她们没有愣多久，在强烈的求生意志的驱使下，这些女孩子从床上一蹿而下，光着脚丫往外跑。等跑到楼梯口的时候，李芙蕖感受到了一股更为迅猛的力量，这股力量把她从楼梯的最内侧甩到了最外侧。李芙蕖的一颗心咚咚地跳着，她双手紧紧地抓着楼梯的栏杆，哆嗦着两条腿往下跑。

　　刚跑到操场，李芙蕖听到了两声巨响。其中的一声是教学楼楼板坍塌的声音，站在操场上的学生看着他们平时上课的教室从四楼塌到了一楼，图书室里的书伴随着楼板的坍塌飘落而下，五颜六色的书页在阳光底下甚至有些晃眼。另外一声巨响是男生宿舍倒塌的声音，男生宿舍建在校门边，是一栋有些年龄的老楼。这栋楼没有扛过从地底涌出的力量，它的一整面墙塌了。这两声巨响把操场上的每一个人都镇住了，有好几分钟，没有一个人哭，也没有一个人说话，大家只是呆呆地看着升腾而起的尘埃，脑袋里一片空白。

　　哭声是过了一阵才传来的。听到哭声，李芙蕖才记得去看周围的人。这些从宿舍里跑出来的男生、女生大部分都没有穿鞋子，甚至有没穿衣服、裹了一床被子就跑出来的。但哭声不是周围的这些人发出的，因为站在操场里的人都有一种逃出生天的庆幸，他们不会大声哭，只会发出低低的抽泣声。哭声是从男生宿舍那边传来的，伴随着哭声，李芙蕖看到几个带血的人从土堆里被拉了出来。李芙蕖想哭，想尖叫，但是她最终没有叫出声。

脚下的土地并没有安宁多久，震动再次传了出来。这次的震动比前两次要小，恐惧和紧张让操场上的大多数人都忽略了这次震动，但李芙蕖还是从未坍塌的教学楼的窗户上看到了震动的痕迹。第三次的震动让李芙蕖止住了哭喊的冲动，她只是光着脚站在被太阳烤得滚烫的操场里，默默地注视着窗户的抖动。不知道站了多久，教导主任郭老师开始组织学生往外撤。学校的大门已经被垮塌的男生宿舍给挡住了，能够逃生的只剩下了幼儿园里的那一条小路。郭老师是一个黑脸的汉子，他不说话的时候很是威严，这一天，郭老师凭着自己的威严稳住了学生，他缓解了学生的焦虑，带着他们有序地顺着小路跑了出去。

刚跑出学校，李芙蕖迎面就看到了父亲。看到李芙蕖的第一眼，李广忠的眼泪几乎就要涌出来了，但是李芙蕖没有哭，她知道现在没有时间哭，逃出去才是最重要的。郭老师把学生带出来以后，看很多学生都光着脚，就从学校旁边的鞋店里抱出了一大堆鞋子，甩到学生面前，商家和住户能跑的早就跑得无影无踪了，哪还有人有心思来管店面。这是李芙蕖第一次看到这么清静的街道，不过她没有时间多看两眼。顶着灼人的日头，李广忠牵着李芙蕖顺着老街上的小路往河边跑。李芙蕖从地上捡起的鞋子并不合脚，她走了几步，觉得鞋子太不方便，索性脱了拿在手上。走到老街中段，李芙蕖看到碎瓦片铺了一地。李广忠想把自己的鞋子脱给李芙蕖穿，可父亲的鞋子也是不合脚的。她拒绝了父亲的提议，光着脚从一地的碎瓦片上踩了过去。

　　等李广忠父女俩赶到河边的时候，河岸上早就挤满了人，大家有的光着脚，有的胡乱套着衣服，有的头发乱糟糟的。李芙蕖在这些人的脸上看到了惊恐，她默默地注视着这些人的恐惧，自己的脸上却一点儿表情也没有。河岸上，几个医用担架停在人少的地方。担架上的人都是剑门镇中心小学的学生，这些学生大都血肉模糊、气若游丝，家长和老师守在这些学生身边，他们拽着学生的手，眼泪和鼻涕把脸都给弄花了。不过，这一天没有人取笑他们，站在河边上的人想哭，只是他们不能像那些守在担架旁的老师和家长那样哭得光明正大，所以他们只是略微侧了侧头，不去看那些人，也不去听那些哭声。

　　李广忠和李芙蕖没有在大河边待多久，就准备动身往家里走。在地震发生的那一刻，李广忠的心里只有女儿，找到女儿以后，李广忠的心里又被家里的房子给装满了。现在的他迫不及待地想回去看看屋里的房子怎么样。李广忠和李芙蕖顺着柏油马路往回走，走到房屋比较密集的地方他们就跑一阵，等到了没有那么多房子的地方他们就放慢脚步。这条路李广忠和李芙蕖走过很多次。以往，这条路带给他们的都是欢快和期待，因为这往往意味着买东西和赚钱，从这条路归家则总是伴随着欢喜。今天，这条路却变得和以往不同。李广忠第一次感到这条走了无数次的路是这么长，这么难走。一开始他还想快点儿回去看看自家的房子，但是这一路上他看到了太多倒下的屋子，听到了太多人的哭声，走到一半，他回头一望，只看到了漫天升腾而起的黄色尘土，他突然不敢回去面对即将看到的一切了。和李广忠相比，李芙蕖倒要坚定得多。虽然她只有十一岁，但是她知道已经发生的事情就只有去面对，早点回去还能早点想办法，回去晚了可就一点儿主意也没有了。这一路上，反倒是李芙蕖催着李广忠往家里赶。

到了北滨村二组，他们远远地看到马路上坐了一排人，这些人大多沉默着，只有几个男人围在一起抽着烟。李广忠让李芙蕖待在马路边上，他准备一个人回家去看看情况。李芙蕖走到大姐李清清旁边坐下。这一天的李清清不爱说也不爱笑了，在李芙蕖坐下的那一刻，她只是勉强冲着李芙蕖挤出一个笑容。李芙蕖呆呆地坐在马路边上，她终于感到了疲惫，也感到了害怕，但是不知道为什么，却不觉得绝望，她似乎意识到这件事总会过去，或者说最艰难的时候已经过去了。为已经过去的事情感到绝望是愚蠢的，李芙蕖不愿意做这样一个愚蠢的人。

下午四点过，程燕妮才坐着班车从白马镇赶回来。这是这天，甚至是接下来的几个月里唯一的一班车，司机是受不了留在白马镇的人的哀求才最终同意冒着生命危险开这一班车的。

地震发生的时候，程燕妮正从大姐家出来往汽车站走，她走在街上，一阵猛烈的震动让她陷入了恐慌。在好几分钟里，程燕妮都不知道发生了什么事，她只是呆呆地站在原地，看着周围同样惊慌失措的人们。没过多久，周围的几声巨响让程燕妮清醒了过来，在白马镇街道上伫立了好几十年的一栋建筑在她面前倒了下来，伴随着房子的倒塌，两个身穿内衣的男女也从窗户里滚落了下来。让所有人感到不可思议的是，这对男女并没有受什么伤。那一天，没有人嘲笑那对衣衫不整的男女，那对男女也没有因此

而感到羞耻。他们在安全到达地面的时候，双手合十，念了几声
"阿弥陀佛"。

程燕妮回来之后匆匆看了李芙蕖一眼就往家里跑。她刚走到
新房院子里，红着眼睛的李广忠就告诉了她一个坏消息：这次地
震，北滨村二组的人还算幸运，虽然土墙房子都被震垮了，但没
有多少人被压在土墙底下，除了不走运的李广福。

李广福一家人本来早就跑了出来，在后来的余震中，李广福
一家人站在空旷的院子里，看着自己住了好些年的屋子一点点塌
塌下来，眼看就要从这片土地上消失了。李广福本来是不会死的，
如果不是想要抢出屋里的那一袋米的话，他现在还会像北滨村二
组里的其他人一样继续踩在这片土地上。可是，就是为了那么一
袋米，他把自己的命给搭了进去。李广福是一个实诚人，在逃出
来以后，他想的第一件事就是以后自己这一家人吃什么。这个问
题让这个实诚的男人焦虑起来。他自己可以饿几天肚子，实在不
行了还可以吃野菜、树皮，但是老婆张亮和女儿李子彤不行，身
为丈夫和父亲他不能让屋里的女人们吃苦。这么想着，这个男人
一股脑儿冲回塌了一半的老房子。或许真的是难逃此劫，就在他
拿着米往外跑的时候，老房子的房梁突然塌了下来，正好打在他
的脑袋上。当李家屋里的男人冲进去找他的时候，只看到了倒在
地上的他和他手里死死拽着的那一袋米。

李广福的死对李家屋里的所有人来说都是一个巨大的打击，
如果是在平时，大家一定会为他真心实意地哭上几天。但是这一
天，大家还有太多的事情要去想，有太多的问题要去解决，所以
在把李广福的尸体抬出来放进早早地就为李享名准备好的棺材里

以后，李家屋里的男人们只好四散开去照管各自屋里的人。在天快要黑的时候，家家户户都冒着生命危险冲到屋里去把米和锅抢了出来。接下来他们要做的就是把晒簟抢出来搭一个简易棚子，好让一家人躺在里面睡上一晚。

第二天傍晚，就在家家户户坐在棚子里茫然无措的时候，已经宁静了好半天的马路上突然传来了接连不断的汽车驶过的声音。这个声音吸引了所有人的注意力，他们带着吃惊和好奇的表情走到了马路上。

在那一刻，北滨村二组的所有人都被镇住了，这是他们这一辈子都没有看到过的场景——一长串车队从北滨村的柏油马路上驶过，每一辆车上都坐满了解放军战士。看到这个情景，这些死扛着的人忍不住哭了。老人和妇女们光明正大地抹着眼泪，孩子们好奇地看着这些车从自己面前驶过，而那些不轻易动感情的男人们则只是略微侧了侧头，悄悄地拭去从眼眶中涌出的泪水。他们原本以为所有的一切都得自己来扛，但是在那一刻，他们知道了，政府没有忘记他们，他们不是孤军奋战。车队来了以后，这些人往回走的脚步突然轻快了起来，他们相信，自己一定会度过这一劫的。